KB067302

OPINION LEADER 방귀희

배제와 포용

EXCLUSION & INCLUSION

오피니언 리더 방귀희
배제와 포용(Exclusion & Inclusion)

초판 인쇄 2019년 7월 26일
초판 발행 2019년 7월 30일

지은이 방귀희
펴낸이 신현운
펴낸곳 연인M&B
기 획 여인화
디자인 이희정
마케팅 박한동
홍 보 정연순
등 록 2000년 3월 7일 제2-3037호
주 소 05052 서울특별시 광진구 자양로 56(자양동 680-25) 2층
전 화 (02)455-3987 팩스(02)3437-5975
홈주소 www.yeoninmb.co.kr
이메일 yeonin7@hanmail.net

값 15,000원

ⓒ 방귀희 2019 Printed in Korea

ISBN 978-89-6253-467-2 03810

* 저자의 인세는 물론 이 책의 판매 수익금 전액이 장애인예술기금 조성에 사용됩니다.
* 잘못된 책은 바꾸어 드립니다.

OPINION LEADER 방귀희

배제와 포용

EXCLUSION & INCLUSION

배제의 경험으로 포용을 말하다

2003년부터 10대 일간지에 300여 편의 칼럼을 기고한 오피니언
리더 방귀희가 예리하게 집어낸 배제가 가슴을 후려치고 그녀가
제시한 포용 방법이 우리 마음을 안정시킨다.

모든 경력에 휠체어 장애인 최초라는 수식어가 붙는 그녀가
세상을 향해 "내 청춘은 아팠으나 빛났다!"고 외치며 포용을
호소하고 있다.

연인M&B

배제의 경험으로 포용을 말하다

나는 이제 장애가 무섭지 않다. 늙는다는 것이 두렵다. 장애는 나에게 도전의식을 갖게 하여 삶의 목표를 세우고 그 목표를 향해 달릴 수 있는 열정을 주었지만 늙음은 생의 종착역이 다가오고 있음을 암시해 주기 때문이다. 인생의 열차는 왕복 티켓을 발행하지 않기 때문에 열차에서 내릴 때의 내 모습을 그려 보게 된다. 여전히 눈동자에 총기가 있었으면 하는 바람이 생긴다.

내 머릿속에 있는 삶의 철학과 지식들이 깡그리 사라질까 봐 최근 기록에 몰두하고 있다. 방송작가 31년 동안 쓴 원고는 말할 것도 없고, 30권의 단행본, 100여 편의 아티클, 칼럼 연재, 기고, 축사, 심사평 그리고 이름도 밝히지 못하고 썼던 『솟대문학』, 『E美지』, 『솟대평론』 글, 협회 사업을 위한 기획안 등 나는 수없이 많은 글들을 써냈다. 그런데 은행 잔고가 빈곤한 걸 보면 원고료를 받지 못한 글들이 많은 듯하다.

사회를 향한 글운동인 나의 본격적인 칼럼 쓰기는 2003년에 시작하였는데 그동안 신문에 기고한 칼럼이 300편이 넘는다. 경향신문에 2004, 2007, 2016년 세 차례 고정 칼럼이 있었다. 나를 오피니언 리더로 만든 것은 경향신문이다.

생각해 보니 2007년 11월에 「세상을 바꾸고 싶다」는 칼럼집을 내고 그후 글들은 폴더에서 잠자고 있었다. 그 글들을 모아 마지막이 될 것 같은 칼럼집을 세상 밖으로 내놓기 위해 정리를 하였다. 지금 읽었을 때 어색한 글들은 빼고 시기가 지났어도 생각해 볼 여지가 있는 내용 87편으로 구성하였는데, 이 가운데 10대 일간지 기고가 68%이고, 그중 경향신문 칼럼이 62%를 차지한다.

또 한 가지 특징은 2012년까지는 『솟대문학』 발행인, 방송작가로 글쓴이를 소개하였고, 2012년에 방송작가를 그만둔 후로는 『솟대문학』 발행인, 그리고 『솟대문학』이 폐간된 2016년부터는 한국장애예술인협회 대표로 필자에 대한 정체성의 변화가 일어나고 있었다. 마지막 나의 정체성은 오피니언 리더로서의 작가가 되고 싶다.

나는 우리 사회에서 배제라는 억울한 일을 당하는 사람이 없기를 바란다. 배제의 경험은 한 개인을 무기력하게 만들고 사회를 왜곡시켜 사회 불평등을 조장하기 때문이다. 그 해결책이 바로 포용이다. 포용은 한 개인을 성장시키고 사회를 안정시키는 원동력이다.

나의 글에는 배제가 어떻게 일어나고 있고 어떻게 포용해야 하는지를 설명하였다. 이 책이 장애인포용에 공감하는 포용운동 확산의 출발점이 되길 바라며, 저자의 인세는 물론 이 책의 판매 수익금 전액이 장애인예술 기금 조성에 사용하기로 한 만큼 장애인예술에 작은 보탬이 된다면 인생 열차의 마무리 여행을 좀 더 가벼운 마음으로 즐길 수 있을 것 같다.

PS. 아직 장애가 낯설은 분들은 장애 대신 실업, 노인, 한부모, 다문화 등 사회적인 어려움을 대비시켜 배제와 포용을 생각하시면 됩니다. 신문 칼럼이라서 다소 딱딱하게 느껴질 수 있는데 여섯 번째 '소소한 장애 정체성' 부터 읽으시면 훨씬 이해가 쉽게 되실 것입니다. 그것도 읽으실 시간이 없으시면 에필로그만이라도 읽어 주십시오.

2019년 여름

방 귀 희

2. 장애인 코드로 문화 보기 🔲

3. 장애인복지는 안녕한가 배제포용

4. 왜, 장애인예술인가 [EXIN]

5. 포용적 인식 갖기 배제 포용

6. 소소한 장애 정체성 🅴🆇🅸🅽

1. 당신의 장애인지 감수성은

"행복이 불행으로 바뀌는 것은
순간적인 일이지만
불행을 행복으로 바꾸는 데는
오랜 시간이 걸린다고 합니다.
행복은 얻기도 힘들지만
지키기도 어렵다는 것을 알 수 있는데요.
행복은 소유하는 것이 아니라
이루는 과정이 아닐까 싶어요."

_방귀희 방송 멘트 수첩에서

장애인공무원 차별, 우선 해결해야

(동아일보/2019. 4. 4.)

　지난해 말 한국에서 포용적 예술(inclusive art)을 주제로 강연을 한 영국 브라이튼대학교 앨리스 폭스 교수는 '누가 장애인의 포용을 결정할 것인가?'라는 질문을 던지면서 사회가 장애인을 포용하지 않아서 놓치는 것은 무엇인지 생각해 봐야 한다고 일갈하였다. 정말 폐부를 찌르는 말이다. 장애인의 포용은 장애인의 권리이기에 비장애인이 결정할 문제가 아니다. 그런데 우리 사회는 주류층이 장애인을 배제하는 방식으로 사회를 운영해 왔다. 그러면서 장애인과 함께해서 생기는 피해만 들추어 냈다. 그래서 장애인 특수학교가 자기 동네에 건립되는 것을 목숨 걸고 반대하였으며, 대기업은 장애인을 고용하는 대신 어마어마한 액수의 고용부담금이란 벌금을 내고 있다.

　더욱 실망스러운 것은 가장 공정해야 할 장애인공무원에 대한 차별이다. 인사혁신처에서 발표한 '중앙정부 장애인공무원 현황'(2017년말)에 의하면 여성은 16.9%로 여성장애인에게 공무원 기회가 매우 적었고, 하위직이 66%인 반면 고위직은 0.2%로 장애를 갖고 고위직에 오르는 것이 거의 불가능하다는 것을 알 수 있다.

　장애인공무원 설문조사에 의하면 선호 부서 또는 주요 보직에서 배제되고, 업무성과에 대한 평가절하, 승진심사 대상 배제 등을 겪은 것으로 나타났다. 특히 장애인 업무가 있는 부서에도 장애인공무원이 배치되지 않은 경우가 다반사이다. 장애인예술과 관광 업무를 담당하는 문화체육관광부 예술정책과와 관광정책과에도 장애인공무원이 없다. 장애감수성이 낮은 담당자가 그저 잠시 머물다 떠나기 때문에 장애인문화예술계가 제자리걸음을 하고 있다. 이런 피해를 개선하기 위하여 2019년 장애인의 날을 맞아 가장 손쉽게 할 수 있는 장애인공무원 차별 문제부터 해결해 주길 제안한다. 그리고 사회 지도층이 장애인을 포용하지 않아서 놓치는 것은 무엇인지를 먼저 살펴서 진정성을 갖고 장애인 포용사회를 만들어 가길 간절히 바란다.

올해의 장애인먼저실천상은 김정숙 여사에게

장애인 인권 앞장선 김정숙 여사의 활동[*](경향신문/2018. 12. 13.)

EX
IN

　벌써부터 올 한해를 평가하는 이런저런 시상식이 진행되고 있다. 장애
인계에서도 장애인 인권 향상에 헌신한 사람에게 주는 한국장애인인권상
과 장애인 인식개선을 위해 앞장선 사람에게 주는 장애인먼저실천상 등이
수상자를 선정하였다.

　2018년 장애인의 인권과 인식개선을 위해 가장 큰 역할을 한 사람을 꼽
으라면 나는 주저 없이 김정숙 여사라고 말할 것이다. 평창동계패럴림픽
의 성공에 김 여사의 공이 크다는 것에는 누구도 반론을 제기하지 못할
것이다. 사실 평창동계올림픽이 끝났을 때 국민들은 물론 대회조직위원
회조차도 장애인올림픽에 관심이 없었다.

　평창동계올림픽이 세계적인 주목을 받으며 큰 성공을 거둔 반면 장애
인올림픽은 뒷전으로 밀려나 있었다. 개회식 때 대통령이 참석하지 않는
다는 소문이 나돌았다. 그런데 일반 올림픽과 다름없이 대통령 내외가

---

* 신문사에서 제목을 수정한 경우 신문에 실린 제목이 본 원고와 다르기 때문에 칼럼 제목과 게재 매체, 게
재 날짜를 적었다. 그리고 거의 모두 원문 그대로 게재되었지만 지면에 따라 조금씩 원고 분량을 줄이기
도 하였는데 이 책은 필자가 쓴 원고 원본이다.

참석하였고, 어디 그뿐인가 특유의 유쾌함으로 열렬한 응원을 펼치는 김정숙 여사의 모습을 매일 볼 수 있었다. 2개의 태극기를 꽂은 가방을 등에 메고 경기장으로 씩씩하게 발길을 옮기는 뒷모습은 그 어떤 영부인도 보여 주지 못했던 순수한 진정성이 담겨 있어서 감동을 주었다. 이렇듯 김정숙 여사의 억척스러운 지원 덕분에 사그러진 올림픽 관심을 끌어모을 수 있었다.

그 후에도 김 여사는 장애인의 날, 전국장애인체육대회에 참석하였고, 발달장애인과 부모들을 청와대에 초청하여 장애자녀를 키우느라 지친 장애인부모의 마음을 보듬어 주는 등 올 한해 정말 장애인을 위해 많은 활동을 하였다.

사회가 발전하려면 국민의식이 성숙해야 한다. 고인이 된 영국 다이애나비는 평생 무릎을 꿇지 않았지만 휠체어 장애인을 위해 무릎을 굽혀 눈높이를 맞춘 일화는 지금도 회자되고 있는데 영국은 왕실뿐만이 아니라 국민 모두가 장애인과 진심으로 함께하고 있었다. 2012년 런던장애인 올림픽을 참관하였을 때 정말 멋진 광경을 목격할 수 있었다. 장애인올림픽 폐막식 다음 날 영국 선수단의 시내 카퍼레이드가 있었는데 그때 일반 올림픽과 장애인올림픽 참가 선수들이 함께 환호하는 시민들을 향해 손을 흔들며 영국에서 개최된 두 개의 올림픽이 성공적으로 끝났음을 자축하는 거리 축제를 하였다. 그 모습이 정말 부러웠다.

우리는 아직도 장애인과 함께하는 것을 거부한다. 장애인공무원에게 '출장이 많아져서 우리 부서에서 일하기 힘들다.' 고 장애인공무원의 순환 발령을 가로막고 있고, 얼마 전 점심을 먹으려고 서울시청 근처에 있는 유명한 낙지집에 갔더니 '휠체어는 안 되요.' 라며 휠체어 손님을 노골적으로 거부했다.

돌이켜 생각해 보면 중증장애인으로 살면서 수많은 거부와 배제를 경험하였지만 그래도 희망을 버리지 않았던 것은 '바뀌겠지.' 하는 개선을 믿었기 때문이다. 하지만 배제의 이유가 더 다양해지고 더 교묘해져서 정의롭고 공정한 사회가 과연 만들어질 수 있을까 하는 의문마저 든다.

그래도 여전히 사회 변화를 포기하지 않는 것은 장애인먼저를 온몸으로 실천한 김정숙 여사 같은 분이 있어서이다. 미국을 장애인복지의 천국으로 만든 사람은 케네디 대통령이다. 케네디는 '미국의 미래를 여는 열쇠는 장애인복지에 달려 있다.'고 선언하고 장애인복지에 박차를 가했다. 케네디의 장애인복지 목표는 장애인을 세금을 내는 시민으로 만드는 것이었다.

우리나라 장애인복지도 목표를 일자리로 분명히 정하고 정부와 공공기관부터 장애인을 적극적으로 고용하는 정책을 펴야 한다. 일자리야말로 장애인 먼저가 필요하다. 새해에도 김정숙 여사의 장애인 먼저 실천이 이어져서 우리 사회에 장애인 포용 분위기가 확산되어 장애인 고용이 확대되기를 소망한다.

살맛나는 세상이 되기를 소망한다

휴머니즘의 기본은 나눔(국민일보/2018. 1. 6.)

  새해는 정말 살맛나는 세상이 되었으면 좋겠다. 살기 좋은 사회를 만드는 것은 제도도 자원도 아닌 사람이다. 어떤 사람이 있어야 사회가 건강하고 아름다워지는 걸까? 먼저 배우 정우성을 꼽고 싶다. 정우성이 유엔난민기구 친선대사로 난민촌 봉사활동을 하고 있다는 것은 알았지만 연예인이 국제 봉사활동을 하는 프로그램을 종종 보았기에 방송용이라고 치부해 버렸었다. 그런데 정우성은 TV 뉴스에 출연하여 왜 난민에 대해 관심을 가져야 하는지를 우리나라가 전쟁 위험 속에 있는 분단국가로 국제사회의 도움이 필요하기 때문이라고 소신껏 설명하였다.

  자신이 찾아간 쿠투팔롱의 역사와 현재 상황 그리고 자신이 만난 난민들의 개인 스토리 등을 거침없이 쏟아 냈다. 작가가 써 준 것을 대사처럼 외워서 말하는 것이 아니고 스스로 경험하고 느낀 점을 있는 그대로 전달하여 호소력이 있었다.

  정우성을 보면서 은퇴 후 유니세프 명예대사로 죽을 때까지 아프리카에서 헐벗은 어린이를 위해 봉사활동을 하며 영화 속에서보다 더 아름다운 모습으로 우리 기억 속에 남아 있는 오드리 헵번이 떠올랐다. 헵번은 '고통으로부터 구원받고 또 구원받아야 한다. 결코 누구도 버려서는 안 된다.'라는 말을 남길 정도로 인간에 대한 깊은 사랑을 갖고 있었던 휴머니스트였다.

우리 시대에 가장 필요한 것은 휴머니즘이다. 우리는 인권을 가진 존재이기 때문이다. 마샬은 인간의 기본권이 진화하는 과정을 연구한 영국 학자인데 그는 인간의 기본권은 시민으로서의 권리를 국가가 보장하는 시민권에서 국가 지도자를 시민이 선택하는 참정권으로 발전하였고 그다음 단계는 사회권이라고 하였다. 사회에서 차별로 배제당하지 않고 모든 기회가 동등하게 주어져야 한다는 것인데 현재 우리는 사회권 시대에 살고 있다.

사회권을 보장받기 위해서는 조금이라도 더 가진 자, 작은 권력이라도 갖고 있는 사회 지도층이 나눔을 실천하여야 한다. 앞으로 사회 고위층이 되는 조건에 나눔 경력이 중요한 덕목이 되어야 하며, 대기업 사업에 나눔 사업이 반드시 포함되어야 한다. 사실 기업은 사회적 책임을 가지고 있다. 그래서 기업에서 사회공헌사업을 하고 있지만 형식적인 자기 사업을 하고 있어서 기업의 나눔 활동을 일반 서민들은 체감하지 못한다. 기업 총수는 갑질이나 하고 대기업은 불법 자금, 탈세, 배임 등의 사건으로 부정적인 인식이 팽배하다.

그런데 나눔 퍼스트를 실천하고 있는 기업이 있다. 바로 kt가 주체가 되어 20여 개 기업 노사가 상생의 나눔을 실천하는 UCC(Union Corporate Committee)이다. 노사가 나눔 활동을 통해 갈등을 해소하고 화합하는 효과가 크다는 장점도 있지만, 무엇보다 기업이 소비자인 국민의 사회권 보장에 관심을 갖게 된 것이 바람직하다. 최근 UCC가 2018평창동계장애인올림픽을 위해 펼치고 있는 것은 'Wheelchair First'라는 문화운동인데 이제 얼마 남지 않은 장애인올림픽을 위해 우리가 할 수 있는 것은 평창장애인올림픽을 열심히 응원하는 일밖에 없다.

새해는 평창장애인올림픽이 큰 성공을 거두어서 장애인이 살맛나는 세상이 되기를 기원한다.

트럼프를 통해 본 대통령의 장애인 수용 태도

(에이블뉴스/2016. 11. 21.)

미국 대통령 당선자 도널드 트럼프가 한국에 미칠 영향에 대해 각 분야에서 고심을 하고 있는 가운데 장애인계에서 심각하게 고민해 볼 것이 있다. 트럼프 같은 장애인 수용 태도를 가진 지도자를 우리는 과연 수용할 수 있을 것인가 하는 문제이다.

트럼프는 유세장에서 오른쪽 손을 꺾어 가슴에 붙이고 흔들면서 더듬 더듬거리며 '난 내가 무슨 말을 했는지 몰라요.' 라고 말해 대중들의 폭소를 자아냈다. 이것을 미국 CNN은 'Trump mocks reporter with Disability(트럼트가 장애인 기자를 조롱하다)' 라고 즉각 방송하였다. 이 얘기의 주인공인 러시아 출신 뉴욕타임즈 기자 세르지 코발레스키는 뇌성마비 장애로 리포팅을 할 때 오른쪽 팔을 흔들면서 어눌하게 말하는데 그가 트럼프의 거짓말에 대해 지적한 것이 거슬렸던 것이다. 자기가 한 거짓말을 인정하지 않고 기자의 장애를 흉내내며 생각이 나지 않는다고 유권자 앞에서 변명을 한 것은 대통령으로서의 기본적 예의조차 없는 인물임을 적나라하게 드러낸 사건이다.

이를 본 플로리다 뇌성마비 소년 제이제이 홈스는 트럼프 후보가 플로리다에 유세를 하러 왔을 때 '트럼프는 장애인을 조롱했다.'고 시위를 했는데 이를 본 트럼프는 힐러리를 지지하는 사람이라며 그를 내보내라고 소리쳐서 장애소년과 그의 엄마가 유세장에서 쫓겨난 사건도 있었다.

이제 겨우 12세이고 장애가 심해서 휠체어를 사용하는 약하디 약한 장애소년마저도 정치적 판단으로 쫓아내는 트럼프를 보면서 미국 사회에 휘몰아칠 반장애인 정서가 걱정이 된다.

미국 친화적인 우리나라 사람들은 그것을 따라할 것이다. 우리나라에도 장애인을 가볍게 생각하는 대통령을 맞이하게 될까 봐 두렵다. 돌이켜 생각해 보면 장애인복지법이 제정된 이후 전두환, 노태우, 김영삼, 김대중, 노무현, 이명박, 박근혜 대통령이 있었는데 이 가운데 누가 가장 장애인 친화적인 대통령이었는지는 장애인정책, 장애인 인재등용, 장애인 행사 참여빈도, 장애인을 대하는 태도에 대한 질적 연구 등 다각적인 측면에서 평가되어야 말할 수 있다. 데이터를 갖고 있지 않은 상태에서 말하기는 조심스럽지만 대통령의 장애인 수용 태도에 대한 곡선은 완만하게 올라갔다가 내려오고 있는 중이다.

미국 장애인들은 반장애인 정서를 가진 트럼프를 대통령으로 허용해 주었지만 대한민국 500만 장애인들은 트럼프처럼 장애인을 흉내내고 장애소년을 쫓아내는 반장애인 정서를 갖고 있는 사람은 절대로 대통령으로 선택하지 않는다. 대한민국에서 대통령이 되기를 원한다면 장애인에 대한 관심을 갖고 장애인복지 공약을 개발하고 장애인과 친화적인 정서부터 갖추어야 한다. 다시 한 번 강조하지만 반장애인 정서를 가진 사람은 결단코 대한민국 대통령이 될 수 없다.

2016년 장애인, 유령인간 되다

유난히 쓸쓸한 2016년 장애인의 달(경향신문/2016. 4. 11.)

늘 맞이하는 4월이건만 2016년 4월은 유난히 가슴이 시리다. 장애인계에서는 4월을 장애인의 달로 정하고 다양한 행사를 하며 장애인 권리 확보와 장애인 인식개선을 외친다. 정부에서도 '장애인에 대한 국민의 이해를 깊게 하고 장애인의 재활 의욕을 높이기 위해 4월 20일을 법정기념일로 정한다.'고 그 제정 취지를 밝히고 있다.

그런데 36회 장애인의 날을 맞이하는 지금 장애인들은 허탈감에 빠져있다. 제15대부터 시작되어 올해로 20년을 맞이하는 장애인 의회정치의 맥이 20대 총선에서 끊겼기 때문이다. 17대 총선에서는 여당이 장애인비례대표를 1번으로 배정하여 흥행에 성공한 후 지난 19대 총선에서도 여야 모두 장애인비례대표를 2번 자리에 배치하여 가장 눈에 띄는 사회적 약자인 장애인을 배려하고 있다는 사실을 가시적으로 나타내려고 노력하였다. 그런데 불과 4년이 지난 지금은 배려하는 척도 하지 않았다.

왜 그랬을까? 장애인이 사회 소외계층에서 벗어났을 정도로 잘 살고 있다고 판단한 것일까? 아니면 장애인 표가 없어도 선거에 승리할 수 있다는 계산을 한 것일까? 한국 사회에 살고 있는 그 누구도 장애인이 부유층이라고 생각하지는 않을 것이다. 그렇다면 장애인을 철저히 배제한 이유는 후자일 텐데 어쩌다 우리가 이렇게 무가치한 존재가 되었는지 곰곰이 생각하고 있을 때 만난 한 철학자에게서 그 답을 찾을 수 있었다.

그 철학자는 아내와 세 명의 자녀를 데리고 한국에 와서 3년째 살고 있는 그리스 출신의 프랑스 학자 졸리앙 알렉상드르인데 뇌성마비 장애인이지만 유럽에서 꽤 유명세가 높은 밀리언셀러 저술가이자, 인기 강사이다. 졸리앙에게 한국의 장애인 인식에 어떤 특징이 있는지를 묻자 한국은 유럽과는 큰 차이가 있다고 했다.

유럽에서는 아침에 산책을 나가면 아이들이 장애에 대한 언급을 하며 놀리는데 그것은 자연스러운 표현이지 조롱이 아니어서 기분이 상하지 않지만, 한국에서는 소리내어 놀리지는 않는 대신 매우 무관심하다며 자신을 투명인간 취급을 한다고 하였다. 한마디로 한국 사람들은 장애인과 관계를 맺으려 하지 않는다는 것이다. 한국의 장애인들은 장애라는 사회 인식의 틀 속에 갇혀 접근 금지 상태에 있어서 인간적인 교류가 이루어지지 않아 한국에서 장애인으로 산다는 것은 외로움 그 자체라고 하였다.

유럽은 아직도 거리 곳곳이 계단 투성이어서 휠체어로 이동하는데 불편이 많지만 교류와 교감이 자유롭게 이루어지기에 마음이 편한 반면 한국은 장애인 편의시설은 잘 되어 있지만 사람 사이의 교류와 소통의 부재로 장애인은 열외로 밀려나 있는 듯한 느낌을 받는다고 설명해 주었다.

중증장애인으로 살아온 나 자신을 돌이켜 생각해 보니 장애인으로 산다는 것은 고독한 삶이었다. 물리적 환경은 장벽을 만들고 문화적 환경은 배제를 일삼았기 때문이다. 남들과 다른 방식이 필요하기에 끊임없이 요구하며 살기 위해 투쟁을 하였기에 정치인들은 장애인을 요구가 많은 귀찮은 존재로 생각하면서도 그래도 장애인의 요구가 타당하다는 듯이 착한 척은 했었다. 하지만 우리 사회는 20대 총선을 통해 앞으로 장애인의 요구에 그 어떤 반응도 하지 않겠다는 선언을 하였다. 장애인을 대변할 수 있는 시스템을 파기하였으니 말이다.

이것은 장애인을 비롯한 사회적 약자에 대한 배신이다. 이렇듯 장애인을 유령인간으로 취급하는 것은 차별과 배제보다 더 모욕적이다. 장애인을 유령인간으로 만든 사회에서 장애인은 그 어떤 희망도 가질 수 없다. 장애인이 희망을 갖지 못한다는 것은 장애인복지에 대한 사회적 비용이 증가한다는 사실을 간과한 정치가 과연 옳은 선택이었는지 묻고 싶다.

복지비용이 많이 드는 장애인복지의 묘수는 장애인을 세금을 내는 시민으로 만드는 것이다. 장애인을 유령인간으로 만들 것이냐 세금을 내는 국민으로 만들 것이냐가 우리 사회 선진화의 바로미터가 된다는 사실을 기억해야 한다.

아름다운 자유

장애인에게 아름다운 자유를(경향신문/2016. 2. 4.)

　불과 30년 전 이야기를 다룬 드라마 〈응답하라 1988〉을 보면서 시청
자들은 마치 사극을 보는 듯한 생경스러운 재미에 빠져들었다. 그런데
30년 전 장애인들은 어떻게 살았을까? 1988년은 서울올림픽과 함께 서울
장애인올림픽이 개최되어 언론에 서울장애인올림픽 준비 상황을 보도하
는 기사가 눈에 많이 띄었었다. 가장 충격적인 내용은 '서울은 편의시설
영점'이라는 진단이었다. 서울 곳곳이 횡단보도 턱과 계단 투성이어서 휠
체어로는 다닐 수가 없다는 것이었다.

　그래서 정부에서 서울장애인올림픽을 치루기 위해 가장 심혈을 기울인
사업은 편의시설 설치였다. 그 시절 장애인의 삶에 가장 큰 고통을 준 장
벽은 바로 턱과 계단이었기 때문이다. 휠체어를 사용하는 김순석 씨가
1984년 9월 19일, 서울시장에게 보내는 편지 형식의 유서를 남기고 음독
자살했다. 5장에 달하는 구구절절한 유서의 내용은 턱을 없애 달라는 것
이었다.

─시장님, 왜 저희는 식당 문턱에서 허기를 참고 돌아서야 합니까? 시장님, 저 같은 사람들이 드나들 수 있는 화장실을 어디 한 군데라도 마련해 주셨습니까? 휠체어만 보면 그냥 지나치는 빈 택시들과 마주칠 때마다 가슴이 저려 옵니다. 움직일 수 있는 공간을 만들어 주지 않는 서울의 거리는 저의 마지막 발버둥조차 꺾어 놓았습니다.─

그는 재활원에서 배운 기술로 액세서리를 만들어 남대문시장 상가에 내다 파는 34세의 가장이었다. 그는 사람들의 냉대와 멸시는 참을 수 있지만 장애인이 넘을 수 없는 물리적 장벽 앞에서 더 이상 버틸 힘이 없다며 죽음을 선택하였던 것이다.

이런 이야기가 오늘의 비장애인뿐만 아니라 장애인에게도 낯설게 느껴질 것이다. 하지만 30년 전 한국은 장애인이 살기에 몹시 힘든 환경이었다. 그래서 장애인들은 장벽을 제거하기 위해 거리로 나와 쇠사슬을 온몸에 감은 모습으로 시위하며 이동권 확보 운동을 가열차게 펼쳤다.

지금은 건물 입구마다 경사로가 설치되어 있고, 공공시설에는 장애인용 화장실이 있으며, 장애인 전용 콜택시도 있다. 어디 그뿐인가 장애인차별금지법도 있어서 장애인을 멸시하는 행동을 법률로 금지시키고 있다. 김순석 씨의 죽음이 헛되지 않았다고 할 정도로 장애인의 생활환경은 많이 좋아졌다.

그런데 지금 우리 장애인들에게 행복하냐고 물으면 뭐라고 대답할까? 장애인의 행복지수를 짐작할 수 있는 2014장애인실태조사에 나타난 장애인의 생활만족도가 55.6%밖에 되지 않는 것으로 장애인이 체감하는 삶의 만족도는 30년 전이나 지금이나 크게 달라지지 않았다는 사실을 알 수 있다.

장애인이 행복해지지 않는 이유는 뭘까? 장애인을 아직도 배려의 대상인 사회적 약자 위치에 놓고 지원이 최고의 복지라고 생각하고 있는 사회 인식 때문에 지금도 우리는 편견과 차별 그로 인한 배제로 인간답게 살 수 있는 권리를 침해당하고 있다.

그런데 이 문제를 해결할 수 있는 아주 좋은 기회가 있다. 바로 서울장애인올림픽 이후 30년 만에 개최되는 2018평창동계장애인올림픽이다. 장애인올림픽 특히 동계대회는 선진국이 아니면 개최할 수 없는 국제 행사이다. 그래서 아시아권에서는 1998년 나가노동계장애인올림픽을 개최한 일본에 이어 한국이 두 번째로 동계장애인올림픽 개최국으로 등극하게 된다.

평창동계장애인올림픽을 성공적으로 개최하면 우리나라는 선진국으로 인정을 받게 될 것이다. 30년 전 서울장애인올림픽으로 우리가 얻은 것은 장애인의 물리적 장벽을 없애는 배리어 프리(barrier free)였다면, 평창동계장애인올림픽으로 우리가 이루어야 할 과업은 인식의 장벽을 없애고 장애인에게 완전한 자유를 주는 것이다. 신체적 장애가 사회적 장애가 되지 않는 상태, 즉 아름다운 자유의 구현이 2018평창동계장애인올림픽의 유산이 되기를 바란다.

병신년 논란

그래 봤자, 병신년?(경향신문/2016. 1. 4.)

새해가 시작되었다. 지난해 장애인 송년모임에서 설전이 오갔던 화두는 새해가 병신년(丙申年)이어서 듣기 민망하다는 것이었다. 공식적으로 병신년 대신 빨간 원숭이해로 써야 한다는 의견이 있는가 하면 너무 예민하게 반응하는 것은 장애인 스스로 자존감을 떨어트리는 결과라며 의연해져야 한다는 측으로 팽팽히 맞섰다.

병신년이 희화되어 개그 소재나 은유적 표현으로 사용되면 문제를 제기할 필요가 있다고 의견이 모아졌는데 벌써부터 언론에서 병신년의 뉘앙스를 이용하고 있는 것이 곳곳에서 발견된다. 인터넷에서는 새해 소망을 기원하다가 '그래 봤자 병신년'이라며 노골적으로 악용하는 것을 보고 가볍게 지나칠 일이 아니라는 생각이 들었다.

우리나라 사람들은 유독히 병신을 넣은 욕을 많이 사용한다. 장애인 입장에서 그런 욕을 들으면 비장애인보다는 그 욕의 강도가 더 강해진다. 우리집에서 금기된 말은 바로 병신이었다. 그래서 병… 하다가 멈추는 일이 많았다. 학창 시절 나와 친구하기를 불편해했던 아이가 나중에 고백하기를 내 앞에서는 말을 조심해야 하는 것이 부담스러웠다고 했다.

그런데 정말 가슴 아픈 것은 병신이라고 해 놓고 미안하다고 사과를 하는 지나친 예의이다. 사과를 한다는 것은 정말 그렇게 생각했다는 반증이니 말이다. 사람들이 장애인을 무능력한 쓸모없는 존재로 인식하고 있어서 이런 현상이 나타나고 있는데 장애인은 정말 쓸모없는 사람일까?

우리나라 3대 악성의 한 명인 박연은 '세상에 버릴 사람은 하나도 없다.'며 시각장애 음악인에게 관직을 주어야 한다고 임금에게 건의하였고 세종은 박연의 청을 받아 주었다.

세종실록 75권에 의하면 사간원 우정언 이맹전이 세종에게 '시각장애인 지화와 이신에게 관직을 주어 사모와 품대 차림으로 조정에서 관료들과 어깨를 나란히 할 수 있게 하는 것은 사대부를 수치스럽게 하는 처사이니 관직을 파하고 녹봉만 내려 그 공을 치하하는 것이 마땅하다.'고 간언하였다는 기록이 나온다.

그러자 세종은 사용원의 관직은 공인, 상인, 천인 등 모두에게 가능하다며 장애인에게 벼슬을 주는 것은 그들의 공에 대한 정당한 대우임을 밝히고 신하들의 반대를 물리쳤다. 세종은 세상에 버릴 사람은 하나도 없다는 박연의 말에 크게 감동하여 모든 사람들에게 기회를 주었던 것이다.

세종이 신분이나 장애에 상관없이 능력 있는 인재들에게 기회를 준 것은 사람을 판단하는데 편견을 갖고 있지 않았기 때문이다. 600여 년 전에도 이렇게 열린 시각을 갖고 있었는데 첨단과학기술로 고도성장을 이룬 현대에서 장애인을 쓸모없는 사람으로 인식하고 있다는 것은 아무리 생각해도 이해가 안 된다.

새해가 병신년이라고 발음을 걱정하고 있는 우리들의 모습이 참으로 초라해지는 새해이다. 문화비평가 호미 바바*는 어느 사회나 지배 문화와 피지배 문화가 끊임없이 충돌하는 제3의 공간이 있는데 이 공간은 변화의 가능성을 여는 희망이 있다고 하였다. 바로 이 제3의 공간에 장애인이 있다. 비장애인이 이끌어 가는 지배 문화 속에서 소수자인 장애인은 피지배 문화를 형성하고 있지만 안주하지 않고 끊임없이 도전하고 있어서 그 어떤 제3의 분야보다 활발히 변화를 이끌어 내고 있다.

새해는 그런 긍정적인 변화가 사회 곳곳에서 일어나야 한다. 그래야 병신년의 어감을 떨쳐 버리고 세상에 버릴 사람은 하나도 없다는 인간의 가치를 증명해 낼 수 있을 것이다.

---

* 미국의 문화비평가 호미 바바는 「문화의 가치」(2012)라는 책에서 인간 세상에는 문화 간의 끊임없는 만남이 일어나고 서로 충돌이 발생하면서 문화적 혼종으로 하나의 공간이 형성된다고 하였다. 이 공간을 제3의 공간이라고 하는데 이 공간은 차이 또는 다름이 끊임없이 경합하고 협상하며 새로운 문화 형식과 사고방식이 지속적으로 탄생하는 역동성이 있다. 쉽게 말해서 지배 문화를 변화시킬 수 있다는 것이다. 그래서 호미 바바는 제3공간을 문화적, 사회적, 정치적 변화의 가능성을 여는 희망의 공간이라고 하였다. 차이와 다름이 충돌하며 변화를 갈구한다는 점에서 장애인이 위치하고 있는 곳이 바로 제3공간이라는 것을 알 수 있다. 제3공간에서 해야 할 일은 갈등이 아니라 협상이고 그 협상은 문화를 통해 공감대를 형성하며 이루어져야 가장 자연스럽고 성숙한 방법이라는 사실도 일깨워 준다.

대한민국의 부끄러운 자화상

최초 좋아하는 꼴찌 대한민국(경향신문/2009. 1. 8.)

새해다. 사람들은 여전히 경제만 말하고 있다. 정치에서도 경제, 사회에서도 경제, 심지어 문화도 경제적 논리로 접근한다. 사람이 살아가는데 돈이 전부라는 생각을 부추기는 요즘이다. 물론 경제를 살려야 한다. 문제는 경제를 어떻게 살리느냐 하는 것이다.

옛말에 1년을 먹고살려면 농사를 짓고 10년을 먹고살려면 나무를 심고 100년을 먹고살려면 인재를 키우라는 말이 있는데 우리나라 정치는 1년만 먹고살면 된다는 매우 미시적인 시각에서 당장 경제성장률을 올리는 데만 급급하다.

50회 사법시험에서 시각장애인으로서는 국내 최초로 합격한 최영 씨가 각 언론에 소개되면서 우리나라에서도 시각장애인 법조인 시대가 열렸다고 많은 사람들이 축하해 주었다. 그런데 법조인이 되기 위해 반드시 거쳐야 하는 사법연수교육에 최영 씨가 등록을 하지 못했다. 사법연수원이 시각장애인 연수생을 맞이할 준비를 하지 못했기 때문이다.

시각장애인의 사법시험 도전은 이미 4년 전부터 시작됐다. 최영 씨 외에도 사법시법 1차 시험에서 합격했던 시각장애인이 있었다. 더군다나 시각장애인 사법시험 합격 가능성은 이미 지난해 6월부터 예상됐다. 그런데도 사법연수원은 이제야 시각장애인 연수생을 위한 테스크포스팀을 구성하여 그 방법을 찾고 있으면서도 그것을 미안하게 생각하기는커녕 최영 씨의 사법연수 연기 기사에 불쾌감을 표했다.

연말특집 한해를 빛낸 인물로 최영 씨를 섭외하기 위해 그에게 전화를 했을 때 그는 방송 출연을 정중히 거절하며 이런 말을 했다. '전 지금 아무것도 아니에요.'라고 말이다. 지나치게 겸손해서 성공한 장애인들이 갖고 있는 오만이 아닐까 싶었는데 지금 와 생각하니 그는 자신이 헤쳐 나가야 할 험난한 앞길을 이미 알고 있었던 것이 분명하다.

우리나라는 세계 최고이고 세계 최초라는 수식어를 좋아한다. 뭐든지 앞서야 직성이 풀리는 국민이다. 그런데 장애인에 대한 인식만큼은 꼴찌여도 아무 상관없다는 식이다. 미국은 1969년에 이미 시각장애인변호사협회가 설립돼서 현재 수백 명의 회원이 활동하고 있다. 그렇다면 시각장애인 변호사 탄생은 미국에 비해 무려 40년 이상 뒤진 것이다. 그리고 일본은 1981년에 일본 최초의 시각장애인 사법고시 합격자 다케시타 요시키를 탄생시켜 현재 사회적 약자를 변호하는 변호사로 명성을 날리고 있다. 그렇게 지기 싫어하는 일본에 비해 우리나라는 27년이나 뒤졌다.

이렇게 뒤늦게 탄생한 시각장애인 사법고시 합격생인데 법조인이 되는 길을 빨리 열어 주지 못한 것은 문화선진국을 희망하는 대한민국의 부끄러운 자화상이다.

사법연수원뿐만 아니라 사람들도 공공연하게 이런 말을 한다. 최영 씨가 판검사는 하기 어려울 것이고 변호사가 된다 해도 시각장애인 변호사를 누가 찾아가겠느냐고 회의적인 반응을 보이고 있다.

사람들은 장애가 어떤 직책을 수행하는데 어떤 문제가 있는가를 먼저 생각한다. 이 생각이 바로 인식지체이고, 인식지체는 문화지체를 낳고 문화지체는 국가의 경쟁력을 떨어트리는 결과를 가져온다.

교육과학기술부 발표에 따르면 우리나라의 주요 분야 기술은 세계 최고와 비교해 볼 때 6.8년가량이 뒤떨어져 있다고 한다. 하지만 인식의 지체는 40년 이상 뒤처져 있다.

열심히 노력하면 기술의 지체는 따라잡을 수 있겠지만 기술이 최고가 된다고 선진국이 되는 것은 아니다. 구태의연한 편견을 버리고 넓고 깊게 볼 줄 아는 시각과 인간적인 포용력이 있어야 선진국이다.

우리가 지금부터 해야 할 일은 인식의 지체를 극복하는 것이다. 그러려면 장애인에 대한 배려를 자선이 아닌 당연히 해야 할 의무로 생각해야 한다. 그리고 장애인에 대한 편견이 얼마나 해로운 사회적 악습인가를 깨달아야 한다.

새해는 인식이 진화해서 대한민국 국민이 세계 최고의 마음을 가진 존경받는 국민이 되는 꿈을 꾼다.

---

* 2008년 사법고시에 합격한 최영 씨는 2012년 판사로 임용되었다. 2015년까지는 활동이 검색되지만 그 후의 소식은 알 수 없다.

휠체어는 몸이다

(경향신문/2008. 10. 30.)

　서로 성이 다른 이성 간의 원치 않는 접촉은 성희롱이 된다. 그리고 같은 성을 갖고 있어도 양해를 구하지 않은 접촉은 큰 실례가 된다. 그런데 휠체어를 사용하는 나는 수시로 원치 않는 접촉을 경험하고 있다.

　최근 겪은 일이다. 주차하기가 복잡한 곳이었다. 내가 먼저 차에서 내리고 운전자가 자동차를 주차하는 상황이었는데 갑자기 내 휠체어가 움직이기 시작했다. 난 순식간에 내 의지와 상관없이 쓰레기더미 앞으로 이동이 된 상태였다.

　뒤에서 자동차가 들어오니까 주차요원이 나를 짐짝처럼 그렇게 옮겨놓은 것이다. 사람들은 휠체어만 보고 휠체어에 앉아 있는 사람은 보이지 않는지 마치 비인격체인 듯 그렇게 자기 멋대로 행동한다.

　그로부터 며칠 후 음식점에서도 똑같은 일을 당했다. 냉면을 먹고 있는데 갑자기 휠체어가 들려 옆으로 움직이는 것이 아닌가. 종업원이 휠체어로 길이 좁아지자 길을 만들기 위해 휠체어를 구석으로 몰았던 것이다.

　이런 상황에서 비장애인이었다면 주차요원은 이렇게 말했을 것이다.

"뒤에 차 들어와요." 그런 친절한 알림으로 안전하게 자동차를 피했을 것이다. 그리고 음식점 종업원은 이렇게 말했을 것이다. "손님 조금만 안쪽으로 들어가 주시겠습니까?"

그런데 나에게는 그런 양해를 구하지 않고 자기네 판단에 따라 거추장스러운 물건을 치우듯이 위치를 바꿔 놓는다. 아마 그 주차요원이나 음식점 종업원은 그 행동이 장애인 나에게 상처를 줬다는 사실을 모를 것이다. 그저 휠체어를 치운다는 생각으로 한 행동이다.

혼자서 휠체어 바퀴를 굴리는 것이 안타까워서 뒤에서 휠체어를 밀어주는 사람들이 있다. 도와주고 싶은 마음에서 한 선행이지만 장애인 입장에서는 불쾌하다. 왜냐하면 그것은 낯선 사람이 자기 몸을 만진 것이 되기 때문이다. 휠체어를 밀어주고 싶을 때는 '제가 좀 밀어드릴까요?'라고 의사를 물어보는 것이 예의이다.

그리고 사람들은 '휠체어 끌고 이리와.'라고 말한다. 이 말 역시 장애인의 인격을 무시한 폭언이다. 그럴 때는 굳이 휠체어라고 말할 필요가 없다. 휠체어에 타고 있는 사람과 함께 오라는 뜻으로 말하면 된다. 예를 들어서 "방귀희 씨랑 같이 와." 이렇게 말이다. 또 휠체어를 발로 툭툭 차는 사람도 있는데 그 느낌이 몸으로 고스란히 느껴지기 때문에 몹시 언짢다. 휠체어가 몸이란 생각을 한다면 이런 행동을 하지 못할 것이다.

장애인 모임에 가면 다양한 휠체어를 탄 사람을 만난다. 고급 휠체어를 타고 있으면 부티가 난다. 그리고 최신형 휠체어를 타고 있으면 장애인들의 부러운 시선을 받게 된다. 그만큼 장애인에게는 휠체어가 중요하다.

방송국에서 강원래 씨를 종종 만나는데 그는 연예인답게 휠체어도 패션이다. 바퀴줄이 노란색이어서 금방 눈에 띈다. 강원래 씨도 휠체어에 관심이 많다. 춤을 출 때는 스포츠용 휠체어를 타야 하기 때문에 집에 휠체어가 몇 대가 있다며 휠체어 자랑을 한다.

그러면서 강원래 씨도 이런 말을 했다. 사람들이 달려와서 휠체어를 붙잡는 바람에 몸이 앞으로 쏠려 넘어질 뻔했던 적이 한두 번이 아니라고 말이다. 물론 강원래를 보자 반가워서 휠체어를 붙잡은 것이지만 강원래 씨 입장에서는 사람들이 자기 몸을 붙잡은 것이니 당황스러웠을 것이다.

문화시민이라면 휠체어에 대한 이런 예절 정도는 알고 있는 것이 좋다. 휠체어는 물건이 아니다. 장애인의 몸이다. 그렇기 때문에 당사자의 의사를 묻지 않고 함부로 행동하는 것은 옳지 않다.

장애인 인형을 갖고 놀아야 한다

장애인 인형(경향신문/2008. 7. 10.)

어린아이들은 인형을 참 좋아한다. 인형과 함께 하나의 가정을 이루어 가장 노릇 하기를 즐긴다. 아이들은 인형과 함께 세상을 살아가는 법을 익힌다고 볼 수 있다. 그런데 인형은 왜 다 예쁜 걸까? 바비 인형은 날씬한 몸매에 예쁜 얼굴을 가진 완벽한 미인이다. 이렇게 완벽한 신체를 가진 인형을 갖고 논 어린이들은 사람은 모두 바비 인형처럼 생겨야 한다는 인식을 갖게 됐다.

그래서 성장했을 때 신체적으로 완벽하지 못한 것을 큰 결함으로 생각한다. 그 결함을 거부하기 때문에 뚱뚱하거나 못생겼거나 장애가 있으면 차별을 받게 된다. 우리 어린이들에게 사람의 신체적 조건은 다양할 수 있고 신체적으로 다른 것이 결함이 아니라는 것을 가르쳐 줘야 한다.

그러기 위해서는 어린이들에게 다양한 모습의 인형을 갖고 놀도록 할 필요가 있다. 그 인형들 가운데에는 장애인 인형도 있어야 한다. 인형은 예뻐야 어린이들이 좋아할 것이란 판단으로 장난감 회사에서 장애인 인형을 생산하지 않았다.

하지만 최근 미국을 비롯한 유럽에서는 장애인 인형이 등장해 큰 인기를 끌고 있다고 한다. 바비 인형의 친구로 휠체어에 앉은 베키를 출시했는데 보름 만에 품절이 될 정도로 선호도가 높았다. 어린이들이 왜 장애인 인형을 좋아하는 것일까? 완벽한 아름다움에 싫증이 났을 수도 있지만 그보다는 보살펴 줄 대상이 생겼기 때문이다. 어린이들은 심성이 착하기 때문에 약자를 도와주고 싶은 마음을 갖고 있는 것이다.

장난감 휠체어를 밀어주며 놀던 어린이들은 장애인에 대한 이해가 깊어지기 때문에 실제 장애인을 만났을 때 낯설지 않고 자연스럽게 대하게 된다.

그래서 독일의 유치원에서는 장애인 인형으로 장애가 무엇인지를 가르친다고 한다. 장애를 막연하게 설명해 주는 것보다는 인형을 통해 학습을 시키는 것이 훨씬 효과적일 것이다. 장애인 인형은 어린이들의 인성교육을 위해 꼭 필요하다.

어린이들에게 예쁜 인형을 사 줄 것이 아니라 장애를 가진 인형을 갖고 놀도록 해서 장애인과 함께 살고 있다는 것을 인식시킨다면 우리 사회에 팽배해 있는 외모로 인한 차별 문제가 해소될 것이다. 하지만 우리나라에서 장애인 인형을 만들 장난감 회사가 있을까? 회사는 이윤을 추구하기 때문에 팔리지 않을 물건은 절대로 생산하지 않지만 유럽처럼 우리나라에서도 장애인 인형이 대박을 터트릴지도 모른다.

장애인 인형을 우리도 만들어야 한다. 의족을 착용한 인형, 검정 안경을 쓴 시각장애 인형, 보청기를 낀 청각장애 인형 동서양을 막론하고 생김새가 비슷한 다운증후군 인형 등이 있어서 어린이들이 장애인 인형과 놀면서 장애를 자연스럽게 받아들일 수 있도록 해 줘야 한다.

우리나라 부모들이 장애인 인형이 출시됐을 때 과연 자녀에게 그 인형을 사 줄 것인가도 의문이다. 옆집에 사는 장애어린이와 친구를 하게 해주지도 않고, 유치원이나 학교에 장애인 친구가 있어도 짝꿍이 되는 것을 반대하는 한국의 부모들이 과연 장애인 인형을 흔쾌히 구입할지는 장담할 수가 없다.

하지만 장애인 인형이 어린이들에게 주는 것이 더 많다는 것을 알아야한다. 장애인 인형을 통해 어린이들은 누군가를 보살피면서 얻을 수 있는 행복감을 만끽하게 된다. 그리고 보다 현실적이고 균형 잡힌 인간관을 갖게 된다. 무엇보다 사람을 사랑하는 마음이 생겨서 사람을 해치는 일을 하지 않는다. 우리 어린이들이 인간미 넘치는 선한 인간으로 성장하기 위해서는 장애인 인형을 손에 쥐어 주며 어려운 사람을 돕는 인성교육부터 시켜야 한다.

조용필을 좋아하는 영애 씨

(경향신문/2008. 4. 3.)

　봄이다. 시간 가는 줄 모르고 있다가 성질 급한 개나리가 얼굴을 빼꼼히 내민 것을 보고 봄이란 사실을 깨달았다. 얼마나 세상 구경을 하고 싶었으면 여린 꽃잎으로 찬바람을 맞으며 꽃망울을 터트렸을까 싶었다.

　조금 있으면 여의도 윤중로에 벚꽃 잔치가 벌어질 것이다. 봄에 내리는 눈꽃인 벚꽃을 생각하니 벌써부터 윤중로 꽃길을 걷고 싶어진다. 올해 벚꽃 축제에 초대하고 싶은 사람이 있다.

　지난겨울 노들장애인야학 천막교실에서 만난 이영애 씨이다. 이영애 씨는 43세의 뇌성마비 여성장애인이다. 그녀는 야학에 나오기 전에는 세상 구경을 하지 못했다. 37년 동안 방 안에 갇혀 살았다. 영애 씨는 앉을 수가 없어서 누워 있었다. 모든 일상생활이 누운 상태에서 이루어졌다. 가족의 지원도 없었다. 그런 영애 씨에게 사람으로서 살아가는 법을 가르쳐 주고 자신에 대한 자존감으로 삶에 희망을 갖도록 해 준 것은 장애인야학이었다. 영애 씨는 야학에서 한글을 깨쳤다. 텔레비전 화면에 나오는 글씨를 읽을 수 있게 된 것이다. 그것은 영애 씨가 세상을 바라보는 눈을 갖게 만들었다.

영애 씨는 활동보조인과 세상 구경을 하면서 쇼핑도 하고 외식도 한다. 그리고 콘서트에도 간다. 영애 씨는 가수 조용필을 좋아한다. 그래서 조용필 노래 CD를 하루 종일 듣고 핸드폰 컬러링도 조용필의 〈그 겨울의 찻집〉이다. 방송국에 사연을 보내서 얻은 조용필 콘서트 티켓으로 조용필 노래를 라이브로 들으며 영애 씨는 눈물을 흘렸다. 자기가 그토록 좋아하는 조용필이 자기 앞에서 노래를 부른다는 사실이 너무나도 감격스러웠던 것이다.

사람들은 영애 씨가 열성적으로 조용필을 좋아하는 것을 흉본다. 마흔이 넘은 나이에 게다가 자기 몸 하나 추스르지 못하는 중증장애인이 연예인을 좋아해서 뭐하느냐고 영애 씨에게 핀잔을 준다.

사람들은 중증여성장애인은 여성으로서의 감정이 없다고 생각한다. 하지만 영애 씨는 보통의 여성들보다 더 순수하고 아름다운 감성을 갖고 있다. 영애 씨는 지금도 짝사랑에 가슴이 터질 것 같은 그리움으로 하루하루 멋진 사랑을 꿈꾸고 있다.

영애 씨는 올해가 조용필 데뷔 40주년이라며 조용필 40주년 기념 콘서트를 자기 생일처럼 기다리고 있다. 영애 씨에게 소원을 물었다. 그랬더니 조용필을 한번 만나는 것이라고 했다.

그러면서 이런 말을 덧붙였다. "조용필 씨를 만나는 것은 불가능한 일이고 콘서트나 가야죠. 그런데 갈 수 있을지 모르겠네요." 영애 씨는 모든 일상이 다른 사람의 손에 의해 이뤄지기 때문에 자기가 하고 싶다고 할 수 있는 처지가 아니라서 이렇게 여운을 남겼다.

지금도 세상 밖으로 나오지 못하는 중증장애인들이 많다. 그들은 배움의 기회를 놓쳤기 때문에 세상과 소통하는 방법에 익숙지 않다. 그래서 아무 쓸모가 없는 무능력한 사람이 돼 버렸다. 하지만 그들도 영애 씨처럼 많은 꿈을 갖고 있다. 그러나 우리 사회는 그들의 꿈에 무관심하다. 게다가 꿈이 있다고 말하면 그 몸으로는 이룰 수 없는 꿈이라고 비웃는다.

그런 비웃음과 맞서 자신의 꿈을 당당히 말하고 있기에 영애 씨가 결코 초라해 보이지 않는다. 영애 씨는 참 대단하다. 어렵게 장애인야학에 나가 공부를 하면서 장애인운동에 눈을 떠 장애인복지를 위해 목소리를 내고 있다.

영애 씨는 자립 생활을 계획하고 있다. 부모님이 돌아가셨을 때 혼자 남게 될 자신의 미래를 준비하기 위해서이다. 중증장애인의 자립 생활을 위해 활동보조서비스와 장애인연금제도가 필요하다고 자신의 경험에서 나온 장애인복지정책을 거침없이 쏟아 냈다. 이렇게 장애인복지를 걱정하면서도 영애 씨는 조용필 얘기를 할 때는 신바람이 난다.

영애 씨는 외출을 할 때마다 사람들이 뭐 하러 나왔냐는 식으로 쳐다보는 시선이 부담스럽다며 장애인에 대한 시선부터 바뀌어야 한다고 강조했다. 올봄 영애 씨가 윤중로 벚꽃 길을 산책하면서 받게 될 주위의 따가운 시선이 벌써부터 걱정이 된다.

영애 씨가 좋아하는 조용필 노래 〈그 겨울의 찻집〉의 노랫말 -아~아 웃고 있어도 눈물이 난다-처럼 중증장애인들은 대중 앞에서 웃고 있어도 마음속으로는 울고 있다.

장애인과 동전

(경향신문/2007. 11. 8.)

    방송자료를 찾다가 2006년 국가인권위원회 장애인차별 진정사건이 눈에 띄었다. 지팡이를 짚은 장애인이 점심 식사를 하러 서울에 있는 한 식당에 들어갔다가 식당 주인에게 쫓겨난 사건이었다. 장애인을 쫓아낸 이유는 혼자 온데다 그때가 손님이 가장 많은 바쁜 시간이라는 것 때문이었다.

    이 말은 장애인은 혼자서 식당에 오면 안 되고 더욱이 점심시간에는 식당을 이용할 수 없다는 얘기가 된다. 식당에서 어이없게 쫓겨난 장애인은 국가인권위원회에 이 사건이 장애인에 대한 차별이라고 진정을 했고 국가인권위원회에서는 이 진정사건에 대해 식당에서 장애인에게 음식을 제공하지 않은 것은 명백한 차별 행위라는 결정을 내렸다.

    식당에 들어갔다가 불쾌감을 느낀 것은 장애인이면 누구나 다 겪어 본 일이다. 이런 재미있는 일화도 있다. 조그만 사업을 하는 분인데 그분은 목발을 사용한다. 직원들과 회식을 하기 위해 식당에 들어서자 식당 주인이 카운터에서 100원을 꺼내 주면서 무조건 쫓아내는 바람에 문 쪽으로 밀려가고 있었다. 그때 마침 먼저 와 있던 직원이 '사장님 어서 오세요.'라고 공손히 인사를 하자 그제야 죄송하다며 친절히 안내를 했다고 한다.

그날 그분은 그 음식점에서 가장 비싼 음식을 주문해 매상을 잔뜩 올려 주고 계산을 하며 주인이 줬던 100원을 팁이라고 하며 돌려줬다는 얘기를 들었다. 한 10년 전 얘기지만 아직도 이런 일이 벌어지고 있다.

지금 대통합민주신당 국회의원인 장향숙 의원도 같은 일을 당했다고 한다. 국회의원이 되기 전 휠체어를 타고 한 피자집을 들어가려고 하는데 500원을 주며 가라고 해서 피자집 종업원과 한판 붙어 사과를 받아 냈다고 한다. 국회의원 배지를 달고 있는 지금도 식당 사람들 눈에는 한낱 휠체어 장애인으로 보일지도 모른다.

나도 휠체어를 타고 있어서 음식점에서 실랑이를 벌일 때가 많다. 방송 스태프들과 여의도에 있는 한 빌딩을 찾았을 때의 일이다. 건물 입구에서 내 앞을 가로막으며 어디에 가느냐고 물었다. 난 안내를 해 주기 위해 묻는 줄 알고 식당에 간다고 대답해 줬는데 어느 식당이냐고 꼬치꼬치 묻는 것이었다. 검문을 받는 것 같아 기분이 상했다.

간신히 건물 입구를 통과하고 식당에 도착했는데 식당 입구에서 또 한 차례 검문을 당해야 했다. 종업원은 다른 손님들에게 묻지 않는 질문을 내게 했다 "예약하셨어요?" 만약 예약을 하지 않았다고 하면 자리가 없다며 쫓아내기 위해서이다. 그리고 분명 전망 좋은 창가 쪽으로 예약이 됐는데도 안으로 들어가기 불편할 테니까 이쪽으로 앉으라며 자기네 마음대로 자리를 지정해 줬다. 장애 때문에 선택권을 잃은 것이다.

그런데 여의도 노천 카페촌에서 아주 친절한 식당을 만났다. 그 집은 처음부터 달랐다. 휠체어 두 대가 들어갔는데도 반갑게 맞아 주며 자리를 편안하게 마련해 주려고 의자를 빼는 등 배려를 아끼지 않았다. 나는 그 배려 때문에 단골이 됐다. 사람들은 어느 식당이 맛있고 어느 식당은 음식값이 너무 비싸고 하면서 맛과 가격으로 식당을 선택하지만 나를 비롯한 장애인은 친절과 배려로 식당을 고른다.

그 단골집이 너무 좋아서 클론의 강원래 씨와 동화작가 고정욱 씨와의 약속 장소를 그 식당으로 정했다. 그날 나까지 합해 휠체어가 세 대였다. 하지만 그 식당 주인은 아랑곳 하지 않고 강원래 씨가 왔다고 좋아하며 휠체어 손님들에게 최고의 서비스를 아끼지 않았다. 우리도 기분이 좋아서 음식을 아끼지 않고 시켰다.

식당 주인들이 한 가지 알아둘 것이 있다. 장애인은 한번 단골이면 영원히 단골이다. 장애인 손님을 내칠 것이 아니라 친절히 대해 영원한 손님으로 만드는 것이 훨씬 유리할 것이다.

내년부터 장애인차별금지법이 시행되면 장애인차별 사건이 아마도 식당에서 가장 많이 발생할 것 같다. 지금처럼 장애인을 대했다가는 국가인권위원회가 아니라 법원에서 조사를 받아야 할 것이고 단순한 권고가 아니라 벌금을 물게 된다.

그러니 지금부터 식당 종업원들에게 장애인 친절 교육을 시켜서 송사에 휘말리지 않도록 준비하는 것이 현명하지 않을까 싶다.

차이를 인정하자

차별에서 차이로(경향신문/2007. 8. 30.)

초등학교 다닐 때 부르던 동요가 생각난다. -무엇이 무엇이 똑같을까. 젓가락 두 짝이 똑같아요- 가만히 생각해 보면 우리는 똑같은 것을 찾으려고 애써 왔다. 같아야 동질성이 느껴지고 같아야 자기편이고 같아야 선(善)이라고까지 생각한다.

국사 시간 첫 페이지를 장식하는 것도 단일민족이다. 우리는 한 핏줄로 지금까지 굳게 뭉쳐 왔다. 그런데 최근 유엔으로부터 단일민족국가 이미지를 극복하라는 권고를 받았다.

이 권고를 사람들은 다민족, 다문화 시대에 발맞춰 나가는 국제사회의 흐름 때문이라고 해석하고 있지만 이것은 우리 사회에 존재하고 있는 차별의 문제에 대한 유엔의 경고로 해석할 수도 있다.

우리 사회는 똑같지 않으면 배척하고 차별한다. 외국인 노동자들이 한국 사회에서 차별을 받는 것은 생김새가 우리와 다르기 때문이지 그들의 문화적 이질감 때문이 아니다. 우리는 일단 젓가락 두 짝처럼 똑같지 않으면 자기와 다른 부류로 분류한다. 그리고 다름을 차이로 인정하는 것이 아니라 차별로 밀어내고 있다.

겉모습이 가장 다른 사람들이 장애인이기 때문에 우리 사회에서 장애인은 차별적인 존재가 되고 있다. 그래서 장애인은 가정 내에서조차 차별을 받는다. 건강한 자녀들은 당연히 교육을 시키지만 장애인은 학교에 보내지 않아도 된다고 여긴다. 사회는 한 수 더 떠서 장애인에게 취업의 기회를 주지 않고 있다. 장애인은 버스도 탈 수 없고 곳곳에 버티고 있는 계단 때문에 건물로 접근조차 하지 못한다. 장애인은 지나가는 사람들의 이상한 눈길을 그대로 받아야 하고 장애인은 사랑하는 사람과 결혼도 하지 못한다.

이것이 바로 장애인에 대한 차별이다. 장애 때문에 보통사람들과 다른 모습을 하고 있다는 이유 하나로 장애인은 인권을 송두리째 빼앗겼다. 그래서 최근 들어 의식 있는 장애인들이 인권의 문제를 부르짖으며 차별과 맞서고 있다.

차별이 존재하는 사회는 발전할 수 없다. 인류의 역사는 차별에 대한 해방의 역사이다. 여성에 대한 차별이 여성해방을 그리고 신분에 대한 차별이 노예해방을 이루면서 자유를 쟁취했다. 이제 우리 지구상에 남은 마지막 차별인 소수자에 대한 차별로부터 해방이 돼야 인류는 완전한 평등을 얻을 수 있을 것이다.

소수자는 다수가 아니라는 이유로 사회적 편견 속에 불이익을 당하고 있는데 소수자들의 차이를 인정한다면 소수자도 사회 주류가 될 수 있고 주류가 됨으로서 사회에 이바지할 수 있다.

소수자 속에 장애인, 외국인, 트랜스젠더 등이 있다. 이들이 보통 사람들과 다른 면이 있다고 해서 그것이 인생 자체를 뒤집어 놓지는 않는다. 그저 차이가 있을 뿐이다. 차이는 남들이 갖지 못한 개성이다. 그래서 차이를 인정해 주면 다양한 개성들이 다양한 능력으로 재창조된다.

우리 사회의 화두는 차이를 어떻게 받아들일 것이냐이다. 따라서 앞으로 각 당의 대통령 후보들은 실현 가능성 없는 그럴 듯한 공약을 남발할 것이 아니라 다양한 차이에 대한 철학을 세우고 차별 문제를 어떻게 해결할 것인지 그 방법을 제시할 수 있어야 한다.

대한민국 국민이 변화할 수 있는 인식의 전환이 필요하다. 작은 땅덩어리에서 저출산 고령화로 대한민국의 힘이 약화되고 있는 시점에서 과연 장애인이라고 밀어내고 외국인이라고 괄시하고 트랜스젠더라고 거부하는 것이 현명한 일일까?

장애인이 세금을 내는 국민이 되고, 외국인이 부족한 노동력을 채우고, 트랜스젠더가 성 정체성을 갖고 사회생활을 할 수 있도록 소수자를 인정하고 배려하면서 사회 통합을 이뤄야 대한민국이 젊고 건강해질 수 있다.

이제 더 이상 똑같은 것만을 고집할 것이 아니라 다름을 차별이 아닌 차이로 그리고 개성으로 받아들이는 성숙한 국민의식으로 거듭나야 한다.

이중적인 시각

(현대불교/2005. 3.)

우리 모두는 최고를 좋아한다. 최고가 되지 않으면 도태할 것 같은 '최고증후군' 환자인지도 모른다. 최고가 되려면 발전을 통해 앞으로 나아가야 하는데, 우리는 발전보다는 단순한 자리다툼으로 최고의 자리에 앉으려고 한다.

이 치열한 경쟁을 버틸 수 없었던 장애인은 최고의 자리에서 점점 밀려나 소외라는 구렁에 빠지게 되었다. 사람들은 장애인을 경쟁 상대로 생각하지 않는다. 그저, 도와줘야 할 사람으로 치부해 버린다.

장애인의 경쟁력을 인정하지 않게 된 우리 사회에서 장애인은 과연 어떤 존재일까? 장애인은 소비자가 아니다. 자기가 원하는 것을 원하는 양만큼 구입해서 사용할 수가 없다. '너는 장애인이니까 이런 정도의 도움이 필요할 테니 이걸로 잘 살아라.' 하는 식의 장애인복지정책이 펼쳐지고 있는 게 현실이다. 바로 이런 탁상공론에서 나온 제도 때문에 얼마 전 한 장애인이 생계비 인상을 요구하며 구청 현관 앞에서 목을 매 스스로 목숨을 끊었다.

언론에서는 구청장 면담이 이루어지지 않은 것에 대한 항의성 자살로 보도하고 있고, 구청에서는 그가 국민기초생활수급자로서 얼마를 지급받았고, 장애수당으로는 얼마가 지원되고 있었다며 줄 만큼 다 주었다고 주장하고 있다. 이 죽음의 본질과는 거리가 먼 얘기들이다. 이 휠체어 장애인이 진정 원했던 것은 소비자로서의 삶이었다.

우리나라 장애인복지는 장애인에 대해 모르는 사람들이 만든 정책을 일방적으로 시행하기 때문에 이런 부작용이 나타나는 것이다. 장애인이 원하는 것을 스스로 할 수 있는 사회 환경을 조성해 주는 것이 장애인복지이지 돈 몇 푼 지원해 준다고 장애인복지가 되는 것은 아니다.

우리 사회는 지금 이 순간도 알게 모르게 장애인의 생명을 위협하고 있다. 장애인은 그 흔한 암보험 하나 가입할 수 없는 것이 현실이니 말이다. 자주 이런 전화를 받는다.

"고객님, 저희 카드회사에서 이번에 고객님에 대한 서비스로 보장성 보험을 들어 드리고 있는데요." 하면서 보험 상품을 열심히 소개하다가 '어쩌죠, 난 장애인인데.'라는 말에 대답도 없이 전화를 끊는다.

그럴 때 끈질긴 보험 가입의 권유에서 벗어났다는 시원함보다는 '아, 나는 위험에 닥쳤을 때 고스란히 당해야 하는구나.' 하는 불안감이 밀려오고, 우리 사회에서 도대체 장애인은 뭔가 하는 정체성의 혼란에 빠지게 된다.

그런데 한편에서는 장애인은 우리 이웃이라고 따뜻한 미소를 지어 보낸다. 장애인을 돕는 사람들, 장애인을 위한 사업을 펼치는 기업들이 눈에 띄게 많아졌다. 어디 그뿐인가. 요즘 자폐증 청년의 마라톤 인생을 담은 영화 〈말아톤〉이 흥행에 성공하면서 장애인에 대한 관심이 높아진 것처럼 보인다. 하지만 영화 한 편으로 사람들의 생각을 얼마만큼 바꿔 놓을 수 있겠는가. 장애인들이 원하는 것은 지속적인 관심과 이해이다.

'저런 아이를 왜 밖에 내보내요. 정신병원이나 장애인시설에 보내지.'라는 대사가 영화 〈말아톤〉에 나오는데 이것이 장애인에 대한 일반인들의 인식이다. 장애인은 함께 살기보다는 따로 살면서 가끔 자선을 베푸는 시혜의 대상으로 보는 것이다. 이런 현실 속에서 장애인이 무엇을 할 수 있겠는가. 아직도 장애인에게 닫혀 있는 창구가 많다.

겉으로는 장애인에 대한 인식이 좋아지고 있는 것처럼 보이지만 그 이면에는 장애인을 차별하는 행위들이 버젓이 벌어지고 있다. 이런 이중적인 시각이 장애인들에게 더 큰 상처를 주고 있는 것이다.*

---

* 현재는 장애인 암보험 등 보험 가입이 가능하지만 아직도 발달장애인의 생명보험 가입에는 절차가 까다롭다.

2. 장애인 코드로 문화 보기

"선한 말을 하면 마음이 치유된다고 합니다.
그래서 선한 말은 인류가 지금까지 사용한 약 중
가장 효과 있는 명약 중의 명약이라고 해요.
선한 말은 부작용도 없기 때문에
많이 할수록 좋겠죠."

_방귀희 방송 멘트 수첩에서

〈마음이 부시게〉 살아야지

(경향신문/2019. 3. 19.)

　시니어드라마 〈눈이 부시게〉를 시청하며 마음이 부서서 행복하다. 이 드라마는 시간을 잃어버린 여자와 시간을 버린 남자가 같은 시간에 살면서 시간의 소중함을 일깨워 주는 내용이다. 대기업 사장이나 세상을 휘두르는 권력자는 단 한 명도 등장하지 않는다. 미장원을 하는 엄마, 택시기사를 했다가 사고로 다리 한쪽을 잃고 의족을 사용하게 된 후 아파트 경비 일을 하는 아버지, 직업 없이 무위도식하며 컴퓨터 앞에서 1인 방송을 하며 별사탕을 위해 엉뚱한 행동을 하는 오빠 그리고 친구들도 자장면을 배달하고, 무명가수로 성공과는 거리가 먼 우리 서민들이다.

　홍보관이라는 노인 유치원에는 이런저런 사연을 가진 노인들을 이용해서 돈을 버느라고 펼쳐지는 에피소드가 재미와 함께 가슴을 뭉클하게 만든다. 한때는 재산도 지위도 있었지만 남편이 죽은 후 미국으로 떠나는 아들을 위해 집을 팔아서 주고 자신은 모텔에서 장기 투숙을 하면서도 홍보관 노인들과 어울리기 싫어서 까칠하게 구는 샤넬 할머니는 아들의 배신을 확인한 후 스스로 목숨을 끊는다. 장례식장도 아들이 아닌 할머니의 죽음으로 조사를 받던 운 나쁜 남자가 지킨다. 하지만 이 드라마는 화장터로 가는 마지막 골목길에서 영정사진을 아들이 들고 나가게 설정하여 그나마 위안을 주었다.

홍보관 사람들이 보험금을 노리고 효도관광을 가장하여 사고를 내려고 한 사실을 안 25세 할머니인 주인공 혜자는 구출 작전을 벌이는데 그 과정에서 시청자에게 주는 메시지는 아무리 늙었어도 잘할 수 있는 장점은 누구나 한 가지씩 갖고 있다는 사실이다. 안내를 받지 않으면 이동이 어려웠던 시각장애 할아버지는 정전이 되자 눈뜬 사람들보다 훨씬 활발히 움직였다. 흰 지팡이로 바닥을 탁 치면 방의 위치이며 방 안에 사람이 있는지도 알아냈다. 시청자들은 이해가 가지 않았겠지만 그것을 전문용어로 에코로케이션(eco-location)이라고 하는데 이것은 소리의 반사를 통해 주변 공간의 상태를 지각하는 감각체계이다.

워커를 사용하는 할머니는 악당들의 진로를 방해하는 역할을 하는 등 구출 작전에 민폐가 될 것 같았던 노인들도 마음을 모으자 큰 힘이 된다는 것을 보여 주었다. 여기서 세종대왕이 시각장애인으로 구성된 관현맹인에게 벼슬을 주며 한 말이 생각난다. 바로 '세상에는 버릴 사람이 아무도 없다.'는 것이다.

우리는 서서히 늙어 가기 때문에 젊음을 서서히 잊어버리지만 하루아침에 늙어 버린 주인공은 젊음이 얼마나 에너지 넘치고 얼마나 아름다운지를 절감하게 된다. 젊음은 눈이 부신 그 자체이다. 이 찬란한 젊음을 갖고 있는 청년들이 실업의 늪에 빠져 빛을 발하지 못하는 현실이 더욱 안타깝다.

할머니를 25세로 만든 것은 알츠하이머였다. 기억을 잃어버리는 병이다. 할머니는 그것이 가장 두렵다고 하였다. 좋았던 기억이든 나빴던 기억이

든 그 모든 것이 삶이기 때문이다. 고령화 사회에서는 알츠하이머와 같은 치매노인이 많아질 것이다. 치매에 걸리면 요양원으로 격리시켜야 한다고 생각할 정도로 우리는 치매에 대해 부정적인 생각을 갖고 있다. 노인은 처음부터 노인이 아니었다. 노인에게도 눈이 부신 젊은 날이 있었다. 주인 공 혜자는 '너희도 늙어 봐라.' 라는 말을 자주 한다. 돌아가신 우리 엄마가 하던 말인데 이것은 경험해야 깨달아지는 것이 있다는 뜻이다. 경험해 보지 않고 함부로 예단해서는 안 된다. 그만큼 경험은 소중한 자산이다. 눈이 부신 시절이 지나면 마음이 부신 시절이 온다고 생각하면 노년이 덜 초라하지 않을까?

착한 영화, 착한 올림픽

(경향신문/2018. 2. 9.)

상영 첫째 날 영화관에 간 것은 60평생 처음이다. 그렇게 서둘러 간 이유는 〈그것만이 내 세상〉(그내)에서 서번트증후군이란 이해하기 힘든 천재성이 어떻게 표현되었는지 궁금했기 때문이다. 결론부터 말하면 자폐성 발달장애인에게 천재성이 있다는 것을 영화를 통해 처음으로 세상에 알린 〈레인맨〉보다 뛰어난 정말 좋은 영화이다.

〈레인맨〉은 자폐증 형을 만난 이유가 아버지의 유산을 반으로 나누기 위해서였다. 형과 함께 여행을 하며 장애 때문에 아무것도 할 수 없다고 생각했던 형이 놀라운 암기력으로 카지노에서 실력을 발휘하는 모습을 보며 함께 있는 동안 형에 대한 생각이 바뀌기는 하지만 〈레인맨〉은 형이 장애인시설로 다시 들어가는 것으로 끝난다. 〈레인맨〉은 서번트증후군이 무엇이라는 것을 보여 주는데 머물렀다.

하지만 그내는 서번트증후군을 피아노를 통해서만 표현하여 천재성을 예술로 승화시켰다. 누가 가르쳐 주지도 않았고, 악보를 볼 줄 모르지만 자기가 좋아하는 피아니스트의 연주 동영상을 보고 또 보며 머릿속에

악보를 입력시켜 피아노 건반과 유희하듯 행복하게 연주하는 주인공 오진태는 우리 현실에서도 얼마든지 있다.

그내는 자폐성 발달장애인의 천재성을 보여 주기 위한 영화는 아니다. 우리 가정 문제를 잘 드러냈다. 아버지의 폭력으로 엄마는 집을 나가고 아동기를 아버지 폭행으로 공포스럽게 보내며 주먹을 사용하는 복서가 되지만 무명이라서 40이 가까이 되도록 거처할 곳 없이 떠돌이 생활을 하는 고단한 삶을 고스란히 담았다. 그런데 여기에 장애인가정 문제를 첨부하였다. 누군가의 보살핌이 필요한 발달장애 아들을 위해 엄마는 열심히 일을 하지만 엄마는 암으로 시한부 삶을 살게 된다. 장애아부모 소원이 장애자녀보다 하루만 더 살게 해 달라는 것인데 엄마의 소원은 무참히 깨졌다.

엄마는 큰아들을 버렸다는 것에 대한 죄책감으로 큰아들에게 동생을 보살펴 달라는 부탁도 하지 못하고 자기가 죽으면 진태는 시설에 갈 테니 가끔 찾아가서 죽었는지 살았는지만 봐 달라는 유언을 한다.

친형제들도 장애형제를 돌보지 않는 경우가 많은 현실에서 그 유언은 허무하게 느껴지기도 하지만 그내 마지막에 형이 동생의 손을 잡고 길을 건너는 장면이 있어 엄마의 유언이 지켜질 것이란 따스한 안도감을 준다. 그내는 〈말아톤〉이나 〈맨발의 기봉이〉 같은 장애인영화가 아니다. 그내는 상처투성이 가족이 그 상처를 어떻게 치유하는가를 보여 주는 가족영화이며, 절단장애를 갖게 된 유명한 피아니스트와 집주인의 고3 딸이 진태를 진정으로 이해하고 편견 없이 받아들여 주어 인간의 정이 얼마나 소중한 것인지를 보여 주는 착한 영화이다.

2013년 방영된 드라마 〈굿닥터〉도 서번트증후군을 가진 자폐성 장애인이 외과 의사가 되는 과정을 그렸다. 방영 당시 시청률이 높지는 않았지만 자폐성 장애인에 대한 인식을 새롭게 하는데 큰 역할을 했다. 그 〈굿 닥터〉가 2017 미국 ABC방송국에서 리메이크되어 2017년 미국 드라마 부문에서 가장 많이 본 드라마 1위를 기록하였다. 주인공 프레디 하이모어는 2018년 골든 글로브 남우주연상 후보에 선정될 정도로 주목을 받고 있다.

평론가들도 〈더굿닥터〉를 선물과 같은 드라마라고 호평하였다. 이제 전 세계가 착한 스토리를 원하고 있다는 것을 알 수 있다. 그래서 그내 같은 영화에 이병헌이라는 세계적인 스타가 등장하며 착한 영화의 서막을 열었다.

〈굿닥터〉나 〈그것만이 내 세상〉을 만들어 낸 우리나라는 착한 이야기를 얼마든지 생산할 수 있는 저력이 있음이 입증되었다. 남들이 관심을 갖지 않는 발달장애인의 예술을 가족 문제로 잘 녹여 낸 그내가 2018년 최고의 흥행기록을 세운다면 발달장애인에 대한 인식개선은 물론 장애인 예술에 대한 의미와 가치가 새롭게 조명될 것이다.

2018평창장애인올림픽에는 그보다 더 착한 이야기가 많기 때문에 가장 감동적인 드라마가 될 수 있다. 대한민국은 착한 영화, 착한 올림픽으로 전 세계에 감동을 줄 준비를 해야 한다. 사람의 마음을 움직이게 하는 것은 뭐니 뭐니 해도 선하디 선한 착한 행동이기 때문이다.

진짜 홍보대사 딘딘 이야기

(국민일보 쿠키뉴스/2017. 10. 9.)

큰 행사에는 홍보대사를 위촉한다. 그야말로 홍보를 하기 위해서이다. 그런데 홍보대사를 위촉하려면 행사 콘셉트와 맞아야 하고, 이미지도 좋아야 한다. 그래서 어떤 사람이 홍보대사로 적합한가를 선정하는 과정도 쉽지 않지만 섭외를 하는 일은 더욱 힘들다. 열악하기 짝이 없는 장애인계는 더더욱 홍보대사 위촉에 어려움이 많다.

그런데 2018평창동계패럴림픽 G-100일 기념, 한 · 중 · 일장애인예술축제(이하 한·중·일축제) 홍보대사는 일찌감치 딘딘으로 낙점이 되어 있었다. 그 이유를 지금부터 설명하면서 진짜 홍보대사의 모습을 소개하고자 한다.

2015년 봄 숭실대학교 교수님 아들 결혼식에 갔다가 박사과정 때 같이 수업을 듣던 아리샘(우리는 서로 샘이라고 부른다)을 만났다. 2013년도에 졸업하고 처음 보는 것이었다.

교수님 강의 과제의 같은 조(組) 샘들이 발표 준비를 위해 우리집에 모여 밤새워 토론을 하며 리포트를 쓰면서 무척 친해졌다. 아리샘은 캐나다에서 유학을 하여 영어를 잘했기 때문에 우리 조에서 아주 귀하신 몸이었다. 외모가 연예인급인데다 심성이 착해서 그 아름다움이 더 빛났던 인기 만점의 아리샘이 말했다.

"샘들, 우리 동생 가수로 데뷔해요. 많이 봐주세요."

"이름이 뭔데?"

"딘딘이요."

나는 그때 아까운 청년이 연예인병에 걸려 한동안 몸살을 앓겠구나 싶어 빨리 열이 내려서 평민으로 돌아오기를 바랐기 때문에 딘딘이란 이름을 흘려들었다. 그런데 얼마 지나지 않아 TV를 보니 딘딘이 자주 눈에 띄었다. 눈매가 아리샘과 많이 닮아서 친근감이 느껴졌다. 아이돌에게 풍겨지는 철없음이 있었지만 선한 이미지에서 차이나는 클래스가 느껴졌다.

딘딘 가족은 주말에 장애인시설로 놀러갈 정도로 친장애인 정서를 갖고 있다. 작은아버지가 소아마비로 휠체어를 사용하는 장애인이신데 경기도 안산에서 장애인거주시설을 운영하여 딘딘과 누나들은 방학을 하면 평화의집에 가서 장애인 원생들과 함께 지냈기 때문이다.

현재 작은아버지가 폐암 투병 중이신데 딘딘은 7개 이상의 고정 프로그램에 출연하는 등 빡빡한 스케줄 속에서도 작은아버지 문병은 꼭 참석할 정도로 작은아버지에 대한 사랑이 각별하다.

지난 9월 13일 한·중·일 축제 제작발표회에서 딘딘은 '말뿐인 홍보대사가 아니라 발로 뛰는 홍보대사가 되겠다.'고 홍보대사 위촉 소감을 말했다. 행사에 참여한 강원래 씨에게 '형이 라디오를 하고 있으니까 형이 라디오를 맡고, 나는 TV에서 뛸게요.'라며 홍보대사로서 강한 의지를 보였다. 휠체어 사용자와 사진을 찍을 때 키를 맞추기 위해 두 무릎을 완전히 꿇어 당황스러울 만큼 고마웠다.

며칠 후 딘딘은 자신의 인스타그램에 '저 딘딘이 2018평창동계패럴림픽

G-100일 기념으로 개최되는 한·중·일 장애인예술축제 홍보대사가 되었습니다! 홍보대사가 된 만큼 누가 되지 않게 열심히 하겠습니다! 감사합니다.'라며 홍보대사로서의 소임을 시작하였다.

또한 포털 사이트 인물정보의 한 줄 대표 경력을 한·중·일 장애인예술축제 홍보대사로 올려놓아 그가 장애인문제에 얼마나 진정성 있는 애정을 갖고 있는지가 느껴졌다.

한·중·일 장애인예술축제 메인 행사인 오는 11월 30일 KBS공연에서 딘딘은 래퍼로 절단장애인 비보이와 함께 콜라보로 멋진 무대를 선보일 것이다. 딘딘은 진심을 다하는 진짜 홍보대사의 모습을 보여 주어 장애인 인식개선에 큰 도움이 될 것으로 기대하고 있다.

30개 프로그램에 고정출연하여 예능인으로서 많은 사랑을 받고 있는 딘딘은 지난 10월 2일 2017코리아드라마어워즈에서 드라마 〈김과장〉 OST로 음악상을 받아 래퍼로서의 입지를 굳혔다.

딘딘은 자신의 일을 통해 얻은 인기로 사회에 공헌하는 노블레스 오블리주 실천의 모범을 보여 주고 있는 멋진 연예인이다.

---

* 암투병 중이던 딘딘의 작은아버지는 2018년 세상을 떠나셨다.

〈태양의 후예〉가 착한 이유

(서울신문/2016. 4. 15.)

드라마 〈태양의 후예〉 덕분에 허리를 조이는 경제와 바닥을 치는 정치에서 잠시 휴식을 찾을 수 있었다. 〈태양의 후예〉 덕분에 사랑이 얼마나 아름다운지, 조국이 얼마나 위대한지 깨달았다. 〈태양의 후예〉 덕분에 정의가 무엇이고 명예롭게 산다는 것이 어떤 삶인지 알 수 있었다.

〈태양의 후예〉 덕분에 생명과 평화를 지키는 것이 우리가 해야 할 일이라는 목표가 분명해졌다. 물론 드라마니까 가능하지 현실에서 태양의 후예는 없다고 냉소적인 반응을 보이는 사람도 있다. 그렇다 하더라도 우리를 지탱하는 힘은 정의이고, 우리는 정의에 가슴이 뭉클거린다는 기본적 양심을 일깨워 준 것만으로도 그 역할은 충분하다.

이렇게 거대 담론은 아니지만 〈태양의 후예〉는 두 가지 긍정의 캐릭터를 생산하였다. 바로 병리과 전문의 표지수와 일병 김기범이다. 표지수는 휠체어를 타고 있는 장애인이다. 어쩌다 장애를 갖게 되었는지, 병원 생활에 어떤 어려움이 있는지 구체적인 설명은 없지만 주인공 강모연의 절친으로서 거침없는 말투로 친구에 대한 우정을 쿨하게 보여 주고 있다.

굳이 표지수를 장애인으로 등장시킬 필요가 없었을 텐데 휠체어를 태운 것은 우리 사회 어디에서라도 장애인과 함께 살아가는 모습을 자연스럽게 보여 주고 싶어서가 아닐까 싶다. 일반적으로 장애인은 내성적인 우울한 모드로 생각하지만 표지수는 너무나도 터프한 모습을 통해 장애인도 비장애인과 다르지 않다는 것을 인식시켜 주려는 의도가 엿보인다.

그리고 일병 김기범은 국제 분쟁과 지진, 전염병으로 긴장감이 감도는 상황에서도 검정고시 준비를 한다. 김 일병은 부모도 없고, 학력도 중졸이고, 양아치들과 어울리는 구제 불능의 상황이었지만 멋진 특전사 형들을 만나는 바람에 새로운 삶을 살게 되었다. 김 일병은 학력을 갖추기 위해 검정고시를 준비하는데 머리에 흰 띠를 두르고 심각하게 공부를 하는 것이 아니라 아주 장난스럽게 시험을 준비하는 모습에서 우리 사회가 비행청소년의 미래를 너무나 한심하게 바라보고 있다는 반성을 하게 된다.

우리 사회 차별 요인이 되고 있는 학벌과 장애를 이겨 내는 방법을 〈태양의 후예〉가 무겁지 않게 제시하였고, 돈과 권력으로 타락한 정의를 되살릴 수 있는 방안까지 친절하게 안내하고 있어서 〈태양의 후예〉는 좋은 드라마이다.

〈태양의 후예〉를 보면서 톨스토이 작품 〈사람은 무엇으로 사는가〉가 떠올랐다. 이 작품을 통해 톨스토이는 인간을 구원하는 것은 선을 행하는 사랑임을 말해 주고 있는데 사실 톨스토이가 아니어도 선이 정의이고 사랑이 아름답다는 것은 다 안다. 하지만 각박한 삶 속에서 잊어버릴 때쯤 그 사실을 일깨워 주는 드라마가 있고 문학작품이 있어서 우리는 불의에 완전히 오염되기 전에 정의라는 처방전을 들고 사랑을 실천하기 위해 사회 속으로 나온다.

마침 4월은 장애인의 날이 있는 장애인의 달이다. 4월에 실천할 사랑은 장애인에 대한 자연스러운 배려이다. 장애인을 차별하지 않는 것, 그것이 한국 사회에 꼭 필요한 정의였으면 좋겠다.

〈복면가왕〉의 미학

(경향신문/2015. 7. 23.)

외모지상주의에 대한 반격이 시작된 듯하다. 〈복면가왕〉을 단순한 미스터리 음악쇼나 진짜 음악 대결이라고만 하기 어려운 이유는 우리가 그동안 얼마나 외모에 치중하여 정말 중요한 것을 놓치고 있었다는 사실을 시청자들 스스로 깨닫게 해 주었기 때문이다.

우리는 눈으로 보지 않고는 믿지 않는 시각 중심의 생활환경에서 살고 있다. 키가 커야 루저가 안 되고 얼굴이 예뻐야 호감을 갖는 아주 저급한 미(美)를 맹신하였다. 이런 사회현상은 한국을 성형 천국으로 만들었고 실력보다는 배경으로 군림하는 불평등한 그리하여 정의롭지 못한 사회로 전락시키고 있다.

이때 복면을 쓰고 노래를 불러 가장 노래를 잘 하는 가수다운 가수를 뽑는 프로그램인 〈복면가왕〉은 시청자들에게 노래는 눈으로 보는 것이 아니라 귀로 듣는 것이란 본질을 일깨워 주었다. 그동안 가수들은 노래보다는 현란한 춤으로 사람들에게 볼거리를 제공하고 가수의 이름에 붙은 인기로 무조건 박수를 치고 환호성을 지르는 최면 상태에 빠지게 하였다.

얼굴도 이름도 모르는 채 노래를 듣자 사람들은 좋은 노래가 주는 감동에 흠뻑 빠져 제대로 음악을 즐기고 있다. 이제야 가창력 있는 가수의 진가가 드러나게 된 것이다.

가수가 복면을 벗었을 때 전혀 의외의 인물이 나타나면 현장에 있는 판정단은 물론 시청자들이 허탈해한다. 그 허탈감의 본질은 무엇일까? 바로 편견이란 고질병이다. 복면가왕에 도전한 퉁키가 노래를 불렀을 때 가창력은 좀 부족한 듯해도 노래에 젖어 들게 하는 필링이 일품이란 생각을 했었다. 아마도 굉장히 우수에 찬 눈동자와 인기와 거리가 먼 보헤미안 같은 가수 유목민일 것이라는 상상을 하고 있었는데 복면을 벗은 그는 그 정반대의 콘셉트를 가진 컬투의 김태균이었다.

가면을 벗고 이어지는 노래에서는 우수가 빠졌고 양털 같은 느낌 대신 끈적거리는 느끼함이 입가에 미소를 번지게 하였다. 이것이 바로 우리가 갖고 있는 그 몹쓸 편견이다. 명문대학 출신과 대기업 직원이 인정을 받고, 외모가 받쳐 줘야 실력이 돋보였던 것은 우리 사회의 잘못된 판정이다.

우리 사회에서 가장 냉혹한 차별을 받고 있는 장애인에 대한 편견도 이와 다르지 않다. 한 연구에 의하면 작가가 장애인인 것을 알고 작품을 보면 감동은 받지만 낮은 평가를 하듯이 외모지상주의 때문에 장애인들은 경쟁 무대에 서지 못하고 있다.

복면가왕이 보여 준 편견의 실체를 유희로만 즐길 것이 아니라 편견을 거둬 내려는 노력으로 이어져야 한다. 편견은 감정적 차별이다. 감정 때문에 차별을 하는 것은 죄악이다. 그런데 우리는 차별을 당연하다는 듯이 방임하고 동조하여 감정적 차별이 아닌 행위적 차별로 장애인을 비롯한 약자를 배제시키는 행동을 하고 있어서 사회 불만과 불평등을 만들었다.

인류 최초의 「예술개론」을 쓴 소크라테스는 어떤 것이 아름다운지 비교하며 고르는 것은 미(美)가 아니고, 아름다움이 무엇인지 추구하는 숭고미가 진짜 아름다움이라고 갈파하였듯이 아름다움을 바라보는 우리 시선이 바뀌어야 한다.

　〈복면가왕〉은 대결을 하면서도 경쟁자와 호흡을 맞추는 아름다운 경쟁을 하고 있어서 사람들을 열광시킨다. 막장으로 치닫는 추악한 경쟁 대신 윈윈하는 경쟁을 택한다면 우리 사회를 아름답게 성장시킬 수 있을 것이다.

　〈복면가왕〉의 미학이 편견의 때를 벗기고 참 실력자에게 아낌없이 환호를 보낼 수 있는 발상의 전환을 가져오는 커다란 계기가 되기를 바란다.

미생끼리 정말 왜 이래?

(서울신문/2015. 2. 18.)

요즘 주말 드라마 〈가족끼리 왜 이래〉가 최고 시청률을 올리고 있다. 이 드라마의 기획 의도는 가족관계 회복이었는데 적어도 가족의 의미를 다시 생각해 보는 계기를 마련해 주었다. 잘난 자식과 못난 자식 모두 부모에게는 소중하다. 그래서 부모는 자식을 위해서라면 자기가 희생한다. 자식들은 그 희생을 당연하다고 여겼다. 바로 이것이 불효가 된 것이다.

이 드라마에서는 불효가 부모에게 주는 부도덕이 아니라 자식들을 불행하게 만드는 가족 파괴 요인이 된다는 것을 일깨워 주며 자식들을 행복하게 만들어 주기 위하여 불효 소송이라는 법적 기제를 이용한다. 할 수만 있다면 소송을 해서라도 바로잡아 주고 싶은 부모의 마음이 잘 표현되어 있다.

얼마 전에 끝난 드라마 〈미생〉이 화제가 되었던 것은 직장에서 일어날 수 있는 모든 일들이 디테일하게 소개되어 직장인 누구나 공감할 수 있었기 때문이다. 직장은 다양한 특징을 갖고 있는 인간의 군상들이 성공이란 목표를 향해 총성 없는 전쟁을 하고 있다. 그 전쟁에서 살아남기 위해 어떤 선택을 하는지 〈미생〉은 너무나도 잘 보여 주었다.

　가족과 직장 문제를 다룬 드라마가 이토록 사랑을 받는 것은 가정과 일터에서 대부분을 보내는 사람들 사이에서 생기는 희로애락이 대중에게 전이되었기 때문이다. 사람은 타인과 상호작용을 하지 않으면 살 수가 없다. 사람과 사람 사이를 좋은 상태로 유지하는 것을 인간관계라고 한다. 바람직한 인간관계를 연구한 이론인 인간관계론에서는 인간의 공통 욕구를 귀속과 존중으로 보고 있다. 사람은 가정에 소속되어 있고, 학교나 직장 나아가 국가에 귀속되어 살고 있는데 누구나 자신이 소속된 집단에서 존중받기를 원한다. 그런데 이런 갈망이 채워지기는커녕 인간관계가 단절되었다.

　인간관계가 회복되려면 신뢰와 소통이 바탕되어야 한다. 신뢰하지 않으면 소통을 할 수 없다. 그런데 소통을 하지 않으면 신뢰가 생기지 않는다. 신뢰와 소통은 상호작용을 해야 생기는 것이니 혼자의 노력으로는 인간관계가 회복되기 어렵다.

　인간은 불완전한 개체로 모두 미생(未生)이다. 완벽한 사람은 없다. 어린이집 아동 폭행사건, 인질 살해사건, 판사 뇌물수수 사건, 땅콩 회항사건 등 우리 사회가 도저히 받아들일 수 없는 사건들이 발생하는 것은 신뢰하지 않는 자기중심적인 사고로 자기는 옳고 다른 사람은 틀렸다고 생각하는 가치관 혼란 때문이다.

　미생에서 벗어나기 위해 우리가 해야 할 일은 자기가 속해 있는 가정에서 자신이 소속된 사회에서 나는 누구인가를 생각해 보며 내가 웃고 가정이 웃고 나아가 나라가 웃을 수 있는 가치관을 갖는 것이다.

〈국제시장〉 속의 숨은 이야기

(한국일보/2015. 1. 4.)

    1940년대에서 2010년대를 살아가고 있는 덕수의 삶에 사람들이 눈물을 흘리는 것은 대한민국을 반토막으로 자른 분단이란 비극 속에서 한 남자가 가족을 위해 치른 희생이 너무나도 숭고하고 위대하기 때문이다.

    한 가족의 평화를 깬 한국전쟁, 평화를 찾아 흥남에서 부산으로 오는 과정에서 아버지와 여동생을 잃어버리자 어린 장남이 가장이 된다. 가장은 한 가정을 책임져야 한다. 영화 〈국제시장〉은 어린 가장이 가족을 위해 어떤 선택을 하며 가족을 지켜 나가는지를 잘 보여 주고 있다.

    덕수는 공부를 잘 하는 동생 대학 입학금을 마련하기 위해 독일 광부로 가서 온몸에 검은 석탄가루를 뒤집어쓰고 탄광이 언제 붕괴될지도 모르는 위험 속에서 일을 한다. 자신의 꿈을 실현하기 위해 해양대학에 합격을 하지만 막냇동생 결혼 자금을 마련하기 위해 월남행을 선택한다. 전쟁터에서 돈을 번다는 것은 무기 없이 전쟁을 하는 것과 다름이 없는 위험한 일이지만 덕수는 목숨을 담보로 돈을 벌었다.

    결국 덕수는 전쟁터에서 다리 한쪽을 잃고 장애인이 된다. 영화 〈국제시장)은 분단이 만든 가난을 극복하는데 초점을 맞추다 보니 장애에 대한 부분은 디테일을 살리지 못한 아쉬움이 있다.

전쟁 중의 국제시장 전경을 보여 주며 다리 한쪽을 잃은 청년이 지나가는 모습이 잠시 나타났지만 전쟁이 양산한 장애인의 비참한 모습은 간과하였고, 덕수가 몸의 일부를 잃고 겪어야 했을 불편과 사회적 편견은 전혀 드러나지 않았다.

하지만 곳곳에 숨은그림찾기처럼 뜻밖에 나타나 웃음을 준 인물들이 관객에게 준 메시지는 대단히 크다. 구두를 닦고 있는 덕수에게 꿈이 뭐냐고 물어본 청년 정주영은 자신 있게 자신의 꿈은 큰 배를 만드는 것이라고 말한다. 그 당시는 공상에 지나지 않았지만 그는 현대조선소를 세워 대한민국의 조선산업을 일으켰다. 덕수가 성장했을 때 시장에 옷감을 사러 온 앙드레 김은 남자가 무슨 여자 옷을 만드냐고 이상한 사람 취급을 받지만 세계적인 패션디자이너가 된다. 그리고 덕수가 월남에서 만난 남진은 한국 가요를 화려가게 성장시킨 장본인이다.

덕수는 이들처럼 우리 사회의 지도층은 되지 못하였지만 분단이 만든 이산의 아픔과 가난을 짊어지고 가족을 지키기 위하여 자신의 꿈을 포기하고 장애까지 갖게 되었지만 살기 위한 피나는 노력으로 오늘의 풍요를 이루어 낸 한국의 저력이다.

〈국제시장〉이 우리에게 보여 준 또 하나의 소중한 존재는 바로 친구이다. 덕수 옆에서 그와 기쁨과 슬픔을 함께 나눈 달구는 오늘의 우리들에게 진정한 우정이 무엇인지를 가르쳐 주고 있다. 요즘 사회에서 친구는 심심풀이 상대이고 반드시 이겨야 할 대상으로 생각하고 있어서 우정이 아닌 경쟁심을 잔뜩 갖고 있지만 그 시절의 친구는 함께 가야 할 인생의 동반자로서 서로 이끌어 주며 행복을 만들어 가는 밧줄과 같은 존재이다.

〈국제시장〉은 결국 고단하지만 행복한 사람들의 이야기이다. 보수니 진보니 하는 이념으로 영화를 정치적으로 해석하는 것은 문화예술인으로서는 슬픈 일이다. 그저 가족을 위해 열심히 살아온 가난하고 배우지 못한 우리 아버지들이 있었기에 지금의 우리들이 많은 것을 누리며 살고 있다는 것을 보여 주고 있는 영화로 가족이 잘 살면 나라가 발전한다는 메시지가 2015년 대한민국을 웃게 만들어 줄 것이라는 기대감을 주는 고마운 영화이다.

2014년 공주는 여성과 소통하는 자립형

(경향신문/2014. 2. 16.)

사람들은 공주를 좋아한다. 여자는 공주가 되고 싶어서, 남자는 공주를 만나고 싶어서 많은 사람들이 공주신드롬에 빠져 있다. 디즈니에서 공주라는 콘셉트를 74년 동안 쥐고 있는 것은 바로 인간의 본성에 신데렐라에 대한 꿈이 있기 때문이다. 그래서 디즈니에서는 백설공주에서 시작하여 현재 흥행몰이에 나선 애니메이션 〈겨울왕국〉 엘사에 이르기까지 다양한 공주를 만들어 냈다.

그동안 공주가 어떻게 변화해 왔는지 주목해 볼 필요가 있다. 우리가 너무나도 잘 알고 있는 백설공주나 신데렐라는 온갖 구박을 당해도 꾹 참으며 살다가 빼어난 미모 때문에 왕자의 사랑을 받아 행복해지는 의존적인 여성상이었다. 그러다 2009년도에 티아나라는 흑인 공주가 등장한다. 티아나 앞에 나타난 왕자는 파산 직전의 개구리였다. 개구리 왕자는 티아나에게 의지한다. 결국 공주가 왕자를 구해 주는 능동적인 모습을 보여 주었다.

2014년도 세계를 강타하고 있는 엘사 공주의 특징은 왕자가 없다는 것이다. 엘사는 여왕이 된 후 사랑하는 사람들을 지키기 위해 자기 자신을 고독에 가두어 버린다. 자기를 희생해서라도 사람들을 지키려고 하는 것인데 엘사의 고독을 녹여 준 것은 여동생의 자매애라는 것이 〈겨울왕국〉의 주요 내용이다.

왜 디즈니에서 얼어 버리는 마법을 설정했으며 그 마법을 왕자가 아닌 여동생이 풀도록 하였을까? 그것은 현대인의 적은 바로 자기 자신이라는 것을 말해 주기 위해서이다. 현대사회에서 소통이 화두가 되고 있는 것은 불통 때문인데 불통이 생기는 것은 마음이 닫혀 있어서인데 얼어붙은 마음을 녹여 세상과 소통하게 만들어 주는 역할을 여동생이 한 것은 여동생이 다름 아닌 또 다른 자기 자신이기 때문이다.

그러니까 문제를 만드는 것도 자기 자신이고 문제를 해결하는 것도 자기 자신이라는 메시지를 〈겨울왕국〉이 주고 있다. 이렇듯 2014년 공주는 자립형이다.

그런데 〈겨울왕국〉이란 예술세계에서 보여 주는 공주와 2014년 우리 사회에 나타난 공주는 너무나도 다르다. 최근 경질된 해양수산부장관은 연구원이었다가 장관이 되었으니 공주가 된 것인데 경질된 이유에 대해서는 백번 동의하나 사람들의 입에 심심치 않게 오르내리는 장관 외모에 대한 평가에 관해서는 여성들이 침묵해서는 안 된다고 생각한다.

아직도 여성을 외모로 평가하는 반페미니스트적 발상을 갖고 있다. 여성이 외모로 평가되는 한 신체의 결정적인 다름을 갖고 있는 여성장애인은 절대로 공주가 될 수 없다는 결론이 나온다.

외모지상주의 때문에 얼마나 많은 여성들이 차별을 받고 있고 그 차별로 얼마나 많은 여성들이 능력을 평가받을 수 있는 기회조차 얻지 못하고 있는가에 대한 각성이 없다는 것이 더욱 안타깝다. 그래서 여성들은 실력을 쌓기보다는 외모 가꾸기에 전념하고 있다. 날씬해지기 위해 무리한 다이어트를 해야 하고 예쁜 얼굴을 만들기 위해 성형수술을 택한다. 대학 합격 후 성형수술을 하다가 마취에서 깨어나지 못하고 사망한 여학생 소식은 우리 사회가 얼마나 외모 강박증에 매몰되어 있는지 잘 말해 준다.

올해 대학을 졸업한 여학생들의 대기업 입사는 바늘 귀에 낙타 들어가기만큼 기회가 적다. 대기업에서 여자를 꺼려하는 것은 실력이 없어서가 아니라 임신, 출산 등으로 인한 업무 지체를 우려하기 때문이다.

지금은 여성 대통령 시대인데 여성이 여전히 차별을 받고 있다는 것은 슬픈 일이다. 우리 정부에 여성 장관이 여성부 한 명밖에 없다는 것은 부끄러운 일이다. 여성이 사회를 이끌어 가기 위해서는 애니메이션 〈겨울왕국〉에서 엘사가 보여 준 자립적인 의지와 여성과 소통하는 더 큰 여성이 필요하다.

언젠가 디즈니에서 여성장애인 공주가 탄생한다면 2014년 자립형 공주에서 한발 더 나가 사람들이 장애를 하나의 조건으로 인식하는 사회형 공주가 될 것이다. 현실에서도 여성과 장애라는 이중의 장벽 속에 갇혀 있는 여성장애인을 당당한 공주로 만들어 주어야 모든 여성들이 외모지상주의 프레임에서 자유로워질 수 있다.

영화 〈관상〉의 진짜 결론

(경향신문/2013. 9. 30.)

상상력은 유죄인가? 무죄인가? 그 죄의 유무를 따지기 전에 예술이 무한한 자산이라는 것은 분명하다. 역사의 틀에 관상이란 매력적인 소재를 융합시킨 영화 〈관상〉이 성공한 것은 전혀 이상한 일이 아니다. 요즘 케이블TV에서 연예인과 유명 인사의 얼굴을 놓고 부자상이니 권력상이니 하며 마치 얼굴에 이미 사람의 운명이 결정되어 있는 양 설명하며 관상도 바꿀 수 있다면서 수정 방향을 알려 주는 방송을 하고 있지만 영화 〈관상〉은 그런 얄팍한 호기심 자극이 아니라 철학적인 메시지를 담고 있다.

관상가 내경은 사람의 얼굴에는 세상 삼라만상이 모두 들어 있으니 그 자체가 우주라고 말한다. 그렇다. 우리 얼굴은 우주이다. 얼굴에 눈, 코, 입, 귀, 두뇌의 모든 감각기관이 모여 있기 때문이다.

그리고 수양대군은 반대편에 섰던 내경에게 가장 큰 고통을 주기 위해 내경이 보는 앞에서 아들을 죽이며 '조선 최고의 관상가가 어찌 자식의 단명은 몰랐을꼬.'라고 비꼰다. 한마디로 관상은 없다는 결론으로 관상에 대한 막연한 기대를 갖고 영화 〈관상〉을 본 관객들을 제자리로 돌려

놓는다.

그런데 영화 〈관상〉의 진실은 따로 있다. 조선 세종은 대신들의 반대를 무릅쓰고 시각장애인 지화에게 벼슬을 주었는데 지화의 직업은 바로 점술가였다. 지화는 궁궐을 드나들며 국가의 중요한 일을 결정하기 위한 점을 쳤다. 세종의 장인인 심온을 모함해서 왕후의 집안을 몰락시키는 일도 지화가 했다. 역심을 품고 있다는 점괘 하나로 어마어마한 일이 벌어졌지만 그런 점괘를 만든 것은 지화가 아니라 외척 세력을 제거하려는 상왕 태종의 불안증이었다.

권력의 맛을 본 지화는 세종의 노여움을 사서 귀향을 가게 되지만 문종이 다시 그를 불러들인다. 병약한 문종과 어린 단종으로 정국이 혼란해지자 과연 누가 왕이 될 것인지가 최대 관심사였기에 지화의 점에 의지하려 했는데 지화는 안평대군이 임금이 될 운명이 있다고 점을 쳐준다.

하지만 결과는 수양대군이 승리한다. 그리하여 지화는 안평대군과 함께 처형을 당한다. 지화는 왜 안평대군 편에 섰을까? 안평대군이 먼저 지화를 불렀기 때문이다. 안평대군은 단종 1년에 반란을 준비하고 있었던 것이다. 수양이 안평을 이길 수 있었던 것은 관상도 아니고 점괘도 아닌 인내심 때문이다. 수양대군은 단종 3년에 양위 형식으로 권좌에 오른다.

지화는 사람의 운명을 내다보는 능력은 있었지만 자기 운명은 모르고 있었다. 그 이유는 권력에 도취되어 판단력이 흐려졌기 때문이다. 영화 〈관상〉 곳곳에 이런 역사적 배경이 숨어 있다. 지화의 시각장애를 내경 아들의 시각장애로 안평대군의 성급함을 불같은 성격으로 표현했다.

우리가 이런 역사를 통해 배울 수 있는 것은 욕심을 버리고 분노를 삭히며 인내하는 것이 꿈을 이루는 왕도라는 사실이다. 운명적으로 정해진 것은 아무것도 없다. 운명을 만드는 것은 바로 자기 자신의 마음이니 심상(心相)이 가장 중요하다 할 수 있다. 따라서 영화 〈관상〉의 키워드는 관상을 믿지 않는 내경의 아들이 과거시험 준비를 하면서 가장 어려웠던 것이 무엇이냐는 면접관 질문에 '운명에 체념하지 않는 것'이라는 답변이다. 운명에 체념하지 않는 것이 다름 아닌 도전인데 단언컨대 도전을 할 때는 욕심을 버리고 인내심을 갖고 노력해야 한다는 것을 영화 〈관상〉이 불투명한 미래에 대해 불안해하고 있는 오늘의 우리들에게 전해 주고 있는 메시지이다.

〈늑대소년〉이 준 메시지, 약속

(서울신문/2012. 11. 29.)

EX
IN

온 국민이 맨붕 상태이다. 국민과의 약속을 뒤로한 채 홀연히 떠난 안철수 현상이란 신기루가 사라졌기 때문이다. 일이 손에 잡히지 않아 인터넷만 계속 검색하며 시간을 보내고 있다는 사람들이 많았다. 나도 인터넷 검색을 하다가 영화 〈늑대소년〉이 관객 600만 명을 돌파했다는 소식을 접했다.

〈늑대소년〉이 이렇게 조용한 돌풍을 일으키는 이유는 뭘까? 그것은 영화 〈늑대소년〉이 주고 있는 메시지에 국민들이 공감하고 있기 때문이다. 늑대소년은 세상이 버린 특별한 존재로 사람들은 그를 괴물이라고 멀리하며 제거하려고 한다. 하지만 늑대소년은 인간이 갖고 있지 않은 가장 소중한 신의를 갖고 있다. 늑대소년은 자신에게 사랑을 준 사람을 지키기 위해 물불을 가리지 않는 희생적인 존재이다. 오직 그 사람과의 약속을 지키기 위해 평생을 바친다.

주인인 소녀가 '기다려, 다시 올게'라는 쪽지를 두고 떠났는데 그 약속을 믿고 무려 47년 동안이나 기다린다. 긴 세월 속에서 소녀의 얼굴 가득

주름이 움푹 파여(스스로 자신의 모습을 괴물이라고 한탄) 옛 모습은 찾아볼 수 없지만 늑대소년은 이렇게 말한다. "여전히 아름답습니다. 똑같습니다. 눈도, 코도, 입도." 바로 이것이 늑대소년만이 갖고 있는 믿음의 시각이다.

우리 인간은 지키지도 못할 약속을 너무나 쉽게 한다. 자기가 한 약속을 하찮게 여겨 아주 쉽게 약속을 깬다. 약속을 깨고 나서도 아무렇지 않게 생각하는 뻔뻔함이 있다. 사람이 이렇게 약속을 지키지 않는 것은 상대방을 소중히 생각하지 않기 때문이다. 늑대소년은 소녀가 자기보다 더 소중했기에 소녀와의 약속 또한 귀중했던 것이다. 마음이 변하지 않았으면 현상학적으로 어떤 변화가 일어났다 해도 그 진정성은 그대로 믿고 받아들여야 하는데 사람은 그런 믿음을 갖기가 어렵다.

영화 〈늑대소년〉에서 가장 많이 나온 말이 '기다려'인데 이 말도 현대인에게 강한 메시지를 준다. 현대를 사는 우리들에게 가장 부족한 것은 인내심이다. 지금 당장 손에 넣지 않으면 실패한다고 생각한다. 그래서 과정은 생략하고 빨리빨리 서둘러서 모든 것을 자기가 소유해야 성공할 수 있다고 믿는다.

우리는 기다리는 것을 싫어한다. 하지만 기다리지 못하는 조급함 때문에 우리가 얼마나 많은 것을 잃고 있는지를 생각해 봐야 한다. 그런데 우리가 기다리지 못하는 것은 바로 약속을 지키지 않기 때문이다. 약속한 것은 반드시 지켜진다는 확신을 갖고 있다면 얼마든지 기다릴 것이다. 그러니까 약속에 대한 신뢰가 형성돼야 한다.

이번 대통령 선거에 각 후보들은 공약이란 국민과의 약속을 쏟아 내고 있다. 하지만 우리 국민들은 그 공약을 신뢰하지 않는다. 그동안 수많은 공약들이 있었지만 대부분 폐기 처분되었기 때문이다.

요즘 언론에서는 온통 누가 대선에서 승리할 것인지를 점치기에 바쁘다. 하지만 지금 우리에게 필요한 것은 우리나라를 가장 잘 운영해 나갈 지도자가 어떤 덕목을 갖추어야 하는지를 찾아내어 합의하는 것이다.

한편의 영화에서도 이렇게 중요한 메시지를 주고 있는데 국민을 위해 나라를 경영하겠다는 정치인이 국민의 마음을 움직일 수 있는 강력한 메시지 없이 자신을 선택해 달라고 지지를 호소하는 것은 어불성설이다. 늑대소년을 생체학적으로 볼 것이 아니라 세상에서 소외된 존재라는 사회학적 관점에서 이해하고 소년이 보여 준 변함없는 사람에 대한 사랑과 신뢰가 우리 사회를 발전시키는 동력이라는 문화적 현상에 동의한다면 국민이 진정으로 원하는 지도자를 선택할 수 있을 것이다.

전동휠체어를 탄 공주를 환영한다

(에이블뉴스/2012. 5. 22.)

요즘 드라마 〈더 킹 투하츠〉(이하 더킹)를 열심히 본다. 북한 여장교와 남한 왕자의 사랑 이야기인데 그 사랑이 애절해서가 아니라 전동휠체어를 탄 공주가 등장하기 때문이다. 공주는 악당에 의해 하반신마비 장애를 갖게 된다. 드라마에서 장애인을 다룰 때 빠지기 쉬운 연민이 〈더킹〉에서도 여전히 보여져 듣기 거북한 대사가 많이 나오긴 하지만 그럼에도 불구하고 〈더킹〉을 칭찬하고 싶은 것은 왕관을 쓰고 전동휠체어에 앉아있는 모습이 너무너무 당당하고 우아하기 때문이다.

공주가 왕관을 쓰고 왕을 대신해서 섭정을 하게 되니 여왕이다. 그러니까 휠체어여왕인 것이다. 드라마 속에 휠체어여왕이 등장하는 것은 의미하는 바가 크다. 장애인은 소외계층을 대표하고 있는데 드라마에서나마 여성장애인이 여왕이 된 것을 보면서 장애인은 대리 만족을 느낄 것이다. 그리고 비장애인은 장애인에 대한 이미지를 긍정적으로 가질 수 있게 된다.

사실 이 드라마에는 많은 장애 요소가 등장한다. 우선 북한의 여장교와 남한의 왕이 사랑을 한다. 이들이 결혼하기까지에는 많은 장애물을 뛰어넘어야 한다. 남과 북이 이런 장애물을 넘기 위해서는 신뢰가 가장 중요한데 〈더킹〉에서 바로 그런 신뢰를 확인하기 위해 끊임없이 서로를 불신하며 서로에게 상처를 주는 과정이 바로 우리의 현실일지도 모른다.

돈으로 세계의 왕이 될 수 있다는 헛된 꿈을 갖고 있는 봉구라는 인물이 남북의 신뢰에 가장 큰 방해꾼으로 등장한다는 것도 그냥 지나칠 수 없는 부분이다. 우리 사회를 불안하게 만드는 것은 바로 이런 봉구 같은 비합리적인 사상 체계를 갖고 있는 사람들 때문이니 말이다.

드라마 〈더킹〉은 인간 사회에 생길 수 있는 수많은 장벽을 그리고 있다. 사람들 눈에 가장 잘 띄는 장벽은 뭐니 뭐니 해도 장애일 것이다. 그래서 공주에게 하반신마비라는 장벽을 설정했다. 〈더킹〉은 내부적 장애물과 외부적 장애물 가운데 어떤 것이 견디기 힘든 것인지를 시청자로 하여금 스스로 판단하게 만든다. 드라마를 보지 않았더라도 쉽게 그 해답을 찾을 수 있을 것이다.

공주는 장애를 갖게 된 후 오히려 자기 인생을 진지하게 받아들인다. 그리고 사람이 소중하다는 것도 깨닫는다. 장애 때문에 잃은 것이 많은 것이 아니라 장애 때문에 오히려 많은 것을 얻었다. 공주는 사랑도 얻었다.

공주가 전동휠체어를 타고 아름답게 성장해 가는 모습이 여성장애인을 사랑하고 싶은 존재로 인식하는데 일조를 하고 있다. 그런데 우리 현실은 여성장애인에게 아직도 높은 장벽이 가로막혀 있다. 이번 제19대 국회에 여성장애인 국회의원이 탄생하지 못한 것이 그 장벽의 증거이다. 여성장애인은 구색 맞추기로 끼워 넣었다가 막판에 버리는 카드가 되고 있는 현실이 너무 갑갑해서 드라마 속 전동휠체어 공주가 더 소중하게 느껴진다.

〈시크릿 가든〉의 복지 키워드를 찾아라

(에이블뉴스/2011. 1. 24.)

　드라마 〈시크릿 가든〉이 막을 내렸다. 숱한 화제를 남겼고 뜨거운 사랑을 받았다. 그만큼 드라마의 영향이 크다. 그래서 〈시크릿 가든〉을 사회복지 측면에서 분석해 볼 필요가 있다.

　그동안 드라마에서 재벌 2세 남자가 가난하지만 아름다운 여자와 운명적인 사랑을 해서 신데렐라가 되는 스토리는 정해진 코스였다. 〈시크릿 가든〉 역시 사랑의 저해 요소로 신분의 차이를 들고 나왔다. 그런데 이 드라마에서는 새로운 용어를 사용했다. 바로 사회 지도층과 사회 소외계층이다.

　이 단어가 부자와 가난한 사람 이상의 큰 격차를 느끼게 했다. 재벌이라고 하면 돈만 많은 사람이라고 생각하게 되지만 사회 지도층이라고 하면 재력은 물론이고 권력과 명예까지 움켜쥔 정말 거대한 힘을 느끼게 한다. 그렇기 때문에 상대적으로 사회 소외계층을 더욱 약하고 초라하게 만들었다.

　'사회 지도층의 선행이지', '사회 지도층의 도덕이랄까', '사회 지도층의 정부 시책 실천으로' 하면서 사회 지도층만이 갖고 있는 노블레스 오블리주를 강조했다. 그러면서 소외계층은 사회 지도층의 결정을 존중해야 한다고 은근히 압력을 행사했다.

물론 작가가 이렇게까지 깊이 생각하진 않았겠지만 소외계층 입장에서는 상처가 되는 대사이다. 소외계층을 대변하는 여자 주인공 길라임은 사회 지도층에 당당은 하지만 사회 지도층의 표상인 김주원의 인어공주론이 맞다고 동의해 소외계층의 한계를 인정했다.

〈시크릿 가든〉의 결말을 놓고 논란이 많았던 것은 소외계층이 인어공주가 되느냐 백설공주가 되느냐에 따라 우리 사회에 만연해 있는 양극화 현상 등 시대적 갈등을 더 조장하게 되기 때문이다.

〈시크릿 가든〉에서 소외계층인 길라임이 사회 지도층인 김주원에게 화가 날 때마다 하는 말이 있다. 바로 '5번 척추 6번 만들어 줄까' 이다. 5번 척추가 6번이 되면 어떻게 될지 생각해 본 사람은 거의 없을 것이다. 그것은 하반신마비이다. '5번 척추 6번 만들어 줄까' 는 '너 장애인 만들어 줄까' 인 것이다.

정말 무시무시한 협박인데 드라마 속에 자주 등장한다. 예전에 아이들이 부모 말을 안 들으면 다리 몽댕이를 분질러 놓겠다는 말을 자주 했었는데 이제 그 말 대신에 사람들은 '5번 척추 6번 만들어 줄까' 를 쓰게 될 것 같다. 이 역시 장애를 우회적으로 비하하는 교묘한 대사이다.

〈시크릿 가든〉의 성공 비결은 영혼이 체인지된다는 것이다. 현실적으로 가능하건 안 하건 김주원이 길라임이라고 주장하고 길라임이 김주원이라고 주장하면 그것은 정신장애이다. 까도남의 열풍을 일으킨 김주원은 실제로 폐소공포증을 갖고 있다. 그래서 그의 주치의는 정신과 의사이다.

이렇게 〈시크릿 가든〉 곳곳에 숨어 있는 비밀의 열쇠는 장애이다. 장애에서 차용해 온 여러 가지 상황들이 〈시크릿 가든〉에 열광하게 만들었다. 하지만 드라마 〈시크릿 가든〉에서 복지 키워드를 찾으려는 사람은 없을 것이다.

오직 사회 지도층 남자와 소외계층 여자의 사랑이 엄마의 반대 속에서 불안전하게 이루어졌다고 절반의 행복으로 위안을 삼거나 사회 지도층 남자와 소외계층 여자의 사랑은 현실에서는 불가능하여 주인공 중 한 사람의 꿈일지도 모른다는 허망함을 남겼다.

사회 지도층 남자와 소외계층 여자의 사랑이 완전한 행복으로 그려지는 드라마를 보려면 좀 더 시간이 걸릴 듯하다.

드라마 〈동이〉에 빠진 것

드라마 〈동이〉 시각장애인 악사 빠져 아쉬움(경향신문/2010. 5. 20.)

　우리는 그동안 숙빈 최씨를 몰랐다. 장희빈 얘기가 소설, 영화, 드라마
로 많이 알려진 것과 대조를 이룬다. 천민 출신에서 임금의 후궁이 되고
조선 시대 그 유명한 영조의 어머니인 숙빈 최씨를 드라마 〈동이〉에서 재
탄생시키고 있다.

　신분의 굴레를 벗어나 운명을 넘어선 한 여인의 신화라고 드라마 제작
의도를 밝히고 있듯이 숙빈 최씨는 정말 대단한 인물임에 틀림없다. 장희
빈과 같은 시대에 한 임금의 총애를 받았었다는 것도 흥미롭다.

　게다가 드라마 〈동이〉는 그동안 사극에서 볼 수 없었던 장악원을 무대
로 조선 시대의 화려하고 우아한 음악세계를 선보여 옛날 옛적에는 음악
활동을 어떻게 했는지를 알 수 있게 하는 귀중한 자료이다.

　그런데 드라마 〈동이〉에서 역사적 사실 한 가지를 왜곡하고 있다. 장악
원에 소속된 악사 가운데 시각장애인이 많았었는데 〈동이〉에서는 시각장
애인 악사를 단 한 명도 보여 주지 않고 있다.

　조선 시대에 관현맹인제도가 있었다. 시각장애인 가운데 음악적 재능이

뛰어난 사람을 뽑아 장악원에서 악기를 연주하도록 하고 관직과 녹봉을 주었다. 궁중 잔치 가운데 왕비나 공주를 위한 내연(內宴)에서는 반드시 시각장애인 악사들이 연주를 했다. 그 이유는 남녀 분별이 엄격했던 시절이라서 앞을 보지 못하는 시각장애인 악사들에게 연주를 시켰던 것이라고 역사학자들은 말한다.

영조 20년에 편찬된 〈진연의 궤〉에 보면 13명의 시각장애인 악사가 피리, 해금, 거문고, 비파 등을 연주했다는 기록이 나온다. 그래서 유명한 시각장애인 음악가가 많았다. 세종대 이반, 성종대 김복산 등인데 김복산은 가야금 솜씨가 당대 일인자였다. 그래서 성종 3년에 포상으로 벼슬을 제수받았다.

이렇게 역사적인 사실이 분명한데 왜 드라마 〈동이〉에서는 시각장애인 악사를 제외시켰을까? 〈동이〉 연출자 이병훈 감독이 이 사실을 모를 리는 없다. 이병훈 감독은 드라마 〈허준〉과 〈대장금〉이란 대작을 만들며 사극 정통 연출자로 인정을 받았다.

그의 드라마에는 역사의 주제 의식이 살아 있었고 역사적 사실이 주는 재미를 시청자에게 선물했었는데 이번 드라마 〈동이〉에서는 시각장애인 악사를 빼먹는 실수를 저질렀다. 시각장애인 악사가 드라마 흐름에는 아무런 영향을 주지 않을지도 모르지만 시각장애인 악사가 등장했다면 이병훈 표 사극에 한층 신뢰가 생겼을 것이다.

시각장애인 음악가는 조선 시대에는 대접을 받고 살았는데 현대는 어떤가? 시각장애인 음악인들이 설 무대가 없다. 드라마 〈동이〉에서 시각장애인 악사가 보이지 않는 것은 현대의 시선으로 역사를 바라봤기 때문이다. 드라마 〈동이〉에 시각장애인 악사가 등장했더라면 시각장애인 음악인에 대한 인식을 새롭게 만드는데 큰 역할을 했을 텐데 그렇지 못해 아쉽다.

〈아바타〉의 두 가지 의문점

(한겨레신문/2010. 1. 10.)

　영화 〈아바타〉를 보면서 사람들은 화려하고 실감나는 화면에 매료됐 겠지만 나는 두 가지 의문이 생겼다. 첫 번째 의문은 '제임스 카메론 감 독은 주인공을 왜 휠체어장애인으로 설정했을까?' 하는 것이고 두 번째 의문은 '판도라 행성에 살고 있는 원주민 나비족을 왜 키가 3m나 되는 장신으로 만들었을까?' 였다.

　주인공 제이크는 용감한 해병이었다. 그러다 전투 중 하반신마비 장애 를 갖게 돼 퇴역을 했다. 그래서 아바타 실험에 참여하게 된다. 제이크가 수동휠체어를 타고 군인들과 함께 행동하는 모습이 너무 멋있었다. 바 로 그런 모습이 장애인과 비장애인이 함께 살아가는 통합 사회의 모습이 기 때문이다.

　그래서 감독이 참 고마웠다. 역시 그냥 거장 소리를 듣는 것은 아니구 나. 주인공 제이크 역할을 맡은 샘 워딩튼의 가느다란 다리를 보면서 감 독이 어떻게 저렇게 세밀한 부분까지 신경을 썼나 싶어 감탄스러웠다. 그 런데 영화를 보면서 감독을 의심하게 됐다. 역시 카메론 감독도 장애인에 대한 편견을 갖고 있다는 생각이 들었다.

장애 때문에 지금의 상황이 불행하다고 느끼고 장애 상황에서 벗어나고 싶어한다고 전제했기에 아바타가 된 후 제이크는 실험실을 뛰쳐나와 껑충껑충 달리며 신체의 자유를 즐기는 모습이 나온다.

제이크가 나비족 원주민들과 동화되기를 원한 것은 사랑과 평화에 대한 본능과 윤리라고 말하고는 있지만 제이크가 꿈에서 깨어나고 싶어 하지 않는 것은 역시 장애의 몸으로 돌아가고 싶지 않기 때문이란 추측이 가능해진다. 그래서 감독은 아바타의 주인공을 일부러 장애인으로 설정한 것이란 확신이 들었다.

그리고 나비족은 왜 키가 인간의 두 배 가까이 되고 발가락을 오므려 땅을 팔 수 있을 정도로 힘이 센 신체적 조건을 갖고 있는 것으로 만들었을까? 지구에 살고 있는 인간보다 작고 힘이 약한 종족으로 만들 수는 없었을까?

이름에서 알 수 있듯이 인간의 희망의 대상인 우주에 있는 판도라 행성에는 동물들도 모두 크고 힘이 세다. 강해야 생존할 수 있다는 것을 은연 중에 암시하고 있는 것이다.

그렇다면 우리가 상상해 볼 수 있는 미래 세계에서는 약자들은 도태된다는 얘기가 된다. 우리가 꿈꾸는 미래 세계는 약육강식의 먹이사슬에 의해 운영됐던 원시사회도 아니고 현대사회처럼 돈과 권력에 의해 인간 질서가 잡히고 장애인을 비롯한 사회적 약자들이 차별받는 사회가 돼서는 안 된다고 생각했는데 영화 〈아바타〉를 보면 미래사회 역시 약자에게 희망을 주지 못한다.

영화는 현재를 바탕으로 발생할 수 있는 미래를 그려 낼 수 있다는 것이 큰 매력이다. 그래서 이런 공상과학 영화에 사람들이 열광하는 것인데 영화 〈아바타〉는 인간에게 희망을 주지 못하는 아쉬움을 남겼다.

　제임스 카메론 감독은 사회적 약자에 대한 애정 어린 시선을 갖고 있지 못했기 때문에 영화 〈아바타〉에서 장애인은 자신의 육체를 버리고 싶은 존재로 그렸고 존재할지도 모를 행성의 세계를 거인의 나라로 꾸몄다.

　영화 〈아바타〉에 전 세계의 시선이 집중되고 있다. 감독의 작가정신과 모험정신은 높이 살 만하다. 그러나 영화 〈아바타〉는 역시 강자 논리에서 벗어나지 못한, 인간의 가장 탐욕스러운 모습을 그린 전쟁 영화에 불과하다. 강하고 큰 것이 선이라는 인식은 인간을 불행하게 만들 것이라는 충고를 하고 싶다.

절망에 감동하는 사람들

(에이블뉴스/2009. 9. 14.)

텔레비전을 켜면 연예인들의 노는 장면을 보여 주는 예능 프로그램과 축사에서 짐승처럼 살아가는 장애인의 삶을 보여 주는 다큐 프로그램이 나온다. 시청자들이 깔깔거리고 웃거나 눈물을 찔끔찔끔 흘리라는 것이 그 의도이다.

다큐 프로그램의 단골 메뉴는 장애인이다. 장애는 눈에 확 띄기 때문에 그 사람이 갖고 있는 고통을 설명하지 않아도 시각적으로 전달이 되기 때문이다.

저렇게 장애가 심한 사람이 어떻게 아기를 낳았을까?

온 집안 식구가 모두 지적장애인일 수도 있구나?

안 보이는데 어떻게 마라톤을 할까?

TV 앞에서 사람들은 이런 호기심으로 감동을 한다. 그리고 모금 프로그램에서는 또 다른 감동으로 시청자들을 자극한다.

가난과 장애 그리고 죽음까지 보태져 완벽한 절망에 빠진 사람들을 보여 주는 것이다.

이런 처참한 모습을 보여 주는 이유가 뭘까?

그것은 사람들이 절망에 감동하기 때문이다. 사회복지사가 후원자를 데리고 지원 대상자 선정을 위해 가정 방문을 갔을 때 후원자들이 선호하는 것은 최대한 상태가 안 좋고 최대한 고통에 찌든 표정을 짓고 있는 가정이다.

살아 보겠다는 의욕으로 집안 청소를 하고 깨끗이 씻고 단정한 옷을 입고 밝은 표정으로 후원자를 맞이하면 방문을 마치고 돌아가면서 이렇게 말한다.

"이 가정은 잘 살고 있네요. 옷도 나보다 이쁘게 입었던데요?"

사회복지사는 그럴 때 가장 난감하다. 첫 방문 가정은 모든 것을 포기한 상태여서 살아 보겠다는 의지가 전혀 없는 사람이고, 두 번째 방문 가정은 적어도 자기 자존감을 지키며 위기에서 벗어나 보겠다는 의지가 있는 것인데 후원자들은 그 사실을 모른다.

그렇다면 사람들은 절망에 감동하는 것뿐이지 절망에 빠진 사람의 손을 잡아 주어 일으켜 세워 줄 의도는 없는 것이 아닌가 싶다.

사회복지사들은 클라이언트 가정을 방문해서 삶의 의욕을 갖고 도전해 보라고 권한다. 세상은 노력하는 사람을 위해 열려 있다고 말한다. 우리 사회는 열심히 살려고 노력하는 사람을 도울 것이라고 희망을 준다.

하지만 지원은 희망을 갖고 있는 사람보다는 절망에 빠진 사람에게 돌아간다. 그 지원의 목적은 생명을 유지하게 하기 위함이지 절망에서 벗어나 뭔가를 할 수 있도록 하기 위해서가 아니기 때문이다.

배고픈 사람에게 물고기를 잡아 줄 것이 아니라 물고기를 잡는 법을 가르쳐 주라는 말이 있다. 그런데 우리는 먹고 남으면 그것을 가장 배고픈 사람들에게 나누어 주는 것이 자선이라고 생각한다.

스스로 물고기를 잡도록 해 주어야 생산적인 기부가 된다. 그래야 당사자들도 얻어먹는다는 굴욕적 관계에서 벗어나 당당해질 수 있다. 고통 속에 있는 사람에게 필요한 것은 바로 이 당당함인데 후원자들은 그 당당함을 허락하지 않는다.

얼마 전 텔레비전에 장애인이 출연하여 노래를 불렀다. 조금 전까지 박장대소를 하던 연예인들이 숙연한 표정을 짓더니 급기야 눈물을 흘렸다. 그리고 그 눈물이 언론을 도배했다.

사람들은 절망을 즐기고 있는 것이 분명하다. 이것이 우리나라의 기부 문화의 발전을 가로막고 있다.

^故김수환 추기경과 영화 〈워낭소리〉가 주는 교훈

김 추기경과 장애농부의 정당한 가난(동아일보/2009. 3. 6.)

 김수환 추기경의 선종에 온 국민이 애도하고 있다. 가톨릭 신자가 아닌 사람들도 김수환 추기경이 우리 곁을 떠나신 것을 아쉬워한다. 우리 사회의 정신적 지주를 잃었기 때문이다. 우리 국민들은 왜 이토록 김수환 추기경의 선종을 애달파하는 것일까? 그것은 그분이 50여 년 동안 보여준 삶이 이타적이었기 때문이다.

 언론에서는 ^故김수환 추기경을 가까이에서 지켜본 지인들이 알고 있는 그분의 인간적인 면모를 앞다투어 소개하고 있지만 그분을 제대로 보고 있는 사람은 지인이 아니라 단 한 번도 대면해 본 적이 없는 국민들일지도 모른다.

 그분이 존경을 받는 이유는 종교인으로서 의무를 다했기 때문도 아니고 독재와 항거하며 민주화를 주도했기 때문도 아니다. 그분은 더 가난하게 살지 못했던 것을 후회할 정도로 베풂의 삶을 사셨기에 많은 사람들의 마음을 움직일 수 있었다. 김수환 추기경의 선종은 끝이 아니라 이제 시작이다. 어떻게 하면 더 가난하게 살며 어떻게 하면 더 많은 것을 베풀어 줄 수 있는가를 가르쳐 주셨기 때문이다.

사람들은 앉기만 하면 돈 버는 얘기만 한다. 정부는 기회 있을 때마다 경제성장만 내세운다. 온 나라가 돈의 노예가 된 기분이다. 그래서 양천 구청의 말단 직원이 장애인 생활보조금을 26억 원이나 횡령하는 파렴치한 사건이 발생한 것이다. 돈이 되는 일이면 그것이 장애인의 생존권을 빼앗는 것일지라도 주저 없이 빼돌려 개인적인 부를 축적하는데 이용한다.

성실히 노력해서 삶의 질을 높일 생각은 하지 않고 쉽게 부자가 되기를 바라는 사람들이 많아진 요즘 세상에 경종을 울려 준 것은 바로 독립영화 〈워낭소리〉이다. 〈워낭소리〉는 독립영화사상 100만 관객 돌파라는 대박 기록을 세웠다.

영화전문가들은 〈워낭소리〉 제작비가 1억 원밖에 안 들었고 제작 기간이 3년 소요됐고 TV에서 방영을 거절하는 바람에 독립영화로 극장에서 개봉을 하게 됐다는 에피소드만 소개했다.

그런데 내가 본 독립영화 〈워낭소리〉에는 ㉿김수환 추기경이 우리 국민들에게 보여 주셨던 삶에 대한 진실과 가치가 들어 있었다. 〈워낭소리〉에 팔순이 다 된 농부와 40년 넘게 살고 있는 늙은 소가 등장한다. 농부는 한쪽 다리가 가느다란 장애인이다. 어렸을 적에 침을 잘못 맞아서 다리가 불편하게 됐다는 설명이 나오지만 장애인인 내 눈에는 할아버지 장애는 소아마비가 틀림없다. 그래서 소는 농사 일만 하는 것이 아니고 걷기 힘든 할아버지의 이동의 수단이기도 했다.

할아버지가 기어다니며 밭을 갈고 모를 내는 모습은 감동스럽다기보다 숭고하기까지 하다. 할아버지는 그렇게 온몸을 바쳐 일을 했기에 9남매를 반듯하게 성장시킬 수 있었다. 할아버지가 아픈 몸으로 일을 계속하는 것은 자식한테 폐를 끼치지 않겠다는 생각도 있지만 할아버지의 몸에 밴 성실 때문이었다.

할아버지의 이런 진정성이 소에게 전달이 됐기에 소도 할아버지 곁에서 노쇠해진 몸을 이끌고 그 고된 일을 묵묵히 감내해 냈던 것이 아닐까 싶다. 그래서 소도 도축장이 아닌 할아버지가 지켜보는 가운데 눈을 감고 땅에 묻힐 수 있었으니 참으로 행복한 소이다.

할아버지도 소도 가난과 늙음과 장애 속에서 자신의 삶에 최선을 다하는 모습으로 관객들에게 강한 메시지를 주었기 때문에 독립영화 〈워낭소리〉는 사랑을 받고 있는 것이다.

여전히 우리 사회는 진실과 성실이 통한다. 여전히 우리는 물질보다는 정신적인 위안을 더 원하고 있다. 정당한 가난이 얼마나 아름답고 행복한가를 보여 준 故김수환 추기경과 장애인농부 할아버지가 부당한 부자를 꿈꾸는 사람들에게 예방주사를 맞혀 주었다.

장애인영화 한일전

(에이블뉴스/2005. 2. 16.)

축구 한일전을 하면 일본 축구팀은 영락없이 적이 된다. 우리나라 선수들이 반칙을 해서라도 일본 골대를 출렁거리게 하길 손에 땀을 쥐며 고대한다.

그런데 문화 한일전, 특히 장애인과 관련된 한일전은 정말 냉혹하게 평가를 하게 되는 것을 보고 문화적 승리야말로 가장 큰 승리라는 것을 알았다. 지금부터 장애인영화 한일전에 대한 중계방송을 시작하겠다. 한국 대표팀은 〈오아시스〉이고 일본 대표팀은 〈조제, 호랑이 그리고 물고기들〉(이하 〈조제〉로 표기)이다.

S#1 누가 먼저 만들었을까.

〈오아시스〉가 2002년 작품이고 〈조제〉가 2003년 작품이니까 한국이 1년 빨랐다.

S#2 두 영화의 공통점은 무엇일까.

두 영화 모두 여성장애인의 순수한 사랑 이야기를 다루고 있다.

〈오아시스〉는 뇌성마비 여성 공주가 나오고, 〈조제〉는 하반신마비 여성 조제가 나온다. 공주는 언어장애 때문에 대사가 별로 없지만, 조제는 수다스러울 만큼 자기 의견을 분명히 밝히며 특히 책을 읽는 목소리가 많이 나온다. 공주는 힘들게 앉아서 멍하니 창밖을 내다보는 할 일 없는 무능한 모습을 보이지만, 조제는 부엌에서 열심히 요리를 하고 책도 열심히 읽는, 스스로 할 일을 찾아서 하는 적극적인 캐릭터로 그려졌다.

S#3 두 영화의 다른 점은 무엇일까.

여성장애인과 사랑을 나누는 상대자가 〈오아시스〉는 전과자이고, 〈조제〉는 대학생이다. 〈오아시스〉의 종두는 가족들이 모두 싫어하는, 사회에 적응하지 못하는 캐릭터로 인간쓰레기이다. 이에 반해 〈조제〉의 츠네오는 집안도 좋은 엘리트 대학생이다. 졸업 후 직장생활도 반듯하게 하고 있는 흠잡을 데 없는 젊은이이다.

여기에서부터 두 영화는 차이가 나기 시작한다.

〈오아시스〉를 본 관객들은 '저런 놈이니까 저런 여자하고 사랑인지 뭔지를 하지.' 하면서 두 사람의 사랑을 사랑으로 보지 않고 동물적인 욕정으로 생각한다. 하지만 〈조제〉를 본 관객들은 두 사람의 사랑을 세상에서 가장 아름다운 사랑이라고 찬사를 보낸다. 장애여성을 사랑한 사람이 지극히 모범적인 대학생이기 때문이다. 그래서 '저 여자 참 대단하다'고 높이 평가한다.

S#4 장애인복지적 장치

〈오아시스〉에서는 장애인에게 우선권이 있는 아파트 분양으로 새집이 생기자 오빠네 식구들이 공주만 혼자 남겨 두고 이사를 간다. 그러다 구청에서 확인하러 나온다고 하니까 부랴부랴 공주를 데려다 놓고 구청 사람들을 맞이한다.

〈조제〉에서는 츠네오가 구청에 신청해서 조제의 집을 수리해 준다. 조제가 집에서 생활하는데 불편이 없도록 편의시설을 마련해 주는 것이다.

이것이 두 나라 장애인복지의 현실을 대변해 주고 있다.

S#5 여성장애인의 사랑 접근법

〈오아시스〉에서 종두가 공주를 겁탈할 때 공주는 기절을 해서 그 순간을 모면한다. 그런데 두 사람 사이에 사랑이 생겼을 때 종두는 먼저 다가가지 못하지만 공주가 용감하게 사랑 행위를 이끌어 낸다. 이 점은 〈조제〉도 마찬가지이다. 조제는 오랜만에 찾아온 츠네오를 가라고 호통쳐 놓고 막상 그가 가려고 하니까 눈물로 붙잡는다. 그리고 바로 섹스를 당당히 요구한다. 츠네오는 다른 여자들과의 섹스에서와는 달리 눈물이 날 정도로 감격스러워한다. 이창동 감독이 놓친 부분이 바로 이것이다.

공주와 종두의 섹스 장면에서 감독은 공주의 반응에만 앵글을 맞췄지만 이누도우 이슨 감독은 오히려 츠네오가 행복해하는 모습에 앵글의 중심을 두었다. 여성장애인과의 사랑이 마치 남성들이 봉사하고 희생을 한다는 생각을 하고 있지만 〈조제〉는 그 생각이 틀렸다고 일침을 놓고 있다.

S#6 사랑의 평가

〈오아시스〉는 그들의 사랑을 성폭행, 즉 강간으로 규정하고 종두를 다시 교도소로 보낸다. 〈조제〉는 츠네오 애인이 조제를 찾아와 당신에게 사랑하는 사람을 빼앗겼다고 조제의 뺨을 때리고 돌아선다. 〈오아시스〉에서는 주변인들이 그들의 사랑을 인정하지 않았지만 〈조제〉에서는 두 사람의 사랑을 인정한 것이다.

S#7 사랑의 결말

〈오아시스〉는 종두가 교도소에서 보내온 편지로 그들의 사랑이 끝나지 않았음을 암시한다. 출소를 하면 공주와의 사랑이 결실을 맺을 수도 있다는 여지를 남겨 두고 있다.

하지만 〈조제〉는 이별을 한다. 조제는 츠네오를 담담히 보내준다. 츠네오는 자기가 그녀로부터 도망쳤고 다시는 그녀를 만나지 못할 것이라고 읊조리면서 통곡한다. 이별의 아픔이 크다는 것을 보여 주고 있는데 그것은 그만큼 사랑이 깊었다는 것을 의미한다.

S#8 장애인 연기

공주 역은 문소리가 맡았고 조제 역은 치즈루가 했다. 둘 다 유명세가 없는 배우이다. 하지만 문소리는 〈오아시스〉로 일약 스타가 됐다. 연기를 잘 했기 때문이다. 하기 힘든 뇌성마비 역할을 정말 잘 해냈다.

조제는 장애인 연기로서의 특징은 없었다. 그저 두 다리를 질질 끌고 두 팔로 바닥을 기어다닌 정도이다.

S#9 관객

〈오아시스〉는 국내외 상을 휩쓸다시피 했지만 관객 동원에는 실패했다. 우리나라 관객들은 칙칙한 분위기 속에서 전과자와 뇌성마비 여성이 나누는 사랑을 아름답게 보지도 않고 감동적으로 받아들이지도 않았다. 그저 낯선 영화로 무관심했다.

〈조제〉는 최고의 흥행작으로 기록되었다. 관객들이 대학생과 여성장애인의 사랑을 아주 특별한 사랑으로 보고 그 감동에 흠뻑 빠져 들었던 것이다.

S#10 메시지

〈오아시스〉는 사막 한가운데 있는 생명샘 오아시스를 찾으려고 했다. 아마도 종두는 공주가 오아시스일 것이고 공주는 종두가 오아시스일 것이다. 서로에게 오아시스가 되는 사람이 있어 사막 속에서도 살 희망이 있음을 시사하고 있다.

〈조제〉는 사강의 소설에서 따왔다. 자신의 이름이 조제라고 주장하는 그녀의 진짜 이름은 쿠미코이다. 오아시스에서 뇌성마비 여성 이름을 공주라고 붙인 것과 같은 맥락이다. 현실은 초라하지만 모두 이상은 높다.

호랑이는 조제가 가장 무서워하는 동물이다. 조제는 사랑하는 사람이 있어야 두려움을 견딜 수 있기 때문에 사랑하는 남자와 함께 호랑이를 보러 가겠다는 소망을 갖고 있었다. 물고기는 조제가 좋아하는 것이다. 조제는 자기 자신이 물고기라고 생각한다. 물고기처럼 자유롭게 여기저기를 헤엄쳐 다니는 자유를 투영하고 있다. 〈조제〉는 철저하게 여성장애인 중심으로 영화를 전개시키고 있다는 것을 알 수 있다.

S#11 마지막 장면

〈오아시스〉는 공주가 빗자루로 청소를 하는 모습으로 끝나고, 〈조제〉는 조제가 생선 한 토막을 굽는 모습으로 엔딩이 된다.

감독들은 왜 여성장애인의 아주 소소한 일상의 평온한 모습으로 영화를 마무리지었을까?

그것은 아마도 큰일을 치루고 난 후의 성숙함 때문에 작은 일상이 편안해졌다는 것을 말해 주고 싶은 것과 삶의 원점으로 되돌아왔다는 것을 보여 주기 위해서일 것이다.

〈오아시스〉와 〈조제〉 어느 영화에 손을 들어줄 것인가, 이제 결정할 때이다.

각 영화마다 장점과 단점이 있다. 영화적 측면에서만 본다면 〈오아시스〉가 예술성이 더 높다고 평가할 수 있다. 그리고 영화를 보는 관객 입장에서 보면 〈조제〉가 긴장감이 있고 내용도 풍부했다고 평가할 것이다. 장애인, 특히 여성장애인 입장에서 두 영화를 본다면 둘 다 아쉬움이 크다. 두 주인공 모두 가난하고 배우지 못하고 자기 일을 갖지 못한 최악의 상태로 꼭 남자에 의해 세상 구경을 해야 했을까 하는 안타까움이 있다.

또다시 장애인영화 한일전이 벌어질 텐데 깨끗한 승리를 하려면 좀 더 새로운 주제, 좀 더 신선한 캐릭터로 도전을 해야 한다.

---

* 〈조제〉는 2016년에 재개봉될 정도로 일본에서는 꾸준한 사랑을 받고 있는 화제작이다. 올가을 우리나라에서 리메이크된다고 한다. 〈눈이 부시게〉에서 방황하는 대학생 연기를 한 남주혁이 츠네오 역을 맡는다고 하여 기대를 모으고 있다. 한국의 〈조제〉에서는 여성장애인의 사랑이 어떻게 그려질지 조금은 걱정이 되지만 리메이크 〈조제〉가 우리나라에서도 대박 나길 바란다.

배제
포용

3. 장애인복지는 안녕한가

"선입견에서 벗어나 따뜻한 열린 눈으로
세상을 바라보면
세상도 함께 열린다고 합니다.
내 눈이 선입견으로 갇혀 있어서
세상이 열리지 않는 것이지요.
내가 먼저 열린 마음을 갖는 것이 필요합니다."

_방귀희 방송 멘트 수첩에서

장애인에게 얄미운 인공지능

(한겨레신문/2018. 8. 28.)

"액션 영화 찾아줘. 세 번째 틀어줘." 이렇게 사람이 음성으로 명령하면 음성으로 답변하는 사물인터넷이 우리 가정의 새로운 패턴이 되어 가고 있다. 이 광고를 본 한 청각장애인이 친척집에 갔다가 실험을 해 보니 자기 목소리는 발음이 정확치 않아서 인식을 하지 못하는 것을 알고 기계이지만 얄미웠다고 하였고, 음성 서비스에 매력을 느낀 어떤 시각장애인은 당장 TV를 바꾸었는데 자기가 원하는 영화가 화면의 몇 번째에 있는지 모르니 선택할 수가 없었다며 인공지능 제품에 크게 실망하였다고 토로하였다.

이 얘기를 접한 사람들 가운데에는 옆에 있는 사람이 도와주면 되지 어떻게 일일이 모든 장애 유형을 배려한 제품을 만들 수 있느냐고, 그런 소소한 일까지 복지라는 미명으로 해결해 줘야 하느냐고 생각할지도 모른다. 바로 이런 인식 때문에 장애인은 작은 불편은 참아내고 있다. 하지만 장애인 당사자는 이런 소소한 문제 앞에서 더 서글퍼진다.

4차산업 시대를 맞아 인간의 삶에 편의를 제공하는 기술이 하루가 다르게 개발되어 제품화되고 있는데 소소한 불편이라고 방치해 두면 인공지능기술 환경에서 장애인의 불편은 더 확대될 것이다. 정보화 시대에도 디지털 기술로 장애인의 생활이 편리해진 것도 있지만 정보 소외로 낙오되는 장애인이 발생했다는 것을 우리는 이미 경험한 바 있기에 빠른 사회 변화에 장애인이 발맞추어 나가기 위해서는 소소한 문제를 해결하는 것이 더 중요하고도 시급하다.

최근 한국전자통신연구원에서 장애 유무에 무관하게 모두가 안전하고 자유로운 일상생활과 사회생활을 누릴 수 있도록 제공되는 포용적인 (inclusive) 서비스를 실시하기 위해 '장애친화 서비스 활성화를 위한 수요자 설문조사'를 실시하였는데, 분석 결과 모든 장애 영역에 거쳐 주거 및 일상생활, 이동권, 정보접근성에서 높은 서비스 욕구를 보였으며, 청각장애인은 의사소통이 1순위, 시각장애인은 이동권이 1순위로 나타나 장애 특성에 따른 욕구를 갖고 있다는 사실이 드러났다.

빛은 소리로, 소리는 빛으로 바꾼다면 시각과 청각장애인이 인공지능 제품을 자유롭게 사용할 수 있다. 점점 늘어나고 있는 무인점포 키오스크, 가볍게 손가락을 갖다 대야 작동하는 터치 패드, 앞으로 확산될 홍채인식 시스템 등 우리 사회가 발전할수록 장애인들은 새로운 벽에 부딪히게 된다. 장애인이 많이 따라온 것 같은데 또다시 멀어지는 세상이 계속되는 것은 처음부터 장애인을 고려하지 않고 개발하는 기술 때문이다. 모든 사람이 사용할 수 있는 기술이 최첨단 기술이라는 포용적인 서비스 문화가 확산되어야 한다.

1990년대 처음으로 장애인 편의시설이 의무적으로 설치되기 시작할 때, 경사로 설치로 외관을 망친다느니, 지하철 역사의 장애인용 엘리베이터 설치는 예산 낭비니 하면서 반대 목소리가 높았지만 이제는 편의시설이 모든 사람이 사용하는 일반적인 시설이 되었듯이 기술도 장애인을 위해 별도로 마련하는 것이 아니라 처음부터 장애인이 사용할 수 있도록 장애를 포함시켜서 개발해야 한다.

예를 들면 사물인터넷 모듈을 시각장애인까지 포함해서 제작하면 음성 지원이 중간에 끊겨서 좋았다 실망하는 일이 생기지 않을 것이다. 카카오 페이는 시각장애인이 자유롭게 결제하고 있는데 그 이유는 개발 TFT에 시각장애인이 참여해서 발생할 수 있는 모든 문제들을 미리 해결했기 때문이다.

시각장애인은 생활용품을 구입할 때 홈쇼핑을 많이 이용하는데 그 이유는 제품 설명을 자세히 해 주기 때문이다. 그런데 전화주문을 하면 할인 쿠폰을 사용할 수 없다며 이렇게 소소한 일로 마음 상할 때가 많다고 하였다. 청각장애인은 사물인터넷이 수화 이모티콘 같은 그림 부호로 시작과 끝을 알려 줬으면 좋겠다고 하였다. 냉장고 문이 열렸다거나 전기밥솥의 밥 짓기가 완료되었다거나 하는 모든 알림이 소리로 표시되기 때문에 청각장애인은 알 길이 없다.

장애인에게 편하면 비장애인에게는 더 편하다는 인식을 가진다면 모든 사람들이 아주 다양한 접근성을 가진 제품으로 편안함의 최고치를 누릴 수 있을 것이다.

장애인시설에 관해 우리는 왜 그런 걸까?

(한겨레신문/2018. 7. 31.)

　같은 하늘 아래에서 사는 사람들인데 특수학교 건립을 대하는 태도가 정반대인 것을 어떻게 해석해야 할까? 우연히 영국 스코틀랜드 글래스고에 있는 특수학교 헤이즐우드 자료를 보면서 나도 모르게 우리나라와 비교하기 시작했다.

　글래스고 시민들도 마을에 학교가 건립된다는 소식을 듣고 반대를 하였다. 조용한 마을이 시끄러워질 것을 우려해서다. 그런데 그 학교가 장애학생들이 다니는 특수학교라고 하자 반대를 멈췄다. 지난해 강서구에 들어설 특수학교 건립을 지역 주민들이 얼마나 반대했는지 기억할 것이다.

　글래스고 시의회는 특수학교 건립을 위해 건축가를 공모하여 앨런 던롭이라는 유명한 건축가를 선정하였고, 그는 장애학생들의 독립심을 키워주는 안정적인 건축 디자인으로 아주 멋진 특수학교를 만들었다. 그 결과 이 학교는 '뛰어난 학교 건축물'로 선정되었다. 우리나라는 특수학교 건립에 유명 건축가가 참여하지 않는다. 특수학교는 디자인이 중요한 건물이 아니라 그저 세우기만 하면 되는 건축물이라고 생각하기 때문이다.

특수학교가 건립된 뒤의 모습도 우리와는 확연히 다르다. 헤이즐우드 학교는 장애학생들에게 음악, 미술 등 예능교육을 실시하여 그들이 갖고 있는 예술적 재능을 키워 준다. 그래서 학기 말에 장애학생들이 주인공인 콘서트를 열어 주민들을 초대하는데 주민 참여도가 높아서 후원금까지 모인다 하니 정말 부럽기 그지없다.

헤이즐우드학교의 교육 목표는 바깥세상에서 살아가는 법을 배우는 것이어서 일주일에 2회 현장교육을 실시하는데 중증의 장애학생들이 쇼핑을 하면서 생기는 문제들을 사람들이 불편해하지 않고 오히려 장애학생들에게 길을 터 준다니 그 배려와 여유는 도대체 어떻게 해서 생긴 것인지 궁금하다.

폭력이 전혀 없었던 촛불 시위로 세계를 놀라게 했던 우리 국민이건만 특수학교가 건립되는 것은 목숨 걸고 반대하고, 장애인 공연은 볼 필요가 없다고 외면하며, 지하철이나 마트 같은 붐비는 곳에 장애인이 있으면 인상을 찌푸리면서 낮은 시민의식을 드러내는 이중적인 태도를 어떻게 해석해야 할지 모르겠다.

지금 문화체육관광부에서는 국정과제에 포함된 장애인예술 전용극장 건립을 위해 의견을 수렴하고 있는데 전문가들이 모여 위치는 어디가 좋고 건물에 어떤 시설이 필요하며 전용극장 운영 방법 등을 논의하고 있지만 가장 염려가 되는 것은 장애인예술극장이 세워질 장소의 주민들이 장애인시설이어서 반대하고 나설 수도 있으며, 과연 우리 관객들이 장애인예술 공연을 관람하러 얼마나 찾아올까 하는 점이다.

지구 반대편에서는 당연한 것이 우리에게는 혐오스러운 일이 되고 있는 이유는 우리 사회가 정체성의 혼란에 빠져 있기 때문이 아닌가 한다. 진실이 외면당하는 '탈(脫)진실'(post-truth) 현상이 팽배해지고 있다. 탈진실은

'객관적 사실보다 강한 주장들이 여론에 더 큰 영향을 미치는 상황'을 뜻하는데 실제로 무엇이 진실인지 뻔히 알면서도 그 진실을 왜곡하며 또 다른 진실을 만들어 내려고 한다. 또 한 가지 현상은 비합리증이다. 충분한 지식이 있지만 특정 상황에서 비합리적으로 생각하고 행동하는 증상이다. 타인에게는 엄격하면서 자신에게는 너그럽기 때문이다.

탈진실과 비합리증 현상이 적어도 장애인과 관련해서는 나타나면 안 된다. 그것은 부끄러운 일이다. 통일을 준비해야 하는 우리 국민에게 필요한 것은 다름을 인정하고 차이를 협업의 조건으로 받아들이는 관대한 포용이다. 특수학교든 장애인예술극장이든 장애인시설 건립이 반대에 부딪히는 사건이 또다시 발생한다면 우리는 정말 자기 이익만 추구하는 이기적인 국민이라는 낙인이 찍힐 것이다.

장애인을 배제한 정치는 더욱 희망이 없다

(경향신문/2018. 6. 20.)

'여성을 배제한 정치에 희망은 없다'는 한국여성민우회 대표의 칼럼을 읽고 장애인도 한마디 해야겠다는 소명감이 생겼다. 정치에 여성 30%, 장애인 10% 할당제를 제일 먼저 주장하며 당규로 정한 정당은 이름을 서너 차례 바꾸며 오늘에 이른 더불어민주당이었다. 진보주의 정당이니까 약자 편에 서서 그렇게 파격적인 제안을 할 수 있었다고 생각했었는데 이번 6.13지방선거를 지켜보면서 내 판단이 틀렸다는 것을 알았다. 진보를 대표하는 더불어민주당은 이번 지방선거에서 시·도지사 후보 가운데 여성은 단 1명도 없었으며, 서울시 비례대표에서 장애인 후보를 8번에 배치하여 당선권 밖으로 일찌감치 밀어냈다.

왜 이렇게까지 여성과 장애인에게 야박했을까? 그것은 바로 권력을 잡았기 때문이다. 힘이 생기면 약자가 보이지 않는 것이지, 진보냐 보수냐 하는 이념에 따라 사회적 약자를 배려하는 것은 아니라는 사실이 증명되었다. 그래서 여성, 장애인, 다문화 등 소외계층에 대한 구색 맞추기조차 시도하지 않았다.

선진국에서는 의회와 정부에 장애인을 임명하고, 대통령 비서실에 장애인을 고용하여 약자에 대한 배려라는 멋진 디스플레이 효과를 보고 있다. 우리나라도 한때는 사회적 약자 정책을 위해 여성과 장애인을 단골 메뉴로 내세웠었다. 그런데 이제는 노골적으로 장애인을 철저히 배제시키고 있다.

50대 초반의 한 여성장애인이 한국에서는 교육을 받을 수 있는 환경이 마련되지 않아 30대에 미국으로 건너가서 어렵게 사회복지 공부를 하고 얼마 전 한국으로 돌아왔다. 20년 전에 비해 물리적인 환경은 많이 좋아졌지만 장애인의 능력을 인정해 주지 않는 것은 예나 지금이나 똑같다며 고국에서 직업을 갖고 장애인을 위해 일을 하며 당당하게 살아 보겠다는 계획이 무참히 깨졌다며 괴로워하였다.

그녀는 장애인용 화장실에 청소도구가 가득차 있는 것을 보고 너무 놀랐다며 한국은 장애인을 함께 살아야 할 존재로 받아들이지 않고 있어서 장애인복지가 장애인의 삶의 질을 향상시켜 주지 못하는 것이라고 지적하였다. 옳은 말이다. 선진화를 위해 장애인복지를 실시하고 있으나 정작 장애인과 더불어 살아야 한다는 사회적 태도가 아직 미성숙하다.

요즘 드라마를 보면 〈스위치〉에는 의수를 낀 아버지, 〈나의 아저씨〉와 〈슈츠〉에는 청각장애 할머니와 포장마차 아저씨, 〈무법변호사〉에는 지체장애 형사 등 부분 부분 아주 작은 역할을 하는 장애인이 등장하는데 그 작은 역할이 주인공의 캐릭터를 선명하게 만들어 준다. 종편 드라마 〈미스 함무라비〉에서는 재판을 통해 현실에서 일어날 수 있는 다양한 사연들을 소개하고 있는데 발달장애 부모가 원고가 되어 발달장애 자녀 때문에 받은 차별을 이야기하는가 하면, 주인공 대학 동창인 재벌가 아들이 지체장애 동생 때문에 대학 시절 수화동아리 활동을 했었고 기업을 운영하면서 장애인복지 지원사업을 하고 있다는 내용이 대사 중에 슬쩍슬쩍 나온다.

이렇듯 드라마는 장애인이 우리 이웃으로 살고 있는 현실을 반영하고 있는데 현실을 가장 잘 알아야 할 정치는 장애인과 함께하기를 거부하며 거꾸로 가고 있다. 역주행하는 정치판을 보면서 위태롭기 짝이 없어 차라리 눈을 감게 된다. 정치가 장애인을 배제하면 장애인도 정치인을 거부한다는 사실을 심각하게 인식하지 못한다면 우리나라 정치는 후퇴할 것이다. 우리나라 정치가 지역과 이념에서 벗어나고 있다고 논평하는데 그렇다면 우리 정치가 추구해야 할 지향점은 약자를 포함한 모든 사람들이 편안하게 살 수 있게 해 주는 인간 중심의 포괄적 복지이다.

청년장애인 일자리, CT가 답이다

장애인 일자리 문화기술이 답이다(동아일보/2018. 5. 11.)

    2017년도 장애인실태조사 결과를 보며 필자가 주목한 것은 장애인의 학력 수준이었다. 대학 졸업 이상의 학력이 15.2%로 1980년에 처음으로 실시한 장애인실태조사와 비교하면 5배 이상 향상되었다.

    우리나라 학력 수준이 높아진 것과 맥락을 같이하지만 그보다는 1995년에 시작된 장애인특례입학제도가 한몫을 하였다. 대학에서 장애학생을 받아 주지 않아서 특별전형을 실시한 것인데 이 제도로 중증장애인들이 대학교육을 받게 되었다. 장애인의 학력이 고학력화되고 있다는 것은 전문 인력으로 양성되었다는 뜻인데 교육부 자료에 의하면 2017년 대학 졸업 장애인의 취업률은 35.5%로 계속 감소하고 있는 추세이다. 장애인복지가 처음 시작되던 시기에는 장애인의 낮은 교육 수준이 취업의 부적격 요소가 되었었는데 막상 학력이 높아지자 이번에는 고학력이 걸림돌이 되고 있다.

    청년 실업이 심각한 사회문제가 되고 있는 이때 청년장애인의 실업문제는 당연하다는 듯한 냉소적인 시각을 지속한다면 어렵게 공부하여 전문

능력을 갖춘 청년장애인들의 미래는 매우 암울하다. 결국 사회복지 대상자로 전락하고 말 테니 말이다.

지금 우리가 심각하게 고민해야 할 것은 청년장애인의 일자리 창출이다. 4차산업 혁명시대를 준비하면서 아직도 장애인을 복지의 대상으로 생각하는 것은 전근대적인 발상이다. 능력을 갖춘 청년장애인을 국가 발전의 동력으로 참여시켜야 한다.

4차산업이야말로 장애가 장벽이 되지 않는다. 장애인에게 가장 문제가 되었던 이동·접근성이 인공지능 기술로 해결될 수 있기 때문이다. 청년장애인의 일자리로 CT(Culture Technology) 벤처가 하나의 답이 될 수 있다.

중증의 뇌성마비장애로 이동은 물론 대화조차 어려운 우창수 씨가 최근 스토리 COMPANY에서 주최한 WWCC 2018한일웹툰공모전 스토리 부문에 당선하여 장애문인의 가능성을 보여 주었다. 요즘은 웹툰이 대세이고 웹툰에서 인기를 끌면 드라마나 영화 그리고 소설로 만들어지기 때문에 많은 작가들이 도전장을 내밀고 있어서 우창수 작가의 당선은 괄목할 만한 성과이다. 웹툰 작가로 활동하는 이수연 씨는 서울대 미대를 졸업한 청각장애인이다. 그밖에 일러스트나 드로잉을 하는 장애인작가들이 많다.

자동차를 대량생산하여 인류에게 속도 빠른 이동이라는 큰 선물을 준 헨리 포드는 대량생산을 위하여 분업을 실시하였고 부족한 노동력을 장애인 노동자로 채워서 인류의 자동차시대를 열 수 있었다는 것은 다 알려진 사실이다. 이처럼 청년장애인들이 한국 경제의 새로운 일꾼이 될 수 있을 것이다.

1945년에 출판된 헨리 커트너의 소설 〈위장〉에 보면 기계인간이 나온다. 원자 과학자가 사고로 신체가 완전 파괴되었지만 뇌를 메타실린더에 넣어 우주여행에 적합한 새로운 인간으로 재탄생시켜서 우주 정복에 나선 다는 이야기이다. 이 작품을 통해 우리는 신체의 장애는 큰 문제가 아니며 인간의 재산은 뇌의 창의력에 있다는 것을 알 수 있다. 장애인에 대한 사회적 인식이 바뀐다면 청년장애인들이 전문 인력으로 경제활동을 하면서 당당하게 살 수 있다. 문재인정부의 일자리 정책이 청년장애인들의 미래를 열어 준다면 대한민국의 장애인복지가 선진국 수준으로 발전하여 통일 후 북한의 장애인들까지 포용하여 전 세계가 부러워하는 장애인 천국이 될 수 있을 것이다.

가정 해체를 강요하는 복지제도

(경향신문/2018. 4. 17.)

EX
IN

　예전에는 가족이라고 하면 할아버지와 할머니가 포함된 대가족이었다. 집안이 항상 가족들로 북적거려 혼자 있는 시간이 거의 없었다. 그때가 엊그제 같은데 지금 나는 집에 오면 혼자이다. 언니들이 혼자 사는 장애인 동생을 위해 안부를 묻는 일도 스마트폰이 생기자 전화 대신 카톡으로 바뀌었다. '별일 없지?'라고 물으면 '그럼'이라고 짧게 대답하다가 그것도 귀찮아서 미소 이모티콘을 날린다.

　이 변화가 어찌 나 혼자에게만 일어났으랴. 요즘 우리 사회는 가족이 있어도 학교나 직장 등의 이유로 혼자 사는 1인 가정이 많다. 2015년 통계청 자료에 의하면 1인 가구가 주된 가구 유형이 되고 있는 것으로 나타났고, 이에 따라 혼밥이니 혼술이니 하는 혼자 하는 생활 패턴이 우리 사회의 경제와 문화를 바꾸어 가고 있다.

　1인 가구 가운데 경제활동을 하는 사람은 젊은층으로 이유 있는 혼족이지만 경제활동을 하지 못하는 사람은 독거노인, 독거장애인으로 원치 않게 버려져서 복지 사각지대에 내몰린 혼족이다. 사람들은 독거노인은 처음부터 그렇게 살았다고 생각하지만 독거노인 가운데에는 한때 중산층으로 멋지게 살았던 분들이 많다. 젊었을 때는 열심히 일하며 가족을 지키다가 늙어서 힘이 없어지면 일을 놓고 자식들의 봉양을 받으며 노년을 편안히 보냈으나 베이비붐 시대 사람들은 급속한 산업 발전으로 큰 재산을 모았지만 그것을 자식들에게 몽땅 물려주고 노년에는 빈털터리가 되었다.

예전처럼 자식이 부모를 모시기 어려워진 사회 변화 속에서 독거노인으로 전락한 노인층은 온갖 회한을 가슴에 품고 하루하루 생명을 연장하고 있는 비루한 삶을 살고 있다.

이러한 불행한 사태가 OECD 국가 가운데 노인자살률 1위라는 가슴 아픈 결과를 낳았다. 혼자 죽음을 맞이하는 고독사로 몇 달 후에야 죽음이 발견되고 가족과 연결이 되어도 시신 인수를 거부하여 무연고 처리가 되어서 뼛가루가 쓰레기 취급을 받는 경우가 허다하다.

이렇게 혼자 문화가 확산되고 있는 오늘, 우리는 진지하게 가족과 가족이 살고 있는 가정에 대하여 생각해 봐야 한다. 가정을 구성하고 있는 가족 모두 뛰어난 능력을 갖고 스스로 살아갈 수 있는 조건을 갖추고 있지는 않다. 공부를 조금 못해서 또는 성격상 사람들과 어울리지 못하여 사회생활이 어려울 수도 있고, 건강이 나빠서 혹은 장애를 갖고 있어서 특별한 돌봄이 필요한 가족도 있다.

그리고 누구한테나 다 찾아오는 노화로 노인이 된 가족도 있는데 이런 가족의 문제가 생겼을 때 그 문제를 해결하는 방법은 가족 해체가 아니라 가족끼리 지지하며 함께 살아갈 수 있는 방법을 찾는 것이다. 그 방법 중의 하나가 정부의 사회복지제도이다. 가족 단위의 사회적 지원으로 가정이 해체되지 않도록 해 주어야 그들이 버림받지 않고 가족이 있는 가정에서 인간다운 삶을 영위할 수 있다.

모든 사회문제는 가정의 해체에서 비롯된다. 그런데 우리나라 사회복지제도는 가정 해체를 부추기고 있다. 국민생활기초수급자가 되려면 부양가족이 없어야 한다. 있어도 서로 연락이 단절되어야 한다. 장애인을 돌봐주는 활동보조서비스 제도도 가족은 활동보조인이 될 수 없다. 독거장애인에게 활동보조서비스 시간이 더 많이 지원되기 때문에 장애인은 사회적 서비스를 받기 위해 혼자 살아야 한다.

이렇듯 독거생활이 지원의 조건이 되자 복지 서비스를 받기 위해 1인 가구가 되고, 그런 과정에서 가족들과 멀어져서 진짜 고독한 독거인이 되고 있는 것이다. 독거 상태의 노인이나 장애인을 지역사회 복지기관의 사회복지사 한두 명이 보살핀다는 것은 역부족이다. 가족이 돌봐줄 수 있도록 사회복지 서비스 제도가 가족 지원으로 바뀌어야 한다.

지금 우리 가족은 가족이 아니다. 우리에게 가족이란 것이 있나 싶을 때가 있다. 어려울수록 힘이 되어 주는 것이 아니라 어려울수록 떨쳐 버린다. 먹고살기 힘들어서 가족을 보살필 수 없다고 당당히 말한다. 돌봄 서비스 비용을 가족에게 지급해서 가정이 직장이 되게 한다면 우리 가정이 좀 더 가정다워지지 않을까 싶다.

아동학대 속에 장애가 있다면

장애는 학대받을 이유 아니다(경향신문/2016. 5. 5.)

    가족은 우리 사회를 구성하는 가장 작지만 가장 탄탄한 공동체인데 요즘 가족해체 현상이 두드러져 가정의 달 5월을 무색하게 만든다. 특히나 사회적 약자 가운데 약자인 아동이 학대를 당하고 있다는 것은 우리의 미래가 건강하지 못할 것이란 적신호이다. 아동학대의 80% 이상이 부모로부터 이루어지고 있다는 통계 수치를 군이 인용하지 않더라도 우리 가정이 얼마나 많은 위험 요소를 안고 있는가를 알 수 있다.

    최근 보도된 아동학대 사건을 보면서 한 가지 발견한 사실이 있다. 바로 아동학대 속에 장애가 있다는 것이다. 아버지가 아들을 폭행하여 숨지게 한 후 시신을 훼손하고 3년 동안 냉장고에 숨겨 둔 패륜범죄 사건의 희생자인 최군은 과잉행동장애가 있었음에 틀림이 없다. 최군의 아버지는 아들이 이상행동을 보였기 때문에 체벌을 한 것이라고 폭행 이유를 밝혔다.

    가정환경이 열악한 경우 눈에 드러나는 장애가 아니면 장애 발견이 늦어진다는 연구도 있듯이 자녀에게 무관심한 부모는 아이의 이상행동이 장애일 수도 있다는 생각을 하지 못한다. 또한 경찰에 의하면 최군의 엄마는 지적 능력이 떨어져서 자신의 판단보다는 남편의 지시에 순종을 하며 살았기 때문에 친엄마였음에도 불구하고 남편의 폭행으로부터 아이를 보호하지 못하였다.

그 후에 발표된 7세 딸 암매장 사건의 범인인 엄마도 딸을 베란다에 감금시키고 밥을 하루에 한 끼밖에 주지 않으며 폭행한 이유가 대소변을 가리지 못하여 냄새가 났기 때문이라고 하였다. 장기결석자 전수 과정에서 드러난 4세 딸 암매장 사건도 아이가 대소변을 못 가려 욕조에 가둬 놓고 학대를 한 것으로 밝혀졌는데 이 두 사건의 경우는 발달장애를 의심해 볼 수 있다.

발달이 지체되어 생리현상 조절이 어렵고, 주의력 결핍장애로 과잉행동을 하는 것인데 그것이 마치 아이들 잘못인 양 훈육이란 미명 아래 폭력을 휘둘러 죽음에 이르게 한 것은 단순히 부모의 아동학대 차원을 넘어 사회가 발달장애인에 대한 진단부터 재활훈련까지 책임지지 못한 장애인 복지 시스템 미비로 보아야 한다.

장애가 있다고 학대당하고, 버려진다면 장애인은 영원히 약자로 남아 큰 사회문제로 확대된다. 장애아동은 가족으로부터 사랑받고, 사회의 보호를 받아야 한다. 장애를 이유로 학대나 배제의 대상이 된다면 약육강식의 먹이사슬로 운영되는 맹수 세계와 다를 바가 없지 않은가.

장애가 심해서 온전히 부모에 의지하며 살아가야 해도 아주 귀하게 사랑받는 장애아동들이 많다. 지난해 발달장애인가족들이 꾸민 예술제에서 정말 아름다운 가족의 모습을 볼 수 있었다. 엄마와 아빠 그리고 발달장애 자녀가 발레복 차림으로 무용을 하는 무대였는데 대중 앞에 서는 것이 처음인 가족이어서 어설프기 짝이 없었지만 진지하면서도 평온한 표정을 보며 '저 사람들이 천사가 아닐까.' 하는 생각을 했었다. 그 공연을 위해 가족들이 모여서 의논을 하고 연습을 하며 장애인가족이라는 상처를 서로 보듬었을 생각을 하니 가정의 행복은 재산이나 지위가 아닌 사람에 대한 사랑에서 나온다는 진실을 확인할 수 있었다.

이제 그 사랑을 우리 사회가 실천했으면 한다. 우리는 흔히 아이가 예쁘게 생겼다며 관심을 보이고, 아이가 말을 잘 한다며 똑똑하다고 칭찬한다. 그런데 장애아동은 이상한 시선으로 경계하며 외면한다. 장애아동에게 따뜻한 눈빛을 보내고 같은 공간에서 식사하고 같은 놀이기구를 즐기는 것이 당연한 일이란 인식이 필요하다.

장애아동에게 말을 걸어 주고 보호자가 잠시 화장실에 다녀올 동안 아이의 손을 잡아 줄 수 있는 친절을 베풀 수는 없는 걸까? 장애아동을 둔 부모가 죄인처럼 '죄송합니다. 우리 아이가 장애가 있어서요.'라는 말을 입에 달고 살며 굽신굽신 고개를 숙이지 않게 해 줄 수는 없는 걸까?

성숙한 사회는 다양성을 인정하고 그에 필요한 배려를 해 주는 시민의식을 갖고 있어야 한다. 이런 분위기가 형성된다면 장애 때문에 생명권을 위협받는 끔찍한 아동학대를 예방할 수 있을 뿐더러 장애아동이 잠재력을 가진 성인으로 성장할 수 있을 것이다.

발달장애인과 소통하는 사회

(경향신문/2016. 3. 4.)

　다중 매체 시대에 쏟아져 나오는 정보를 우리는 얼마나 이해하고 있을까? 정치, 경제, 사회, 문화, 외교 등 각 분야마다 전문 용어가 있어서 생소한 단어 남발로 해독이 어렵다. 우리 사회는 국민을 위해 나라가 운영이 되고 있는 것이 아니라 그 용어들을 소유하고 있는 기득권층이 지배하는 것처럼 느껴진다. 우리는 교육 수준이 매우 높은 편인데도 이러할진대 지적 수준이 낮은 발달장애인은 세상 속에 있어도 마치 외계인처럼 살고 있다.

　발달장애인이란 장애가 무슨 장애인지 잘 모르는 사람들이 더 많을 것이다. 우리나라는 장애 범주를 15개 유형으로 나누고 있는데 그 가운데 신체가 아닌 정신적인 장애 유형 3가지(지적, 자폐, 정신)에서 발달장애는 자폐성장애를 가리키지만 지적장애까지 포함하여 발달장애로 통칭하고 있다. 발달장애인은 다른 장애 유형과는 달리 당사자가 아닌 부모들이 나서서 장애운동을 펼치고 있기 때문에 발달장애인 인구는 2014장애인실태조사에서 20만 명으로 나타났지만 그 가족을 포함시켜야 함으로 그 4배로 봐야 한다.

그동안 장애인복지계에서도 목소리를 내지 못하였던 발달장애인복지를 위해 19대 국회 1호 법안으로 새누리당 장애인비례대표인 김정록 의원이 '발달장애인 권리보장 및 지원에 관한 법률'을 대표발의하였지만 법률로 제정이 된 것은 2014년 4월이고, 시행은 2015년 11월부터이고 보면 이제부터 본격적으로 발달장애인복지가 시작되는 것이다. 그 첫 번째 사업으로 발달장애인지원센터가 개소되고 있지만 정말 중요한 것은 우리 사회가 발달장애인을 받아 줄 준비가 되어 있느냐 하는 인식의 문제이다.

지금은 개관 준비를 하고 있지만 서울 제기동에 있는 폐교를 리모델링하여 발달장애인 직업훈련 시설로 사용하려고 공사를 하고 있을 때, 지역주민들은 발달장애인이 드나들면 자녀 교육에도 좋지 않고 특히 그들이 무슨 짓을 할지 몰라 위험하다며 결사반대를 하였다. 아직도 장애인시설을 혐오시설로 생각하는 인식을 갖고 있는 현실이 야속하다.

발달장애인 가운데 서번트 신드롬을 가진 영재가 2%가 된다는 연구 (Whitmore & Maker, 1985)가 있다. 이들은 탁월한 기억력, 뛰어난 암산력으로 사람들을 놀라게 한다. 하지만 그것을 능력으로 인정을 해 주지는 않는다. 발달장애인이라는 낙인이 찍혔기 때문이다.

그런데 서번트 신드롬이 아니더라도 발달장애인 국악인 장성빈 군은 어눌한 발음으로 판소리를 하고 있지만 2015서울아리랑페스티벌에서 비장애인 참가자들을 제치고 심사위원 전원 일치로 대상을 차지했다. 어느 행사에서 사회자가 장군에게 '아리랑은 뭐냐?'는 질문을 하자 그는 '아리랑은 애국가입니다.'라고 대답하여 박수가 터졌다. 사회자는 장성빈이 발달장애인이라서 '아리랑은 어떤 의미가 있느냐.'라는 문장을 줄여 아리랑은 뭐냐는 이상한 문장을 만들어 낸 것인데 장군은 발달장애를 떠나 고등학교 2학년이라는 어린 나이에도 한국인의 가슴속 깊이 차지하고 있는 아리랑의 본질을 정확하게 짚어 주었다.

하지만 대부분의 발달장애인들은 자기 의사를 표현하지 못해 누군가의 도움이 필요하다. 부모는 모든 소통을 '엉'이라는 짧은 소리로 해도 다 알아듣고 자녀가 원하는 것을 처리해 주지만 부모는 자식보다 먼저 세상을 떠나야 하기에 발달장애 자녀를 둔 부모들은 발달장애인이 부모 없이도 살 수 있는 세상을 만들어 달라고 호소하는 것이다.

발달장애인은 사회 적응력 편차가 심하고 욕구도 다양하다. 따라서 발달장애인복지는 장애인복지 틀에 맞추기 힘들다. 그래서 발달장애인복지는 현장 중심으로 정책을 만들어 개별적인 서비스를 실시해야 한다.

발달장애인복지를 위해 가장 먼저 해야 할 일은 발달장애인과 소통할 수 있는 사회 분위기를 조성하는 것이다. 발달장애를 이해하고 발달장애인과의 의사소통 방법을 익혀서 거리의 누구라도 발달장애인의 보호자가 되어 줄 수 있다면 장애아를 낳았다는 멍에를 쓰고 버겁게 생활하고 있는 발달장애인부모들이 안심하고 보통의 부모처럼 살아갈 수 있을 것이다.

장애인주차구역을 사수하라

(에이블뉴스/2016. 2. 24.)

　사회 규칙을 어겼을 때의 가장 가벼운 벌칙이 과태료이다. 생각해 보니 나도 제법 과태료를 여러 차례 납부하였다. 그 대부분이 주차위반 때문이었다. 예전에는 자동차 앞유리창에 위반 스티커를 붙여 놓아 그 자리에서 위반 사실을 알았었지만 언제부터인가는 자동차 차량번호가 찍힌 사진과 함께 과태료 부과 고지서가 발송되어 위반 상황을 억지로 기억해 내야 하는 수고가 더해졌다.

　그런데 최근 아주 기분 좋은 과태료 부과 고지서를 받았다. 편의증진 보장위반과태료로 10만 원 벌금이 청구된 것이다. 휠체어로 이동하는 동선을 줄이기 위해 잠시 주차를 하였다가 억울하게 과태료를 납부해야 했기에 구청에서 날아온 우편물을 보면 가슴이 철렁 내려앉았다.

　주차위반 과태료가 부당하다는 생각이 든 것은 장애인주차구역이 일반 차량 그것도 주로 외제차 같은 중형 자동차에게 빼앗기고 있기 때문이다. 장애인 몫은 보호해 주지 않으면서 장애인의 사정을 외면한 주차위반은 너무나 열심히 찾아내는 것이 야속했다.

장애인주차구역을 단속하는 구청의 의지가 고맙긴 하지만 어떻게 구청 단속원이 장애인차량 스티커를 확인도 하지 않고 위반이란 벌칙을 내렸을까? 만약 신고가 들어왔다 해도 장애인차량 여부를 확인 한번 하지 않고 과태료를 부과한다는 사실은 수용하기 어려운 행정이다.

더 이해하기 힘든 일은 최근 한 아파트에 붙여진 게시물이다. '이게 과연 상식적인 일인지 모르겠습니다.'라는 제목의 전단인데 그 내용은 장애인 1세대가 항상 비어 있는 장애인주차구역 2~3곳을 전용할 권리가 있느냐며 장애인 세대는 일반 세대보다 관리비를 더 부과하는 방안이 필요하다는 주장이다.

아파트 장애인주차구역에 대한 입주자들의 생각이 이렇게까지 패권주의인 줄은 꿈에도 생각하지 못하였다. 이것은 자신들이 누릴 수 있는 모든 것을 다 누려야지 단 하나도 장애인에게 양보하지 않겠다는 갑질 중의 갑질이다.

이런 잘못된 비장애인의 패권주의가 팽배해지면 장애인은 비장애인과 한 거주지에서 살 수 없게 될지도 모른다. 장애인복지는 발전하고 있지만 장애인에 대한 인식엔 치매 현상이 나타나고 있어서 안타까움을 넘어 불안하고 두렵기까지 하다. 약자에 대한 슈퍼 갑질 현상을 어떻게 해결해야 할지 가슴이 답답하다.

2015년은 우선 장애인주차구역만큼은 온전히 장애인 몫이 될 수 있도록 문화시민다운 선진적인 주차 에티켓을 실천해 주시길 부탁한다.

정체성의 정치

장애인의 정체성 끌어안는 정치 기대(동아일보/2015. 11. 25.)

12월 3일은 유엔이 정한 세계장애인의 날이다. 유엔은 세계 인구의 15%에 달하는 장애인에게 특별한 지원과 배려가 필요하다고 판단한 것이다. 2015년 현재 한국 장애인의 삶을 살펴보면 여전히 장애 때문에 말도 안 되는 차별을 받고 있다. 하지만 사람들은 장애인복지가 놀랄 만큼 발전하지 않았느냐고 반문할 것이다. 장애인복지법을 비롯해서 교육권, 노동권, 이동권 등을 보장하기 위한 장애인 관련 법률이 12개이고, 심지어 세계 몇 개국밖에 갖고 있지 않은 장애인차별금지법이 시행되고 있는 국가로 장애인복지의 기본 틀은 갖추고 있기 때문이다.

그런데 장애인의 실업률은 비장애인의 세 배 가까이 되고 장애인은 버스를 탈 수 없으며 장애인은 음식점에 들어설 때마다 달갑지 않은 시선을 받고 있다. 사람들은 장애인을 배려해야 한다는 것은 알고 있지만 '불편하신데 우리가 갈게요.'라는 식의 배려를 가장한 격리로 장애인은 사회 전반에 걸쳐 배제되고 있다.

장애인이 우리 사회의 소외계층에 머물고 있는 현실에서 벗어나기 위해 선택한 것이 정체성의 정치이다. 자신들이 가진 바꿀 수 없는 특성을 정치적으로 승인받기 위한 운동이다. 이 정체성의 정치로 선거가 있을 때마다 장애인 집단은 불평등한 사회구조를 개선하기 위한 방안을 요구하였다.

그래서 최근 장애인계도 바쁘게 움직이고 있다. 박근혜정부 장애인공약이행중간평가연대를 결성하여 설문조사를 통해 대통령 공약이행 만족도 1.94^(5점 만점)점이라는 초라한 점수를 공개하였다. 또 장애인유권자 정치의식조사^(한국장애인단체총연맹)에서 장애인유권자의 78.5%가 20대 총선에서 투표를 할 것이라고 했고, 장애인유권자 3명 가운데 1명은 아직 지지정당이 없다고 한 것으로 장애인은 투표로 자기 의사를 밝히려는 의지가 강하며 보수니 진보니 하는 이념보다는 장애인복지 공약으로 지지를 결정한다는 것을 알 수 있다. 우리 사회에서 정체성의 정치를 가장 잘 하는 집단이 바로 장애인이다.

그런데 정체성의 정치를 이론화한 악셀 호네트 같은 정치사상가에 의하면 정치적 인정을 통하여 사회문화적으로 인정을 받아야 하는데 아직 우리나라는 그 수준에 못 미치고 있어서 장애인복지를 위한 제도가 마련되었음에도 불구하고 장애인 당사자들은 사회적 차별과 배제 속에 있는 것이다.

왜 일까? 그것은 우리 국민의식이 아직 민주적인 마음의 습관으로 형성되지 못했기 때문이다. 겉모습은 민주적인데 마음은 비민주적 틀 속에 갇혀 있다. 팔머가 언급한 민주적인 마음의 습관이란 다양성의 긴장에 친숙해지는 것, 나아가 낯선 사람에 대한 환대이다. 이에 따르면 장애인을 배제하는 것은 장애인이 싫어서가 아니라 장애인에 대한 낯설음 때문이고 장애를 다양성으로 보지 않고 운명적 낙인으로 인식하기 때문이다.

장애인을 환대하는 민주적인 마음의 습관을 갖기 위해서는 우선 장애를 하나의 특성으로 인식하고 장애인과 친숙해지려는 노력을 해야 한다. 지금 당장 엘리베이터 앞에서 장애인을 만나면 먼저 탈 수 있도록 양보하고, 장애인주차구역은 비어 있어도 장애인 몫으로 남겨 두는 습관부터 가져야 한다.

세상 모든 사람들이 빌게이츠처럼 돈이 많다면 돈의 가치가 떨어진다. 세상 모든 사람들이 김연아처럼 트리플 악셀을 할 수 있다면 올림픽은 생기지 않았을 것이다. 세상에는 온몸 가운데 오른쪽 손 하나만 사용하는 나 같은 장애인도 있어서 배려해 줄 수 있는 대상이 있고, 사회적 약자가 있어서 잘 살게 해 주겠다는 약속으로 정치권력을 갖게 된다.

정치권력은 상위 1%의 금수저 가족이 아닌 가장 낮은 곳에서 수저조차 없이 태어난 사람들이 만들어 주었고, 다양성의 긴장에 친숙해지는 민주적인 마음의 습관을 갖지 않으면 갈등이 생기고 갈등이 사회 불만으로 이어져 사회를 불안하게 만든다는 사실을 유엔이 정한 세계장애인의 날을 즈음하여 공유하고 싶다.

장애인공약을 딜(deal)한다
이런 장애인공약이 필요하다 (국민일보/2012. 2. 2.)

선거철이다. 선거 때 단골 메뉴는 공약이다. 특히 이번 선거는 쇄신, 쇄신을 부르짖고 있어서 공약이 웬만큼 참신하지 않으면 국민들을 감동시키지 못한다. 이번 선거는 공약이 당락을 결정지을 것이다. 지역이나 이름값으로 선거에서 승리할 것이라고 생각하면 오산이다.

이제 정책으로 국민들과 딜해야 하기 때문에 정치인들은 돈 싸들고 줄서려고 생각하지 말고 국민과 진심으로 소통하며 국민이 원하는 국민에게 정말 필요한 정책을 공약으로 만들어 내야 한다.

그런데 공약 가운데 가장 신경을 쓰지 않는 공약이 장애인공약이다. 각 정당이나 후보자들은 건성으로 장애인공약을 몇 가지 내세웠다가 당선이 되고 나면 거리낌없이 내던지곤 했었다.

하지만 이번에 그랬다간 정말 큰코다친다. 지난해 말로 장애인등록을 마친 장애인은 250만 명이 넘었다. 4인 가족으로 보면 장애인공약에 관심이 있는 국민은 1천만 명이다. 우리나라 국민의 5분의 1이 장애인과 관련이 있다면 결코 가볍게 여길 수 없는 정치인들에게는 매력적인 집단이다.

그래서 나는 장애인공약을 딜하고자 한다. 우선 장애인공약에는 철학이 있어야 한다. 장애인을 복지의 시혜자로 보는 것이 아니라 자신의 삶을 당당히 책임질 수 있는 생산자로 만들어야 한다. 장애인복지는 예산이 많이 들어 국가에 부담이 되는 밑 빠진 독의 물붓기가 아니라 사회적비용을 감소시키는 투자라는 철학이 필요하다.

이런 철학을 바탕으로 장애인복지의 콘셉트를 정한다면 '자유와 공존'이다. 장애 때문에 물리적으로 심리적으로 자유를 잃었다. 장애인에게 불편을 주는 장벽을 없애 주기 위해 편의시설을 마련해 주고 사회적 편견을 해소시켜 준다면 장애인은 자유로운 존재가 될 것이다. 그런 자유를 통해 장애인과 비장애인이 공존하는 사회가 되면 장애인복지는 완성이 되고 그러면 우리나라는 보란 듯이 선진국이 될 것이다.

장애인복지의 콘셉트인 '자유와 공존'을 담은 장애인공약 다섯 가지를 공개적으로 딜하고자 한다.

첫째, 장애인에게 자유를 주겠습니다.

둘째, 지적장애인을 나라 일꾼으로 만들겠습니다.

셋째, 중증장애인을 위해 스마트 워크를 일반화시키겠습니다.

넷째, 장애인 인식, 확 바꾸겠습니다.

다섯째, 장애인가족에게 우선권을 주겠습니다.

이 다섯 가지에 대한 설명을 간단히 하자면 장애인에게 자유를 주겠다는 것은 장애 때문에 모든 사회활동에서 배제되는 일이 없도록 하겠다는 것이고, 지적장애인을 나라 일꾼으로 만들 수 있는 방법은 지적장애인에게 안정적인 일자리를 마련해 주기 위해 지적장애인에게 유기농업을 전담시키는 지적장애인 녹색운동을 전개시키는 것이다.

그리고 장애인 고용에서 가장 어려움이 많은 중증장애인을 위해 스마트 워크를 직장의 새로운 개념으로 등장시켜야 한다. 출퇴근이 어려운 중증장애인이 스마트 기술을 이용해 집에서 근무를 한다면 중증장애인 취업에 혁신적인 변화가 일어날 것이다.

장애인 인식도 기존의 방식으로는 개선시킬 수가 없다. 장애인 인식을 확 바꾸기 위해서는 신문, 방송 등 모든 언론 매체에 장애인을 일정비율 배정시키는 미디어 쿼터제가 필요하다.

끝으로 장애인복지의 대상을 장애인 당사자에서 장애인가족으로 확대시켜야 한다. 가정에 장애인이 있으면 가족 전체가 어려움을 겪기 때문에 모든 사회적 서비스에서 장애인가족에게 우선권을 줘야 한다.

이 장애인공약을 어느 당이 먼저 선점하느냐에 따라, 어느 대통령 후보가 정책화시키느냐에 따라 적어도 장애인 표심은 움직일 수 있을 것이다.

복지는 액세서리가 아니다

(국민일보/2011. 10. 2.)

　장애아가 성폭력의 대상이 됐다. 그것도 특수학교인 광주 인화학교에서 아주 당연한 듯이 상습적으로 발생한 이 성폭력 사건은 2005년 세상에 알려졌다. 대책위원회까지 발족해서 가해자의 처벌을 요구하는 피해자의 몸부림이 TV 화면을 통해 보도됐다. 하지만 이 사건은 곧 침묵 속에 묻혀 버렸다.

　인화학교 성폭력 범죄자들은 솜방망이 처벌만 받고 아주 당당하게 자기 자리를 지키고 있다. 지명도가 높은 작가 공지영이 이 사건을 소설 〈도가니〉로 세상에 내놓은 것은 2009년이었다. 그때 잠시 인화학교 성폭력 사건이 수면 위로 드러났지만 이내 진실은 외면당하고 말았다. 그런데 2011년 영화 〈도가니〉로 대중 앞에 다시 서자 국민들이 분노하기 시작했다.

　영화 〈도가니〉가 꺼져 버린 인화학교 성폭력 사건의 진실에 불을 지폈고 국민들이 그 불을 활활 타오르게 만들었다. 언론에서 이 사건을 심층 보도하거나 토론의 주제로 삼아 열띤 공방을 벌였고, 국회에서 도가니법

제정을 논하는가 하면 여성장애인 성폭력과 장애인시설의 인권침해가 국회 국정감사의 주요 이슈가 되고 있다.

그런데 우리가 한 가지 간과하고 있는 것이 있다. 이 사건을 단순히 특수학교에서 발생한 장애인 성폭력에 초점을 맞춰서는 안 된다. 특수학교나 장애인시설은 장애인이 가장 안전한 곳이고 장애인이 가장 대접받아야 하는 곳인데 왜 특수학교에서 장애아들이 억압을 받고 성의 노리개가 돼야 하며, 왜 무시당하고 있는 것인지를 짚어 봐야 한다.

이것은 우리나라 장애인복지제도가 근본적으로 잘못됐다는 것을 여실히 말해 준다. 시설이 이렇듯 강력한 힘을 갖게 된 것은 장애인시설의 주인인 장애인 당사자들을 주인이 아닌 수용자로 만든 법제도 때문이다. 정부가 장애인복지 정책을 만들며 장애인의 입장을 조금이라도 생각했다면 장애인의 머릿수에 따라 시설에 지원금을 퍼 주지는 않았을 것이다. 장애인이 복지의 주체가 돼서 복지 서비스를 선택할 수 있도록 장애인 당사자에게 선택권과 서비스 이용료를 지원해 줬다면 특수학교나 시설에서 장애인을 모셔 가기 위해 서비스 질을 높였을 것이다.

그 어느 때보다 복지에 대한 관심이 높아지고 있다. 경제를 모토로 했던 현 정부와는 달리 앞으로의 정권은 복지를 통해 권력을 창출할 것이다. 그래서 정치인들은 쉴 새 없이 복지담론을 쏟아 내고 있다. 때마침 영화 〈도가니〉가 장애인복지 더 나가서 복지를 우리 사회 핫이슈로 만들어 냈기 때문에 복지 논쟁이 더 활발해질 것으로 예상된다.

그런데 언제부터인가 복지 포퓰리즘이란 말이 유행하고 있다. 복지를 대중 인기에 사용한다는 것 자체가 몹시 불쾌하다. 우리나라 사회 지도층은 복지를 선행을 연출하기 위한 액세서리로 생각하고 있기 때문에 복지에 포퓰리즘을 붙일 수 있었을 것이다. 소리를 듣지 못해 무시무시한 성범죄 위험을 알아차리지 못하고, 말을 하지 못해 진실을 밝히지 못했던 12세의 청각장애 아동이 6년 동안 지속적으로 성폭력의 희생자가 된 것은 복지를 자신의 욕구를 채우기 위한 도구로 사용한 사람들이 있기 때문이다. 그리고 복지라는 근사한 제도로 그런 사람들을 보호한 정부 때문에 그 끔찍한 사건이 아직도 계속되고 있는 것이다.

복지를 시혜적인 차원에서 돕는다고 생각하면 복지 예산이 아깝고 복지 포퓰리즘이란 말을 함부로 내뱉게 된다. 복지는 우리 사회의 불안을 조성하는 양극화 현상의 균형을 맞추는 처방이고 국가 발전을 위한 투자이며 모든 국민이 인간답게 살 권리 확보라고 인식해야 한다.

영화 〈도가니〉 때문에 생긴 장애인복지에 대한 관심이 또 반짝 쇼로 끝난다면 인화학교 청각장애인들은 이번에는 사회적 폭력으로 상처만 후벼판 결과밖에 되지 않을 것이다.

복지는 액세서리가 아니다. 복지를 정치적 도구로 삼는 것은 국민을 속이는 사기 행위이다. 복지는 우리 국민의 생명이고 미래이다.

기부 문화 이대론 안 된다

(경향신문/2008. 12. 11.)

춥다. 겨울이다. 한해가 저물어 가고 있다. 불경기라고 사람들은 난리다. 있는 사람들은 상관없지만 없는 사람들에겐 불황의 겨울을 보내기가 고통스럽다. 이런 고통을 조금이라도 덜어줄 수 있는 방법은 이웃의 나눔이다.

예전에는 이웃집에 쌀이 떨어지면 고구마라도 삶아서 갖다 주고 추위에 떨고 있으면 연탄 몇 장을 꾸어 주기도 했다. 이렇게 어려운 사람들을 이웃에서 보살펴 주었지만 요즘은 이웃에 누가 사는지도 모른다.

좋은 일을 하고 싶다는 생각을 갖고 있는 사람들이 모금기관에 돈을 몇 푼 보내는 것으로 자선을 베풀고 있다. 그런데 그렇게 기부를 한 사람들은 기부의 참맛을 느끼지 못한다. 왜냐하면 자신이 기부한 돈이 어떻게 사용이 됐는지를 모르기 때문이다.

기부자들은 기부 목적이 뚜렷하기 때문에 그 목적으로 기부금이 사용되길 원한다. 그런데 우리나라의 기부 문화는 일단 돈을 모아서 그것을 좋은 일에 사용하겠다는 식이다. 어디에 어떤 도움이 필요하니 기부해 달라고 호소를 해도 기부하는 마음이 생길까 말까 한데 마치 세금을 걷듯이 모금을 하고 있다.

우리나라 유일의 모금기관인 사회복지공동모금회가 창립 10주년을 맞아 발표한 자료에 의하면 기업기부가 개인 기부의 2배가 넘는 것으로 나타났다. 그러니까 우리나라 기부 문화는 자발적인 나눔이 아니라 기업의 세제 공제용이란 비난에서 자유로울 수가 없다.

기부를 가장 많이 한 기업은 우리나라 최고의 대기업인데 그 기업이 장애인 고용율이 가장 낮은 기업이란 사실로 그 기업의 기부행위가 얼마나 가식적인가를 잘 말해 준다.

개인 기부 1위를 인기 탤런트 문근영 씨가 차지했다는 보도가 화제가 됐다. 문근영 씨 덕분에 개인 기부자가 늘고 있다고 사회복지공동모금회에서 뒷얘기를 들려줬다. 이 불경기에 문근영 효과를 보고 있다는 것은 고마운 일이다.

그런데 문근영 씨가 왜 그렇게 많은 액수를 기부했는지를 생각해 봐야한다. 그녀는 어느 날 TV를 통해 소아암 어린이들이 수술비가 없어서 생명이 위태롭다는 소식을 듣고 수술비를 마련해 주려고 기부를 하게 됐다고 한다. 문근영 씨처럼 대부분의 기부자들은 마음을 움직이게 한 계기가 있다. 만약 문근영 씨 기부금으로 소아암을 치료한 어린이가 누구라는 것을 알게 된다면 그녀는 기부의 가치를 더욱 느끼고 기부에 더 열중하게 될 것이다.

그런데 우리나라 기부 문화는 마음을 움직이게 하는 모금 프로그램도 없고 기부금이 어떻게 사용됐는지에 대한 투명성도 부족하다. 그래서 기부 문화가 정착되지 못하고 있다.

이렇게 우리나라의 기부 문화는 초보 단계인데 최근 사회복지공동모금회법을 개정해서 정부가 통제를 하겠다고 나섰다. 모금기관을 여러 개 만들어서 경쟁을 시키면서 보건복지가족부 차관이 위원장인 심사위원회가 모금 배분을 조정하도록 한다는 것이다. 10년 전 사회복지공동모금회가 생긴 것은 당시 정부 주도로 불우이웃돕기 성금을 모금해서 그것을 배분하는 과정에 문제가 발생했기 때문이란 사실을 모르는 사람은 없을 것이다. 왜 사람들의 선행을 정부가 관여하고 법으로 통제를 해야 하는지 씁쓸하다.

그런데 현행 체계에서는 절실하게 도움이 필요한 사람에게 정말 필요한 도움을 줄 수가 없다. 현재 사회복지공동모금회는 선로에 떨어진 사람을 기차가 오기 전에 얼른 일으켜서 안전한 곳으로 옮겨 주지 않고 왜 선로에 떨어졌는지 선로에 떨어진 사람이 누구인지 알아보고 있는 것처럼 형식에 얽매여 긴급한 상황에 대처하지 못하고 있기 때문이다.

우리나라 모금 문화에 대수술이 필요한 것은 사실이다. 그래야 기부자가 많아질 것이고 그래야 사회적 나눔이 자연스럽게 이뤄진다. 연말연시를 불우이웃과 함께 보내자고 외치는 목소리가 커지고 있는데 서민들이 얇아진 지갑을 얼마나 열지 모르겠다.

기부가 희망이다. 나눔이 행복이다. 행복해야 이 겨울을 따스하게 보낼 수 있다.

위대한 대통령은 위대한 국민이 만든다

위대한 대통령 만나려면(경향신문/2008. 11. 20.)

　요즘 최대 관심사는 미국에 흑인 대통령이 탄생한 것이다. 미국 제44
대 대통령 버락 오바마에 대한 정보들이 연일 쏟아져 나오고 있다. 사람
들은 오바마가 흑인에 대한 사회적 편견과 맞서 싸워 마침내 승리했다
고 오바마를 입지전적인 인물로 평가하고 있지만 정작 칭찬을 받아야 할
사람은 다름 아닌 바로 미국 국민이다.

　미국 국민은 오바마라는 인물을 대통령으로 뽑아 주기 위해 선거에 적
극적으로 참여했다. 특히 유색인종, 장애인을 비롯한 소외계층 사람들이
대거 투표권을 행사함으로써 백인 우월주의 사회에 피부색이 검은 오바
마를 대통령으로 밀어넣었다.

　집 없이 떠돌아다니는 노숙자들까지 투표를 해서 오바마가 미국의 새
로운 지도자가 되는데 힘을 보탰다. 그래서 오바마의 대통령 당선은 한
흑인 정치인이 꿈을 이룬 것이 아니라 미국 소외계층의 승리요, 성공이다.

　노예해방이 이뤄지기 전까지 미국 사회에서 대부분의 흑인은 노예였다.
그것이 지금으로부터 145년 전이고 보면 그리 오래된 일도 아니다. 노예

해방을 링컨 대통령의 업적으로 기록하고 있지만 노예해방 역시 미국 국민에 의해 이뤄졌다.

노예의 실상을 담은 소설 스토아 부인의 〈엉클 톰스 캐빈〉이 인기를 끌면서 미국 국민들은 노예제도가 얼마나 비인간적이고 비윤리적인 모순인가를 인식하면서 노예제도 폐지 여론이 형성되기 시작했던 것이다.

이렇듯 국민이 움직이지 않으면 그 어떤 변화도 이끌어 낼 수 없다. 그래서 위대한 국민이 위대한 지도자를 배출해서 위대한 역사를 쓰게 만든다. 따라서 미국 최초로 흑인 대통령이 탄생한 모든 공은 미국 국민에게 돌아가야 한다.

미국은 소아마비 대통령도 배출시켰다. 루즈벨트가 제26대 미국 대통령으로 당선될 당시 그는 소아마비로 다리에 보조기를 착용하고 목발에 의지해서 힘겹게 걸었고 재선, 3선을 할 때는 휠체어에 몸을 의지해야 하는 중증의 장애를 갖고 있었다. 그래도 그의 장애를 문제삼는 사람들이 없었다.

오히려 미국 사람들은 미국의 가장 위대한 대통령으로 루즈벨트를 꼽는다. 왜냐하면 루즈벨트 대통령이 대공황을 뉴딜 정책으로 이겨 내고 미국이 번영할 수 있는 기틀을 마련했기 때문이다. 전 세계 어린이들이 루즈벨트 자서전을 읽으며 장애인 대통령에 대한 존경심을 갖게 되듯이 오바마도 세계 위인 속에 포함돼 오래오래 기억될 것이다.

루즈벨트 대통령을 닮고 싶어 하는 것은 세계 어린이들뿐만이 아닌 듯싶다. 오바마도 루즈벨트의 뉴딜 정책을 연구하며 현재 미국에 닥친 경제 위기를 어떻게 해결할 것인가에 대한 방법을 찾고 있다고 한다.

우리나라 이명박 대통령도 루즈벨트 대통령의 노변정담을 인용한 라디오 연설을 하고 있고 뉴딜 정책과 같은 효과를 낼 수 있는 일자리 창출

정책을 구상 중이라고 한다. 아직도 루즈벨트 효과가 있는 것을 보면 그는 단순히 장애만 이겨 낸 것이 아니라 대통령으로서도 성공했다고 평가할 수 있다.

장애에 대한 편견을 갖지 않고 루즈벨트를 세 번씩 대통령으로 뽑아준 미국 국민을 다시 한 번 칭찬해 주고 싶다. 이렇듯 장애인과 흑인을 대통령으로 뽑아 준 미국 국민이 원하는 것은 뭘까?

그것은 온갖 사회적 편견과 차별로부터 자유로워지고 싶은 열망의 표출일 것이다. 그래서 오바마는 대통령 당선 연설에서 모든 계층의 사람들을 일일이 열거하며 특히 장애인과 비장애인이라는 표현을 하면서 그 모두가 하나의 미국인임을 강조했다.

지금 미국을 얘기하고 있지만 이것은 바로 우리 대한민국 얘기이기도 하다. 이제 우리 사회는 장애인을 비롯한 약자에게 가해졌던 편견과 차별을 과감히 버려야 한다.

그래서 우리도 위대한 국민으로 거듭나야 위대한 지도자를 만날 수 있고 그래야 위대한 대한민국이 될 수 있다.

장애아로 키우지 마라

장애아부모부터 변하라(경향신문/2008. 5. 1.)

5월이다. 5월은 가정의 달이다. 5월엔 어린이날부터 시작해서 어버이날 그리고 스승의 날이 있다. 매년 맞이하는 기념일이지만 올해는 어떻게 보낼까 기대가 된다. 그런데 가정의 달이 괴로운 사람이 있다. 바로 장애자녀를 둔 부모이다.

장애자녀를 데리고 외출을 하는 것이 곤혹스럽다. 특히 사람이 많이 모이는 곳에 가면 사람들의 시선을 한꺼번에 받게 되기 때문에 즐거워야 할 나들이를 망치곤 한다.

젊은 엄마들이 장애아를 데리고 다니는 것을 보면 아이보다는 엄마가 더 안쓰럽다. 또래 아이들과 어울리지 못하자 장애아 엄마들은 엄마 모임에 끼지 못한다. 어떤 장애아 가정은 아이 때문에 이혼을 하는 경우도 있고 남편과 함께 산다 해도 정상적인 부부 생활을 하지 못한다. 어디 그뿐인가 친척들과도 연락을 끊고 고립된다.

장애아의 탄생이 한 가정을 이렇게 만들 만큼 불행한 일일까? 열 집 건너 한 가정에 장애아가 있다고 하는데 그렇다면 너무나 많은 사람들이 장애 때문에 불행한 삶을 살고 있다.

이제 우리 생각을 바꾸어야 한다. 몬트리올대학 재활치료과 프랑신 페르랑 교수는 장애아로 태어난 것은 여행 목적지가 달라진 것과 같다고 했다. 부부가 임신을 하면 태어날 아기가 어떤 아이였으면 좋겠다는 상상을 하는데 그 상상은 자기 취향에 따라 최고의 인물로 설정해 놓고 그런 아기가 태어나기만을 기다린다.

페르랑 교수는 그런 상상을 이렇게 설명했다. 자기가 좋아하는 이탈리아로 여행을 가기로 정하고 여행지에 대한 정보를 수집하는 등 여행에 필요한 만반의 준비를 하고 비행기에 올랐는데 비행기가 그만 이탈리아가 아닌 네덜란드에 도착한 것과 같다고 했다.

목적지가 달라졌다고 여행을 포기하겠다고 아우성을 치면 그 여행은 망치게 되지만 아무런 준비가 안 된 네덜란드에서 새롭게 여행을 시작한다면 기대하지 못했던 즐거움을 얻을 수도 있다며 페르랑 교수는 어느쪽이 현명한지를 물었다.

장애아부모가 된 것은 여행의 목적지가 달라진 것뿐이라고 역설했는데 그 주장에 적극 동감한다. 비행기가 추락했다면 죽었을 텐데 그저 목적지가 바뀐 것을 갖고 죽을 일처럼 침통해할 필요가 없는 것이다.

장애아를 가장 먼저 맞이하게 되는 부모가 어떤 태도를 갖느냐에 따라 사람들의 인식도 달라질 것이다. 부모가 장애가 있는 아기를 장애아라고 규정 짓지 않는다면 장애아가 아닌 것이다. 장애를 다양한 특성 가운데 하나라고 생각하면 그뿐이다. 물론 쉽지 않다. 우리 사회는 장애가 있으면 장애인이라고 낙인을 찍기 때문에 부모가 아무리 장애아가 아니라고 주장해도 소용없다는 사실을 누구보다 잘 알고 있다. 하지만 소용없다고 포기하면 안 된다. 사람들의 생각이 바뀔 때까지 꾸준히 노력해야 한다.

우리의 미래는 어린이가 열 것이다. 그 어린이 가운데 장애라는 특성을 갖고 있는 어린이도 있다. 미래 사회는 장애가 장점으로 작용해서 우리 사회를 위해 큰일을 하게 될지도 모른다.

그러니 아무것도 못하는 장애아로 키우지 말라는 페르랑 교수의 조언을 받아들여야 한다. 가정에서 장애아로 키우지 않은 아이는 성장했을 때 반드시 비장애인 못지않은 능력을 갖춘 사람이 될 수 있다.

그러면 우리 사회도 장애를 무능으로 인식하지 않게 될 테니까 장애가 사라질 것이다. 나를 비롯한 장애인들이 가장 원하는 것은 사회적 장애가 없어지는 것인데 그 어마어마한 목표를 달성하기 위해서는 우선 부모가 장애아로 키우지 말아야 한다.

이 멋진 미션을 위해 다가오는 어린이날 불편한 아이를 데리고 당당히 외출을 해서 일반 아이들 속에 섞여 즐겁게 노는 일부터 시작해야 한다.

복지 대통령을 원한다

약자들의 대통령이 없다(경향신문/2007. 12. 6.)

EX IN

최근 행정자치부에서 우리나라 인구가 5천만 명을 넘었다고 발표했다. 세계보건기구에서는 장애인 인구를 전체 인구의 10%로 보고 있기 때문에 장애인 인구도 5백만에 이른 것이다. 실제로 장애인 등록을 한 사람이 200만 명을 넘었다.

행정자치부 자료에 의하면 65세 이상의 노인이 전체 인구의 9.8%를 차지하고 있다고 하는데 노인성장애를 포함한다면 장애인 수는 결코 적지 않다는 것을 알 수 있다. 이렇게 장황하게 장애인 인구를 설명하는 이유는 대선 후보들이 표심잡기에 혈안이 돼 있는데 장애인표를 무시해서는 안 된다는 사실을 알려 주기 위해서이다.

대통령 후보들은 하나같이 일자리를 만들고 경제를 살리겠다고 서민층의 행복과 중산층의 성공을 약속하고 있을 뿐 저소득층을 위해 무엇을 하겠다는 정책이 나오지 않고 있다.

중산층은 특별히 보살펴 주지 않아도 스스로 얼마든지 살 수 있는 자생력이 있다. 하지만 장애인과 노인 등 사회 약자는 지원해 주지 않으면 생존권에 위협을 받는다. 그들이 살기 위해서는 복지정책이 필요하다. 살다 살다 버틸 힘이 없어 추락하면 받아 줄 사회안전망이 필요한 것이다. 그래서 사회적 약자들은 복지 대통령을 원한다.

사람들은 복지 하면 장애인을 비롯한 무능력한 사람들을 먹여 살리는 일쯤으로 생각하고 자기와는 상관이 없다고 외면한다. 그리고 복지는 경제를 살린 다음에 할 일이라고 생각한다.

올바른 일자리를 갖지 못해 단순 노동으로 전전하다가 장애까지 갖게 돼서 노동력을 상실한 후 복지시설로 들어가 살게 하는 것이 복지가 아니다. 복지는 돈이 없어도 의지만 있으면 공부할 수 있고, 능력만 있으면 원하는 일자리를 얻을 수 있도록 하는 것이다. 그리고 장애가 교육과 취업에 걸림돌이 되지 않고, 늙었다고 직장에서 쫓겨나 빈민으로 전락하지 않도록 안전장치를 마련하는 것이 사회복지이다.

나폴레옹이 이런 말을 했다. 지도자는 희망을 파는 장사꾼이라고 말이다. 이 말은 지도자는 국민에게 희망을 주어야 한다는 뜻이다. 지금 국민들은 희망을 주는 대통령을 원한다. 그런데 무조건 행복과 성공을 약속하는 것으로는 희망을 줄 수 없다. 구체적인 정책과 실천 방안을 제시해야 그 희망에 설득력이 생긴다.

희망이란 상품을 만들어 판매를 시작한다면 국민들은 그 상점 앞에 줄을 설 것이다. 희망 상점의 최고 고객은 누구일까? 바로 장애인을 비롯한 사회적 약자이다. 왜냐하면 장애인은 보통 사람들이 쉽게 누리는 일상조차도 꿈이 되고 있기 때문이다.

내가 맡고 있는 프로그램 애청자인 한 장애인이 이런 말을 했다. 아침에 눈을 떴을 때 할 일이 있으면 좋겠다고 말이다. 이 사람이 직업을 갖지 못한 것은 장애 때문이다. 이런 실업상태에 있는 장애인이 일자리가 곧 생길

거라는 희망을 가질 수 있어야 한다.

그런데 무조건 장애인 일자리 창출을 공약할 것이 아니라 전동휠체어를 타고 이동할 수 있는 거리에 복권판매소를 내줄 텐데 그곳에서 복권을 파는 일을 하면 한 달에 얼마의 수익을 올릴 수 있다는 실현가능한 제안을 해야 한다.

그러면 그 장애인은 자립에 대한 희망을 갖게 되고 좋은 여자를 만나 행복한 가정을 꾸밀 것이라는 미래에 대한 계획도 세울 수 있다.

장애인은 바로 이런 희망을 주는 복지 대통령을 원한다. 복지 대통령이 되면 경제도 살리고 모든 국민을 행복하게 만들어 줄 수 있다. 청와대는 희망을 파는 상점이 돼야 한다. 희망이란 상품을 만들 수 있는 사람이 대통령이 돼야 하는 것이다.

장애자녀도 위조하고 있다

가수 이상우 씨와 장애자녀(경향신문/2007. 9. 20.)

요즘 우리 사회에 학력 위조가 물의를 일으키고 있다. 가짜 박사 학위로 버젓이 교수가 된 사람들이 많다니 속임수가 수준급이란 생각이 든다. 그런데 속이는 것이 어찌 학력뿐이랴. 사람들은 자기에게 불리한 것은 모두 감춘다. 소극적으로 밝히지 않는 것에서 머물지 않고 적극적인 속임 즉 위조까지도 서슴지 않는다.

이런저런 위조 가운데 가장 나쁜 위조는 자녀 위조이다. 장애자녀를 숨기는 것이다. 특히 사회적으로 명성이 있는 사람들은 거의 대부분 장애자녀를 숨기고 있다. 언론에 공개되는 장애인은 모두 저소득층 사람들인데 장애가 유명한 사람 집에는 발생하지 말라는 법은 없다.

얼마 전 희곡 〈세일즈맨의 죽음〉으로 세계적인 명성을 얻은 미국의 극작가 아서 밀러가 다운증후군 아들의 존재를 평생 동안 숨겨 왔다는 사실이 밝혀져 충격을 주었다. 밀러는 다운증후군 아들 대니얼을 태어난 지 일주일 만에 시설로 보냈다. 그는 대니얼의 존재를 자기 인생에서 말살시켜 버렸다. 모든 것을 다 밝힌 그의 자서전에 대니얼은 등장하지 않을 정도로 밀러는 장애자녀를 거부했다.

그런 밀러가 장애인의 대변인으로 연설을 해서 미국 사회를 감동시키기도 했었다. 밀러는 미국 사회에서 존경받는 지성인이었다. 그런 밀러가 자기 자신을 속이고 있었다는 사실은 밀러가 죽은 후에 재산 상속을 하면서 밝혀졌다. 대니얼에게도 다른 자녀들과 똑같은 몫의 재산을 물려준 것이다. 죽음 앞에서는 장애아들에 대한 미안함이 있었던 것이다.

이런 밀러에게 사람들은 뭐라고 할까? '오죽 했으면 장애아들을 숨겼으랴.' 하고 동정론을 펴는 사람은 많지 않을 것이다. 지성인이라면 장애아들을 당당히 밝히는 것이 더욱 지성인다운 태도라고 밀러를 비난하는 사람들이 더 많을 것이다. 그는 자신에 대한 허영심 때문에 세상을 속인 초라한 위선자가 되고 말았다.

이러한 때 가수 이상우 씨가 텔레비전 인간 다큐멘터리 프로그램을 통해 자신의 아들이 발달장애를 가지고 있다는 것을 밝히면서 장애자녀가 있는 가정의 아버지로서의 고뇌와 상처를 그대로 보여 준 것은 용기 있는 도전이다.

사람들은 가수 이상우 씨가 〈그녀를 만나는 곳 100m전〉 노래를 신나게 부르던 모습을 떠올리면서 이상우 씨에게 그런 아픔이 있었다는 것에 대해 놀라움과 함께 그럼에도 불구하고 늘 밝은 모습을 하고 있었던 이상우 씨에게 존경심이 생겼을 것이다.

더군다나 이상우 씨는 장애아들 덕분에 다른 사람들이 누리지 못하는 행복을 누리고 있고 그런 사실을 깨닫게 해 준 장애아들은 자신에게 스승과 같은 존재라고 해서 장애아 부모들에게는 자신감을 줬고 일반 사람들에게는 장애가 불행한 일만은 아니라는 메시지를 전달함으로서 장애인에 대한 인식을 새롭게 갖게 했다.

이상우 씨가 장애아들을 세상에 공개하기란 쉽지 않았을 것이다. 왜냐하면 긍정적인 면도 있지만 아직도 우리 사회는 장애를 곱지 않게 바라보는 시선이 많기 때문이다. 특히 그는 이름이 알려진 사람이기 때문에 더 많은 시선을 받게 되고 더 많은 얘깃거리가 된다. 그런 사실을 뻔히 알면서도 이상우 씨가 결심을 한 것은 장애아들이 앞으로 살아갈 세상이 장애인에게 더 좋아지기를 바라는 마음에서이다.

부모들이 장애자녀를 숨기면 숨길수록 세상은 장애인에게 닫힌 사회가 된다. 사회 지도층 인사들이 우리 자식도 장애인이라는 사실을 밝히면서 우리 사회의 변화를 이끌어 가야 한다. 그것은 부끄러운 일이 아니다. 정말 부끄러워할 일은 밀러처럼 장애자녀를 말살시키고 있다는 것이다.

나 자신 장애가 있는 사람으로서 이상우 씨의 용기에 박수를 보낸다. 그런데 한 가지 부탁하고 싶은 것은 이상우 씨가 장애아들을 공개한 것을 후회하는 일이 생기지 않도록 일시적인 호기심으로 끝나지 말고 이상우 씨의 도전이 사회적인 변화를 일으키는 도화선이 될 수 있도록 만들자는 것이다.

사회 지도층 명사들이 사실 나도 장애인부모이고 사실 우리 가정에도 장애인형제가 있다는 사실을 고백해 주기를 바란다. 그래야 우리 사회가 장애인에게 긍정적인 열린 사회가 될 수 있기 때문이다.

---

* 2018년 'me too'를 통해 여성 성폭행 문제가 이슈화되는 것을 보면서 '우리 DO' 캠페인이 필요하다는 제안을 했는데 2007년에 벌써 장애인가족이 있다는 것을 고백하자고 제안한 것을 보고 필자 스스로도 놀랐다.

EX
IN

4. 왜, 장애인예술인가

"자기를 구하기 위해 노력하면
자기가 없어지지만요.
남을 구하기 위해 노력하면
오히려 자기 자신을 구원받게 된다고 해요.
다른 사람을 위해 사는 삶이
바로 자신을 위한 삶이란 것을 알 수 있습니다."

_방귀희 방송 멘트 수첩에서

오현 스님은 장애예술인의 구원투수였다

(경향신문/2018. 5. 30.)

"아무한테도 말하지 말고."

이승의 옷을 벗고 홀연히 떠나신 백담사 오현 큰스님께서 지난해 필자에게 하신 당부이다. 이 말씀이 나온 배경을 이제 밝히려 한다. 2017년 봄 어느 날 아침 스님의 문자를 받았다. 지금 서울에 있으니 잠시 보자는 내용이었다. 노령의 스님께서 문자를 하실 줄 안다는 것이 신기해서 혼자 미소 지으며 스님을 뵐 수 있다는 기쁨에 한숨에 달려갔다. 스님은 건물 밖에서 휠체어를 타고 온 나를 반갑게 맞아 주셨다.

10년 만에 뵌 스님은 천진스러운 표정으로 이미 세속의 모든 번뇌를 다 털어 낸 성자의 모습이었다. 스님은 시조시인으로 시집을 여러 권 낸 문인이어서 그런지 장애인문학지『솟대문학』에 관심이 많으셨다. 블랙리스트 사건으로『솟대문학』이 폐간된 사실을 뒤늦게 알게 되었다며 위로해 주셨다. 스님이 앞으로 어떻게 살 거냐 물으시기에, 「장애예술인지원법률」을 만들어 장애예술인들이 안정적으로 창작 활동을 할 수 있도록 하는 것이 마지막 과업이라며 마치 나라를 구하는 독립군이 된 양 의기양양하게 말씀드렸다. 내 대답에 스님은 빙그레 웃으셨다.

며칠 후 스님께서 전화를 하셔서 법이 제정되려면 시간이 걸리니 장애예술인 60명에게 월 30만 원을 지원하겠다고 제안했다. 나는 목이 메어 말을 잇지 못하였다. 스님은 종교가 타 종교여도 상관없고 그저 열심히, 어렵게 창작 활동을 하는 장애예술인이면 장학금을 줘야 한다며 6개월분을 한꺼번에 개인 통장으로 입금시켜 주셨다.

이 지원금을 보내며 하신 말씀이 바로 아무한테도 말하지 말라는 것이었다. 불교에 무주상보시(無住相布施)라는 것이 있다. 요즘 말로 표현하면 익명의 기부인데 무주상보시는 자신을 드러내지 않는 것에 머물지 않고 좋은 일을 했다는 생각조차 하지 않는 한층 차원 높은 자선이다. 스님의 무주상보시는 우리 장애예술인뿐만 아니라 어려움 속에 있는 많은 사람들에게도 이루어졌다. 좌초 위기에 있던 사업이 스님 덕분에 시작될 수 있었다는 후일담을 몇 번 들은 적이 있다.

스님은 격의 없이 막걸리 잔을 건네며 고통 속에 있는 중생들의 얘기를 들어주고 그 어떤 조건도 없이 문제를 해결해 주시던 구원투수였다. 언제까지나 우리 곁에 계실 줄 알았던 스님께서 훌쩍 떠나니 허망하고 또 허망하다. 이렇게 가시려고 지난해 우리에게 큰 선물을 주셨구나 싶어서 스님의 무주상보시가 더욱 귀하게 느껴진다.

스님의 입적 소식에 문재인 대통령께서도 스님과의 인연을 떠올리며 안타까워하신 글을 보니, 스님의 높은 인품이 다시 한 번 빛난다. 흔히들 높은 사람과 친분 관계가 있다는 것을 자랑삼아 얘기하지만 스님은 일절 그런 상(相)을 내세우지 않으셨다. 마지막으로 뵈었을 때도 나라 걱정만 하셨다. 세상이 실타래처럼 얽혀 있어서 그것을 풀려면 많은 인내가 필요하다고 하시며 '다들 장애인이다. 나도 장애인이고.' 라던 말씀이 지금 생각해 보니 우리 모두의 화두처럼 느껴진다.

지금 우리 사회에 만연한 이념, 지역, 세대 간 갈등이 우리 삶에 장애 요소가 된다는 의미일 것이다. 갈등으로 대결할 것이 아니라 나도 부족하다는 자기 고백으로 장애 요인을 없애고 서로의 구원투수가 되라는 의미가 아닐까? 지금 우리에게 필요한 것은 아무 조건 없이 타인의 고통을 덜어주려 노력하는 오현 큰스님 같은 소박한 구원자이다.

시 낭송하는 장관이 돋보이는 이유

지진이 일어났을 때 장애인은 어떻게 하나요(동아일보/2017.12.12.)

 2017년 대한민국은 정말 숨가쁘게 돌아갔다. 상상을 초월한 국정농단 사건, 사람으로서 도저히 할 수 없는 반인륜적 범죄 사건들이 연일 보도되어 인간성 붕괴라는 큰 인재(人災)를 입었다. 어디 그뿐인가 강도가 점점 높아지고 있는 지진과 잦아지는 북한 미사일 도발로 생명권이 위협받고 있다.

 방송에서 지진 대피 수칙을 소개하는 것을 보면 휠체어를 사용하는 나를 비롯한 중증장애인들은 '이제 죽었구나' 싶다. 책상 아래로 몸을 숨길 수도 없고, 질서 있게 계단을 이용해서 건물 밖으로 빠져나갈 수도 없으니 말이다. 장애인은 자연재해에 속수무책이고, 어금니 아빠 이영학 때문에 민간에서는 장애인에 대한 후원을 멈추고, 정부는 장애인정책에 무관심한 사회적 재해 상황에 놓여 있어서 삶의 열정을 잃어가고 있었다.

 이럴 때 그나마 위안을 준 것은 2018평창장애인올림픽 G-100일 기념으로 열린 한중일장애인예술축제에서 문화체육관광부 도종환 장관이 장애 시인의 시를 외워서 낭송하고 난 후 그 시의 의미를 살려 언급한 장애와 비장애를 넘어서는 세상을 만들자는 메시지였다.

'나의 존재는 너라는 존재로 인해서 아름다울 수 있습니다. 너 없이 나는 아름다울 수 없는 거죠. 시인이 노래했듯이 어둠이 없이는 별이 홀로 빛날 수 없습니다. 저는 차별과 편견을 넘어서 함께 살아갈 수 있는 세상을 꿈꿉니다.'라는 장관의 진정성 있는 말에 관중은 숙연해졌다.

사람들은 항상 나를 우선 생각하고 내가 잘 살기 위해 경쟁이라는 미명 아래 너에게 해를 끼친다. 하지만 장관이 낭송한 시를 쓴 김대원 시인은 '내가 어둠이라면 당신은 별입니다'라는 시를 통해 사람은 혼자서는 아름다울 수 없는 불완전한 존재이고 서로 도우며 상생해야 비로소 빛을 볼 수 있다는 사실을 일깨워 주었다. 35년 동안 세상과 단절되어 홀로 시를 쓰며 살아온 중증장애인이 우리 사회에서 발생하는 온갖 문제들을 관망하면서 내뱉은 충고인데 시인이기도 한 도 장관은 그 의미를 충분히 잘 전달하였다.

돌이켜 생각해 보면 우리 사회에 많은 변화가 있었지만 실제로 변한 것은 아무것도 없다. 여전히 실업률이 높고, 경제는 어렵다. 우리 사회에서 가장 취약한 계층인 장애인의 실업률은 일반 실업률의 2.5배이고 장애인의 빈곤율 역시 일반 빈곤율과는 비교를 할 수 없을 정도이다. 대통령의 일자리공약에 장애인을 위해 어떤 일자리를 만들 것인지는 나타나지 않으며, 그 어느 곳에서도 장애인의 빈곤 문제를 어떻게 해결하겠다는 논의는 이루어지지 않고 있다.

정부는 사회복지 예산을 늘려서 각종 사회 급여를 확대하는 방안을 발표하였지만 수당이 10만 원 오른다고 삶의 질이 향상되는 것은 아니다. 인간의 행복은 당장 손에 쥐어 주는 재화보다는 성취감과 자기 존재감으로 미래를 꿈꿀 수 있을 때 비로소 찾아온다. 그래서 사회 안전망을 갈아 주는 복지와 만족도를 높여 주는 문화가 함께 작동해야 행복지수가 높아지는 것이다.

최근 문화부가 문화정책2030을 발표하면서 '사람이 있는 문화'를 내세운 것은 대통령의 국정 철학인 '사람이 먼저다'와 일맥상통한다. 그런데 이렇게 사람을 강조하고 있는 이유는 천부적인 인권을 가진 사람이 이런저런 제도나 미성숙한 인식 때문에 차별과 배제를 받고 있기 때문이다.

혹자는 장애인이 무슨 배제를 당하느냐고 말한다. 지진이 났을 때 장애인은 어떻게 대피를 도와줘야 한다는 말 한마디 없는 것이 차별이다. 정부나 국회에서 나오는 정책 뉴스에서 장애인에 대한 언급이 없는 것, 기업에서 생산하는 제품에 장애인 소비자를 배려하지 않는 것, 2018평창동계올림픽 입국 공항을 일반 올림픽은 인천과 양양 다 열어 주면서 장애인올림픽은 평창에서 가까운 양양국제공항은 사용하지 못하도록 한 것 등이 배제이다.

기득권을 나를 위한 도구로 사용하기 때문에 주류 사회에 편입하지 못한 사람들은 패배자가 되어 사회 소외계층으로 전락하고 마는데, 장애시인의 말처럼 별은 어두워야 존재가 드러난다는 사실을 모르고 있다. 하여 우리 사회 음지에 있는 장애인에 대한 차별과 편견을 넘어서 함께 살아갈 수 있는 세상을 꿈꾼다는 장관의 말이 돋보이는 것이다.

블랙리스트 장애인의 공개 청원

(한겨레신문/2017. 2. 21.)

나는 적어도 3년 전까지만 해도 노력에 대한 대가는 반드시 있다는 신념을 갖고 있었다. 그래서 정말 열심히 노력했다. 중증의 장애인인 나는 고등학교 때 체육점수 40점을 받은 적이 몇 번 있었다. 60점을 주니 학부형들이 '왜 체육 수업을 받지 않은 학생에게 60점씩이나 주냐'고 항의를 하여 40점이 된 것이다. 그때 체육 선생님은 내게 이렇게 말씀하셨다.

"귀희야, 미안하구나. 성적을 매기면서 선생님도 마음이 아팠다. 40점에 낙담하지 마라. 네가 100점짜리 학생인 것은 다 안다." 만약 선생님이 그런 말씀을 해 주지 않으셨다면 나는 선생님을 원망하며 미워했을 것이다. 하지만 이유를 설명하며 사과를 했기에 수용이 가능했다.

학교를 졸업하고 나는 바로 방송작가로 일했다. 대학 수석 졸업으로 방송에 출연하였다가 발견한 직업이었으니 그 역시 노력의 결과였다. 31년 동안의 작가 생활을 하는 동안도 그 신념이 지켜졌다. 방송 매 순간 순간 최선을 다하면 평가가 좋았다. 그래서 손해를 본다 싶을 만큼 작가 이외의 잡일들도 기꺼이 하며 공공성과 공익을 우선의 가치로 여겼다.

그 결과 장애인에게 쉽게 오지 않는 기회들이 찾아왔다. 물론 실패가 더 많았지만 그때는 그 원인이 나한테 있다고 생각했다. 그래서 희망을 잃지 않고 꾸준히 도전하는 삶을 살 수 있었다.

하지만 그 신념이 무참히 깨지는 사건이 생겼다. 나의 전문성과 나의 경력으로 충분히 얻을 수 있는 기회들이 비웃기라도 하듯이 나를 비켜갔다. 나중에는 모든 기회를 박탈당하였다. 큰 기회는 '대통령이 싫어하는 인물'이라서, 작은 기회는 '장관이 싫어하는 인물'이라서 라는 이유 같지 않은 이유에서였다.

여고 시절 체육 선생님처럼 이유를 설명해 주었으면 억울하지 않았을 텐데, 체육 선생님처럼 미안하다며 진심을 보여 주었으면 분노심을 갖지 않았을 텐데. 상대방이 당할 상처는 아랑곳하지 않고 낄낄거리며 '넌 무조건 안 된다'는 식으로 모욕을 당했을 때는 배신감에 잠 못 이루는 밤이 많았다.

그 기형적인 행정의 이유가 바로 블랙리스트였다. 참으로 어처구니없는 일이다. 블랙리스트에 적힌 단 몇 줄로 수십 년 동안 쌓아 온 그 사람의 능력을 사장시키는 행위는 한국인이라는 이유로 탄압하던 일제의 민족문화말살정책과 무엇이 다르단 말인가?

사회적 약자를 보호해야 할 정부가 오히려 약자의 약함을 이용해서 마음껏 짓밟고 있는 현실을 바로잡지 않으면 약자 중의 약자인 장애인은 평생 일방적으로 피해를 당할 수밖에 없을 것이다. 하여 개인적인 피해는 차치하고 1만 장애예술인, 더 나가 450만 장애인의 생존권을 위하여 장애인문화예술에 대한 블랙리스트는 가볍게 넘길 문제가 아니기에 블랙리스트 장애인 당사자로서 공개 청원을 한다.

블랙리스트가 생산되고 시행한 문화체육관광부는 전직 장차관 구속으로 면제부를 받았다고 생각하면 안 된다. 장관 대행이 머리 숙여 사과를 한다고 문제가 해결되는 것도 아니다. 블랙리스트에 대한 의혹을 누가 들어도 납득할 수 있도록 해명하고, 잘못한 것은 인정하며 양해를 구하는 진정어린 소통과 함께 피해와 불만을 해소하기 위해 노력하는 적극적인 모습을 보여 주어야 한다.

그래서 장애예술인들은 장애인체육 예산의 10%에 머물고 있는 장애인문화예술 예산을 확대하고, 우수한 장애인 선수들이 매월 경기력 향상 연금을 받듯이 재능 있는 장애예술인들에게 그에 준하는 창작지원금을 지급할 수 있는 정책을 마련해 줄 것을 요구한다.

이를 위해 장애예술인지원법을 제정하고 문화체육관광부에 장애인문화예술 전담 부서를 설치하여 장애인문화예술이 안정적인 국가사업으로 진행이 될 수 있도록 하여야 한다.

끝으로 비장애인과 같은 일을 하기 위해 2~3배의 노력을 기울이고 있는 장애인을 정권의 입맛에 따른 성향 분석으로 능력을 재단하는 것은 몰지각하고 몰염치한 권력 오남용이라는 인식을 가져야 한다는 조언도 덧붙인다.

시각장애 피아니스트와 안내견

(경향신문/2016. 9. 23.)

서당개 3년이면 풍월을 읊는다는 우리 속담을 실감한 광경을 목격하였다. 얼마 전 대한민국장애인예술경연대회에서 영아티스트상을 수상한 피아니스트 김예지 씨가 축하 공연을 하기 위해 무대에 오르는데 놀랍게도 안내견과 등장했다. 시각장애인이 안내견의 길안내를 받는 것은 종종 보아 왔지만 무대 위에서의 안내견은 처음이라서 시선을 사로잡았다.

그런데 이런 호기심이 감동으로 바뀐 것은 연주가 끝나는 순간이었다. 피아니스트 옆에서 편안하게 자리잡고 앉아 있던 안내견이 곡이 끝나기가 무섭게 자리에서 벌떡 일어나는 것이었다. 피아니스트가 연주곡을 마무리 지으려고 피아노 건반을 열정적으로 두드리고 있어서 박수를 준비해야겠다고 생각할 무렵 안내견은 이미 곡의 끝을 알고 있었던 것이다.

그 순간 관객들은 너무나 놀라운 아름다운 모습에 박수 갈채를 보냈다. 사람보다 낫다고 한마디씩 감탄을 쏟아 냈다. 안내견은 엎드려 누워 쉬고 있는 것처럼 보였지만 사실은 주인을 가이드할 시점을 놓치지 않으려고 신경을 곤두세우고 있었던 것이다. 그런 시각장애인 안내견이 너무나 대견하였고 그 존재가 너무나도 귀하게 느껴졌다.

피아니스트 김예지는 숙명여자대학교에서 피아노를 전공하고 미국 위스콘신대학교에서 박사 학위를 받은 재원이다. 그런데 그녀의 오늘이 있기까지 두 마리 안내견이 김예지를 안내했다. 유학을 갈 때도 안내견과 함께 떠났다. 김예지에게 안내견은 삶의 동반자인 것이다.

혹자는 무대에 오를 때는 안내견보다는 사람의 도움을 받는 것이 더 좋지 않을까 하는 생각을 했을지도 모르지만 김예지는 그에 대해 아주 확고한 신념을 갖고 있었다. 사람의 안내를 받으면 의존적인 장애인으로 각인이 되지만 안내견은 자신이 지시하는 대로 움직이기 때문에 주도적이면서 독립적인 모습을 보여 줄 수 있어서 피아니스트로서의 신뢰가 더 생길 것이라고 설명해 주었다.

안내견 찬미가 옆에 있다고 생각하면 연주가 끝난 후 안내자가 올 때까지 무대 위에서 뻘쭘하게 서서 어쩔 줄 몰라 하며 생기는 불안감이 없어서 안정된 마음으로 연주를 할 수 있다는 말도 덧붙였다.

이렇듯 스포트라이트를 받는 피아니스트뿐만이 아니라 서울시청 장애인복지과에 갔을 때도 시각장애인 공무원 옆에서 안내견이 같이 근무를 하고 있는 것을 보았다. 대학 캠퍼스에서 주인이 공부를 하는 동안 그 어려운 강의를 조용히 듣고 있는 안내견은 보도를 통해 종종 보았지만 이렇듯 무대나 근무처 등 곳곳에서 안내견은 시각장애인을 돕고 있다.

이런 생각을 하니 우리나라에서 처음으로 안내견 사업을 시작하여 보급시킨 삼성이 새삼 고마워졌다. 그리고 아직도 안내견의 출입을 막는 공공시설이 있다는 사실에 화가 났다. 안내견은 시각장애인의 눈임에 틀림이 없는데 안내견을 밖에 두고 사람만 들어오라는 것은 눈을 빼놓고 입장하라는 것과 무엇이 다르단 말인가? 안내견은 눈치가 뻔해서 자기를 거부하는 것을 알고 풀이 죽는다며, 안내견 주인들은 자신이 당하는 차별보다 안내견에 대한 차별이 더 가슴 아프다고 했다.

어찌되었든 장애인은 누군가가 보살펴야 하기에 돌봄 서비스 예산이 필요하다. 그 비용을 절감하는데 안내견이 한몫을 하기에 안내견이 그 역할을 100% 발휘할 수 있도록 사회적 편견을 버려야 하고, 안내견을 양성하는 기업에 칭찬을 아끼지 말아야 한다. 그래야 기업에서 장애인복지에 투자할 의욕을 갖게 되고 그리하여 장애인복지의 거버넌스가 이루어지면서 장애인복지 서비스의 질도 높아질 것이다.

시각장애인 피아니스트가 안내견과 무대에 등장하고 연주를 마친 후 자리에서 일어나 청중에게 인사를 하자 방향을 틀어 퇴장하는 짧은 장면은 안내견 사업의 가치를 충분히 보여 준 예술적 공익 PR이었다.

---

* 안내견 찬미는 2018평창동계올림픽 개회식 공연을 끝으로 은퇴를 하여 좋은 가정으로 입양되었고 현재는 안내견 조이가 근무를 하고 있는데 무대 경험이 없어서 조금은 불안하다고 한다.

약자의 행복을 만드는 크리에이티브

(경향신문/2016. 7. 28.)

　가장 고부가가치가 높은 단어인 행복과 크리에이티브가 가장 저렴한 개념이 되었다. 정치인들마다 국민 행복을 약속하지만 국민은 여전히 행복과 멀리 있다. 국민 행복을 메시지로만 전달하기 때문이다. 행위가 없는 말뿐인 행복 약속에 국민은 행복이란 단어만 들어도 불쾌해진다. 이렇게 허언(虛言)에 지쳐 있는데 이제 크리에이티브까지 보태졌다. 코리아 앞에 다이나믹을 붙인다고 역동적으로 되는 것도 아니고, 크리에이티브를 붙인다고 창조적인 것도 아닌데 언제부터인가 실체가 없는 관념에 투자를 많이 한다.

　단어 하나 바꾸는데 35억 원을 썼다고 하면 하루하루 빠듯하게 살고 있는 서민은 분노심이 끓어오른다. 서민을 위한 행복과 서민이 원하는 크리에이티브에 대해 서민 입장에서 진지하게 반성해 볼 필요가 있다.

　세상을 떠난 지 7년이 된 장영희 교수는 소아마비로 목발을 사용했다. 영미문학을 전공한 그녀는 연극 공연을 무척 좋아했었지만 대학로 소극장들이 편의시설이 되어 있지 않아서 공연을 보기가 어려웠다. 하지만 〈홀

스또메르)라는 작품은 놓칠 수 없어서 큰 맘 먹고 공연장에 찾아갔다. 장애인들이 공연을 보려면 입장은 가장 먼저 하지만 퇴장은 가장 마지막에 해야 한다. 그날도 관객들이 다 나가기를 기다리고 있는데 주인공을 맡은 배우가 다가와 '공연 재미있으셨어요?'라고 인사를 건네더니 그녀의 목발을 보고는 등을 내밀며 업히라고 손짓을 하였다. 자신은 말(연극 주인공이 말)이니 괘념치 말라고 덧붙이면서 말이다. 장영희 교수는 대스타 등에 업혀 공연장 계단을 편하게 올라올 수 있었다. 그 얘기를 들려주는 장교수의 표정은 매우 밝았다. 장애인이어서 도와주겠다고 하는 것이 아니라 연극을 보러 온 관객의 불편을 해결해 주려는 따스한 마음과 적극적인 행동이 행복을 만들어 주었던 것이다.

그 배우는 장 교수가 암으로 투병을 하며 죽음과 사투를 벌이고 있을 때 문화부 장관이 되었다. 장 교수가 병상에서 그 소식을 들었다면 자기 일처럼 기뻐했을 것이다. 그는 장관이 된 지 얼마 되지 않아 실국장 회의에서 이런 지시를 하였다고 한다. 대학로에 장애인들이 마음놓고 공연을 볼 수 있도록 편의시설을 만들고, 장애인 가운데 예술활동을 하는 사람들이 많으니 장애인문화예술을 전담하는 부서를 마련하라고 말이다. 이지시에 따라 전격적으로 설치된 장애인문화체육과*가 2009년 1월 5일 문화부에 명패를 붙이게 되었다. 그리고 장애인문화예술 전담 공무원을 장애인으로 채용하고 더 나가 장관 정책보좌관도 장애인으로 임용하는 파격적인 인사로 400만 장애인들의 적극적인 지지를 받았다.

이것이 바로 크리에이티브이다. 이때부터 여기저기 흩어져 있던 장애인문화예술사업의 공식 채널이 마련되어 일본, 영국 등지에서 활발히 전개되

---

* 문화부에 장애인체육업무를 전담하기 위해 2007년에 신설된 장애인체육과에 2009년 장애인문화예술 업무가 추가되어 장애인문화체육과가 되었다.

고 있던 장애인예술이 한국에서도 본격적으로 시작되었다.

이 이야기를 공개하는 것은 유인촌이란 인물이 대배우이고 장관을 지 낸 사람이라서가 아니라 적어도 사회적 약자인 장애인을 배려한 실천이 얼마나 큰 행복과 크리에이티브를 양산했는지를 알리고 싶어서이다. 약 자의 행복은 특별한 것이 아니다. 어떤 어려움이 있는지 살펴보는 관심과 강자가 독식하는 기회를 공평하게 나눠 주면 된다.

그런데 그 나눔이 창조적인 방법으로 실천되어야 한다. 창조적인 나눔 이란 사회적 책임을 시혜라는 프레임에 넣어 해결하려고 하지 말고 바로 이 약자 프레임을 깨고 다양한 방법으로 능력 발휘를 할 수 있는 노력의 장을 마련해 주는 것이다.

한국을 행복하게 만드는 것은 거대한 담론이 아니라 하나하나가 창조 적인 소소한 실천이다. 교육부 정책기획관은 민중을 개, 돼지에 비유했지 만 실제로 민중은 사회 지도층보다 훨씬 현명하고 훨씬 강하다. 왜냐하 면 과욕을 부리지 않고 보편 청중의 입장에서 세상을 바라보며 정의롭게 결정하기 때문에 창의적으로 한국의 행복을 만들어 가고 있는 힘을 갖고 있다.

대작^(代作)과 장애인화가

(경향신문/2016. 7. 1.)

　사람들은 그림 앞에서 발길을 멈추고 한참 동안 화폭 속에 빠져든다. 어떤 사회학자는 그 이유가 '세상이 아름답기를 바라는 희망의 표현'이라고 하였다. 그 말에 동의한다. 세상에는 아름답지 못한 일들이 너무나 많기 때문에 작품으로 잠시나마 평화로운 행복감을 느끼며 마음의 상처를 치유하는 것이다. 우리가 살고 있는 세상도 그림 속처럼 아름답기를 소망하면서 말이다.

　이렇듯 그림은 우리들에게 꼭 필요한 치유의 도구가 된다. 동시에 소망을 갖게 되는 충전소이다. 그림의 역할이 치유와 소망이라면 비싼 돈을 들여 고급스럽게 꾸민 유명 화랑보다는 대학로에 있는 장애인문화예술 센터 전시실^(이음갤러리)에 들러 보는 것이 더 효과적이다. 그곳에 있는 그림에는 작가의 열정과 진실이 깃들어 있기 때문이다.

　장애인화가들은 불편하지만 그 누구의 도움도 받지 않고 작품을 완성한다. 대작^(代作)이란 있을 수 없다. 손을 사용하기 힘든 작가들이 붓에 물감을 찍기 위해 손을 바르르 떨기도 하고, 그것도 안 되면 입으로, 발로 물감을 찍어 화폭에 그리고자 하는 콘셉트를 형상화시킨다. 감전 사고로 양쪽 팔을 모두 잃어 의수를 사용하는 석창우 화백은 의수에 붓을 꽂고 수묵크로키를 하는데 그의 붓놀림이 만들어 낸 역동성은 사람의 마음을 움직이는 에너지가 된다.

대작(大作)을 할 때는 캔버스를 바닥에 깔아 놓고 휠체어에서 내려와 캔버스 주위를 앉은 자세로 빙빙 돌며 그림을 그린다. 장애인화가들이 그렇게 해서라도 스스로 그림을 그리는 것은 미술을 사랑하는 예술혼 때문이다.

인상파의 거장 르누아르는 말년에 관절염으로 손가락이 굳어 손에 붓을 묶어서 그림을 그렸다. 르누아르는 온몸이 뒤틀리는 고통 속에서도 그림을 멈추지 않았다. 한번은 친구가 찾아와서 그렇게 힘든데 계속 그림을 그리는 이유가 뭐냐고 묻자 르누아르는 이렇게 대답했다. "고통은 지나가지만 아름다움은 영원히 남기 때문이네." 르누아르 그림에서 뿜어내는 육체의 관능미는 이렇듯 장애 속에서 이루어졌는데 그의 말대로 그가 남긴 작품들은 지금도 또 앞으로도 아름다움을 줄 것이다.

르누와르와 장애인화가들이 육체적 어려움 속에서도 자신이 직접 그림을 그리는 것은 예술은 아름다움의 창조이기 때문이다. 대작(代作)이 미술계의 관행이라고 말하는 것은 창조에 대한 모독이다. 그런데 왜 대작(代作)이 필요했을까? 그것은 미술 애호가들의 잘못된 작품 선택 기준에서 비롯되었다. 이름이 곧 작품값이 되는 사회 인식 속에서 유명 화가는 작품을 대량생산해야 하기에 무명 화가의 도움이 필요하게 된 것이다. 대작(代作) 관행이 누구 탓이든 그것은 인간이 해서는 안 되는 부도덕한 일이다.

왜냐하면 온몸으로 그림을 그리는 장애인화가들은 그림 한 점 팔리지 않아 물감 살 돈이 없어서 작품 활동을 못하고 있는데 이름값 때문에 그림이 잘 팔린다고 대신 그린 그림에 자기 이름만 얹힌 작품으로 돈을 벌고 화가로서의 명망도 얻는 행위는 도덕적 해이로 끝날 일이 아니다. 그것은 이름 없는 화가에 대한 심리적 폭행이고, 경제적 착취이다.

그리고 장애인화가에 대한 사회적 배신이다. 장애인화가 작품을 소외시키는 사회 인식을 형성하는데 그들이 일조를 하였기 때문이다. 장애인예술의 차별은 리델과 왓슨이 지적하였듯이 예술 체제에서 장애인을 배제하고 있는 것에서 비롯되었다고 보고 있으니 말이다.

어떤 건물이건 안으로 들어가면 그림이 걸려 있다. 정부기관, 공공기관, 대기업 등 사회적 책임을 가진 기관의 건물부터 단 한 작품이라도 장애인화가 그림으로 장식하여 장애인미술의 작품성과 진정성을 높이 평가하는 사회 분위기를 조성해야 대작(代作)이 사라질 수 있을 것이다. 대작이 관행이 되는 미술계에서 유명 화가의 시장 독점으로 무명화가들이 설자리를 찾지 못한다면 세상이 아름답기를 바라는 소망으로 작품을 감상하는 소시민의 문화향유권은 누가 보장해 줄 것인가?

'전해라' 심리

숫대문학 꼭 살아날 것이라고 전해라(경향신문/2015. 12. 22.)

요즘 유행하는 노래 〈백세 인생〉은 멜로디가 단순해서 금방 따라 부를 수 있는데다 가사 구조가 계속 반복되어 쉽게 기억되는 특징이 있다. 게다가 고령화로 백세 시대가 열리고 있는 사회현상과 딱 맞아떨어진 것이 성공의 비결이다. 그렇다고 이 노래가 노인층에게만 인기가 있는 것은 아니다. 연령에 상관없이 많은 사람들 사이에서 화제가 되는 것은 바로 전하라는 제3자를 통한 의사전달 방식 때문이다.

현대인들은 직접 대면에 불안증을 갖고 있다. 내가 말했을 때 상대방이 보일 예측 불가능한 반응에 대응하는 것을 부담스러워한다. 그래서 SNS를 통해 소통하기를 즐긴다. 심지어 앞에 있는 사람보다는 스마트폰으로 온 문자에 먼저 응답한다. 특히 관계가 껄끄러운 사이는 누군가가 말을 전해 주기를 바란다. 바로 이런 대면 공포증으로 '전해라'에 매력을 느끼게 되었다.

그런데 우리가 여기서 주목해야 할 것은 이 노래가 1995년에 만든 곡이고, 2013년에 다시 편곡이 되었지만 대중에 알려진 것은 2015년 끝자락에

이르러서라는 사실이다. 이 가요는 무려 20년 동안이나 빛을 보지 못했다. 영원히 묻혀 버릴 수도 있었지만 이 노래를 부른 가수 이애란은 무려 25년 동안이나 무명 가수로 온갖 설움을 당했을지라도 자신의 꿈을 포기하지 않았다. 오로지 노래를 부르고 싶어서 양로원, 장애인시설 등 어디든 마다하지 않고 달려가서 공연에 최선을 다한 그 열정이 있었기 때문에 쉰 살이 넘은 나이에 드디어 가수로 인정받게 되었다.

요즘 젊은이들은 어떠한가? 어차피 취직이 안 된다. 어차피 승진을 못한다 하는 식으로 도전해 보지 않고 미리 포기하는 패배의식에 빠져 금수저 타령만 하고 있다. 국가를 지옥이라고 여기는 사회 분위기 속에서 청년들은 점점 무기력해져 심각한 사회문제가 되고 있다. 도전을 멈추지 않는다면 시간이 걸리더라도 반드시 목표에 도달할 수 있다는 믿음이 필요한 때이다. 노력하는 사람한테 기회를 주는 공정한 사회가 된다면 청년들은 어차피라는 단어로 자신을 방어하는 대신 반드시라는 확신으로 자신을 희망의 아이콘으로 성장시킬 것이다.

필자도 장애인문학지 『솟대문학』을 25년 동안 만들었다. 『솟대문학』은 100호로 종간을 했기 때문에 실패라고 평가할지도 모른다. 『솟대문학』은 권위 있는 문학지는 아니지만 25년의 역사는 그 못지않은 가치를 만들었다. 『솟대문학』으로 한국에 장애인문학이라는 장르를 구축하였고, 장애인 가운데 글을 쓰는 문인 그룹을 형성하였다. 또한 『솟대문학』 100호를 만드는 동안 신간안내에 소개되었던 장애인작가들이 쓴 책 2천여 권이 국립중앙도서관에 기증되어 장애인문학도서 코너가 마련되었기에 많은 사람들이 열람할 수 있게 되었을 뿐 아니라 영구 보존된다. 이제 장애인문학에 대한 담론이 나올 것이다. 이 정도면 성공한 것이 아닌가?

이 글이 『솟대문학』 발행인으로서는 마지막으로 발표되는 기고라는 생각을 하니 마치 사직서를 쓰는 기분이고 더 나가 유언장을 쓰는 듯한 슬픔이 밀려온다. 그 슬픔을 달래려고 흥얼거린다.

"『솟대문학』이 왜 폐간되었느냐고 묻거든. 장관님이 책을 좋아하지 않는다고 전해라~"

한국문화예술위원회가 수행한 2014[국고]장애인문화예술향수지원사업 결과보고서에 의하면 장애인문화예술사업 167개 사업 가운데 문학은 달랑 8개로 전체 사업의 4.7%에 불과하여 장애인문학은 장애인문화예술에서도 소외를 당하고 있다. 돌이켜보니 우리 사회에서 가장 열악한 장애인 문제를 붙들고 35년 동안 일했고, 장애인 아젠더 가운데 가장 인기 없는 장애인문학을 25년 동안 끼고 있었다. 하지만 비인기 분야도 언젠가는 경쟁력이 생긴다는 진리를 가요 한 곡으로 다시 한 번 확인하게 되었다.

"『솟대문학』이 끝났으니 앞으로 뭐할 거냐고 묻거든. 이 모든 상황을 해결하기 위해 죽을힘을 다해 다시 도전할 것이라고 전해라~"

아빠 강원래와 가수 강원래의 차이

(에이블뉴스/2015. 6. 12.)

클론의 강원래 씨(이하 존칭 생략)가 요즘 달라졌다. 〈꿍따리 샤바라〉 노래로 온 국민에게 신바람을 불어넣어 주던 인기 가수 시절 강원래는 까칠함의 대명사였다. 2000년 교통사고로 하반신마비 장애인이 된 강원래는 더욱 까칠해졌다. 그런데 지난해 이맘때쯤부터 강원래가 달라졌다. 정말 달라졌다. 생명에 대한 존중, 사람에 대한 배려, 긍정적 시선으로 주위 사람들을 편안하게 만들어 주고 있다.

강원래를 이렇게 변화시킨 것은 바로 아들 선(亘)이었다. 선은 강원래가 결혼한 지 12년 만에 인공수정 7번의 실패 끝에 8번째로 얻은 생명이라서 너무나 소중한 분신이다. 강원래는 선을 얻음으로서 완벽한 남자가 되었다. 사람들은 건강했던 사람이 장애를 갖게 되면 불완전하다고 판단한다. 그 이유를 에이블뉴스 독자들에게 설명하는 것은 불필요한 일이다.

강원래는 아들 덕분에 그 불편한 시선에서 어느 정도 벗어날 수 있었기 때문에 방어기제로 사용하던 까칠함이 더 이상 필요 없게 되었다. 아빠 강원래는 아들 돌잔치에 온 손님들을 향해 선이 베풀면서 살도록 키우겠다고 약속하였다. 남한테 베푸는 것을 목표로 세운 것은 강원래가 휠체어를 사용하지 않았더라면 절대로 나올 수 없는 삶의 가치이고 보면 장애가 사람을 성숙시킨다는 생각이 든다.

아들 선은 이제 겨우 세상에 태어난 지 1년밖에 되지 않았지만 의젓하고 씩씩하고 멋있다. 돌잔치 사회를 본 홍록기 씨가 '난 이렇게 섹시한 아기는 처음 봐.'라고 해서 축하객들을 박장대소하게 만들었는데 아기의 섹시함은 아기에게 이미 강렬한 정체성이 생겼다는 것을 뜻한다.

가수 강원래는 팬들의 박수를 많이 받았었지만 아빠 강원래는 많은 사람들에게 희망이 가능하다는 것을 증명해 보여 주어 아주 긴 갈채를 받게 될 것이다. 작은 생명 선(選)이 돌잔치에 모인 사람들을 행복하게 만들어 주는 것을 지켜보며 우리에게도 이런 기적과 같은 일로 불완전한 사회를 완전하게 만들어 줄 것이란 기대를 갖게 되었다. 선이 베풀면서 살 수 있는 사회를 만들어 주기 위해 선이 어른이 되기 전에 지금의 어른들이 베풀면서 살아야 하지 않을까 싶다.

"강선 아기님! 큰 깨우침 줘서 고마워요."

4월 어느 날 고독사를 한 장애인화가를 기리며

(동아일보/2015. 4. 8.)

EX
IN

　최근 시력을 거의 잃은 미국의 젊은 화가 제프 핸슨이 그만의 독특하고 화사한 색상과 깊은 질감에 애호가들이 늘고 있다는 TV 방송을 보았다. 핸슨은 캔버스에 끈적거리는 물질을 바른 후 손으로 만져 가며 색을 칠하는 방식으로 그림을 그렸는데, 이렇게 해서 탄생된 작품이 시각장애 화가가 그린 것이라는 사실이 알려지면서 핸슨은 일약 유명 인사가 되었다고 한다.

　워런 버핏, 엘튼 존, 수전 서랜던 등 월드스타들이 그의 작품을 구매하면서 핸슨은 경제적으로 자립하게 되었다는 우리로서는 상상할 수 없는 내용이었다.

　그 소식에 최영자라는 구필화가가 생각난다. 내가 그녀를 처음 만났을 때 근육병 장애인시설인 잔디네에서 생활하고 있었는데 그녀는 잔디네에 오기 전에 남편과 아들 둘과 함께 남부러울 것 없이 살았다. 그녀는 사업가로도 성공한 슈퍼우먼이었다. 그런데 이 모든 행복을 빼앗아 간 것은 바로 그녀의 몸 근육을 무력화시키는 근육병이었다.

단지 장애가 생겼다는 이유로 집에서 쫓겨나 시설에 오게 된 것이다. 그녀의 눈에서 눈물이 마를 무렵 자신의 마음을 거르고 걸러서 아름다운 시를 쓰고, 자신이 살아온 이야기를 단편소설로도 썼다. 그 소설에서 남편이 자기를 찾아오는데 그 이유가 이혼 절차를 밟기 위해서였다. 그녀는 남편과 이혼하기 위해 법원에 가는 날 남편에게 예쁘게 보이고 싶어 곱게 화장을 하며 짧은 행복에 잠시 빠져 본다는 스토리이다. 그런데 그 소설은 실화였다.

최영자 씨는 이혼 후 얼마 되지 않아서 세상을 떠났다. 그 당시 그녀는 자립 생활을 하기 위해 지하 월세방에서 혼자 살며 시간제로 활동보조인의 돌봄을 받고 있었는데 며칠 후 활동보조인이 와 보니 싸늘한 주검 상태였다고 한다. 혼자서 외롭게 한 많은 인생을 접은 것이었다.

4월 20일 장애인의 날이라고 장애인 당사자들은 권리를 주장하고 정부는 장애인복지를 약속하지만 지금 어디에선가 독거장애인들이 죽어 가고 있는 것이 2015년 한국 장애인의 현실이다.

그녀의 방 안 가득 그녀가 그린 그림이 있었다. 최영자 씨는 입에 붓을 물고 그림을 그리는 구필화가였다. 그녀가 그린 장미꽃은 어찌나 곱던지 당장 손을 뻗어 꺾고 싶을 만큼 탐스러운 생명력이 돋보였다. 하지만 아무도 그녀의 그림을 사 주지 않았다. 그녀를 화가로 인정해 주고 그녀의 작품을 구매해 주는 사람만 있었어도 그녀는 고독사를 하지 않았을 것이다.

제프 핸슨의 그림은 주문이 6개월이나 밀려 있을 정도로 인기가 높은데 왜 우리나라 장애인화가들은 가난 속에서 생명의 위협을 받고 있는 것인지, 이 슬픈 차이의 원인은 무엇인지 우리 모두 반성이 필요한 4월이다.

나는 아직도 그녀의 마지막 전화 통화를 생생히 기억한다. "우리 아이

들에게 엄마가 얼마나 열심히 살았는지 알려 주고 싶어요." 나는 故최영
자 님이 시인으로서 정말 치열하게 글을 썼고, 화가로서 열정적으로 그림
을 그리면서 그 누구보다 행복했으며, 그녀의 창작 활동은 예술로서 충
분한 가치가 있다고 대한민국 언론 지면을 통해 기록해 둔다.

가슴 시리도록 착한 저항시

(경향신문/2014. 11. 28.)

  왜 유엔은 세계장애인의 날을 정했을까? 그것은 이 지구상에 장애라는 이유로 차별과 배제의 대상이 되고 있는 장애인의 인권 현실을 개선해야 한다는 것을 국제적인 이슈로 드러내기 위해서이다. 우리나라는 장애인의 인권 확보를 위해 수많은 장애인들이 온몸으로 가열차게 저항을 하였다. 올해는 가슴 시리도록 착한 저항시로 세계장애인의 날의 의미를 되새기고자 한다.

  내가 수라면/당신은 수틀이예요
  나는 아름다울 수 있지만/당신 없이 안 돼요
  내가 어둠이라면/당신은 별입니다
  당신은 빛날 수 있지만/당신은 나 없이는 못해요
  우리는 따로 떨어져서는/아름다울 수 없습니다.

  이 시는 김대원 시인의 〈내가 어둠이라면 당신은 별입니다〉이다. 수놓은 듯이 아름답다는 표현을 하듯이 수(繡)는 아름답다. 그 아름다운 존재는 시인 자신이고 그 아름다움을 만들기 위해 꼭 필요한 수틀은 당신이다. 그런데 시인은 다음 연에서 자신을 어둠이라고 고백한다. 그러면서 수틀 이던 당신을 별이라고 한다. 별은 수보다 더 아름다운 빛을 발하는 동경의 대상이고 보면 대단한 반전이다.

하지만 시인은 곧 당신은 나 없이는 빛날 수 없다고 하며 어둠인 내가 얼마나 필요한 존재인지를 인식시키고 있다. 자신을 아름다운 수에 비유했다 정반대로 어둠이라고 한 시인의 정체를 이제 밝혀야겠다. 김대원 시인은 초등학교 3학년 때 발병한 희귀병으로 전신마비 장애에다 언어장애까지 갖고 있는 중증장애인이다. 35년째 집안에서 세상과 단절된 채 살아가고 있지만 서정적인 시로 사람들과 순수한 소통을 하고 있다.

시인이 장애라는 정체성을 아름다운 수와 그 반대 개념인 어둠에 비유한 것은 절대적인 가치란 없고 모든 것이 상대적이며 인간은 혼자서는 살수 없고 서로 도와야 비로소 아름다움을 발산할 수 있다는 것을 일깨워주고 있다.

얼핏 보면 이루어질 수 없는 애틋한 사랑을 노래한 것 같은 이 시는 알고 보면 우리 사회를 향해 장애인에 대한 차별이 얼마나 큰 모순인가를 부르짖는 저항시이다. 불의와 맞서기 위해 혹은 자신의 요구를 관철시키기 위해 투쟁적인 언어들을 사용한 운동시와는 다르기에 금방 가슴을 치는 펀치력은 없지만 되씹어 볼수록 마음에 울림을 준다.

나는 당신 없이는 안 되고 당신은 나 없이는 안 된다고 못 박아 장애인이라고 무조건 폐를 끼치는 의존적인 존재가 아니고 장애인과 비장애인은 상반된 역할을 서로 바꿔 가고 하면서 공존하는 동등한 관계에 있음을 천명하였다. 장애인, 비장애인이라는 구분이 얼마나 어리석은지를 깨닫게 해 준다.

　이토록 가슴 시리도록 착한 저항시 〈내가 어둠이라면 당신은 별입니다〉는 장애인문학의 백미를 보여 주는 작품이다. 장애라는 단어 한마디 없지만 이 시가 장애인작가의 작품이기에 우리는 시어 한마디 한마디에 묻어 있는 장애에 대한 상징성을 발견할 수 있다. 그러면서 차별에 대한 저항을 완곡하게 표출해 내고 있고 차별을 극복할 수 있는 방법까지 제시하고 있다. 이 시를 제대로 이해하는 사람들이 많아진다면 장애인들이 주창하는 장애해방에 기여할 것이고 장애인 인식개선 효과가 극대화될 것이다. '내가 어둠이라면 당신은 별입니다. 당신은 빛날 수 있지만 당신은 나 없이는 못해요' 라고 시인은 장애인이 우리 사회에서 중요한 역할을 할 수 있도록 수틀 같은 제도를 만들어 줄 것을 당부하고 있다.

　아름다운 수와 반짝이는 별을 많이 보기 위해서는 장애인복지라는 기반이 필요하다는 사실을 이렇게 서정적으로 표현할 수 있는 것이 장애인문학이기에 장애인문학에 대한 관심과 재평가가 필요하다.

아름다운 약속의 힘

(경향신문/2014. 7. 7.)

　요즘 우리 사회는 상식과 윤리 그리고 생명의 존엄이라는 가장 근본적인 약속을 아무렇지도 않게 깨는 사건 사고들이 끊임없이 발생하여 국민들의 가슴을 쓸어내리고 있다. 도대체 세상이 왜 이렇게 삭막해지는지, 앞으로 무엇을 믿고 어떻게 살아가야 할지 불안해진다. 그 불안이 도미노 현상으로 확대된다면 우리 모두 불행해지겠기에 우리는 이제 희망을 찾고 꿈을 키우며 행복을 이야기해야 한다.

　그래서 아름다운 약속이 얼마나 큰 힘을 갖고 있는지를 증명해 보인 음악 페스티벌을 소개하고자 한다. 바로 양방언의 여우락(樂)이다. 여기 우리의 음악이 있다는 조합어인데 다양한 장르의 음악인들의 콜라보레이션으로 신선한 음악 활동을 펼쳐 국내 음악 팬들을 열광시키고 있다. 올해가 5회째인데 2014여우락에서는 세계적인 피아니스트 양방언의 아름다운 약속이 지켜진 감동의 무대가 관객들에게 행복을 선물하였다.

　지난 5월 24일 SBS 놀라운 대회 〈스타킹〉에 발달장애를 갖고 있는 국악인 최준이 출연을 하였는데 최준은 지적장애에 속하는 자폐성 발달장애로 사회성이 매우 떨어지지만 음악에 뛰어난 능력을 보여 피아노병창이라는 새로운 장르를 개척하였다. 그런 최준의 음악성을 평가해 달라며 양방언에게 섭외가 들어왔을 때 그는 약간 망설였다고 한다. 예능 프로그램에 출연하는 것에 대한 부담이 있었기 때문이었다. 하지만 자신의 멘티가 장애인이라는 말에 그는 단숨에 날아왔다.

최준이 인터뷰를 할 때는 발달장애로 인한 어눌함이 있었지만 그가 홍보가를 뽑아 낼 때는 명창이었고, 피아노 앞에서 연주를 하는 모습은 그 어떤 피아니스트보다 진지함에 놀라 양방언은 최준의 음악은 장애라는 잣대가 필요 없고 음악성 자체로 뛰어나다고 극찬하며 자신의 공연에 초대를 해서 함께 무대에 서겠다는 약속을 하였다.

시청자들은 아마 그 약속을 잊었을지도 모르지만 양방언은 그 약속을 지켰던 것이다. 여우락 페스티벌이 무르익어 갈 무렵 양방언은 만남이란 화두로 최준을 소개하였다. 세계적인 뮤지션들과 같은 무대에 선 최준은 한 치의 실수도 없이 아주 멋진 공연을 펼쳐 관객들을 숨죽이게 하였다. 공연을 마친 최준을 양방언은 사랑스럽게 안아 주며 관객들에게 감사의 인사를 하는 방법을 유도해 주었다. 그 모습에 가슴속에 있던 나쁜 마음의 찌꺼기들이 말끔히 사라졌다. 사람이 이토록 위대할 수 있구나, 음악이 이처럼 결이 고왔구나, 만약 천국이 있다면 바로 이런 모습이겠구나 하는 수만 가지 느낌이 교차되었다. 관객들이 원하는 것은 바로 이런 아름다움의 향유였다.

양방언 감독은 발달장애청년 음악인과의 약속을 지킴으로서 최준에게 음악성을 증명해 보일 수 있는 기회를 준 명장이다. 그는 장애음악인들에게 희망을 주었고, 관객들에게 인간과 예술이 만드는 감동의 진수를 보여 준 덕장이다. 게다가 그 자리에는 장애인과 그 가족을 초대하여 공연을 관람할 기회가 없는 장애인들에게 문화 향유의 기쁨까지 주었다.

앞으로 이런 콜라보레이션의 기회가 많았으면 좋겠다. 일반 예술인의 무대에 단 한 명의 장애예술인이라도 초대해서 함께 공연을 하는 무대가 늘어난다면 장애예술인의 가장 큰 어려움인 발표의 기회 부족이 조금은 해결이 될 테고 그런 공연을 통해 장애인에 대한 인식개선이란 두 가지 효과를 볼 수 있을 것이다.

대한민국이 행복해지기 위해서는 남다른 어려움을 이겨 내고 자신의 길을 열심히 가고 있는 사람들을 응원하고 어려운 이들의 손을 잡고 함께 가 주는 사람들을 칭찬해 주는 긍정의 힘을 발휘해야 한다. 양방언과 같은 아름다운 약속이 많아지면 대한민국은 활짝 웃을 수 있을 것이다.

이외수와 장애예술인의 차이

(경향신문/2013. 1. 21.)

　악플 공격을 의연히 대처하지 못하고 왜 남의 손을 빌어 막으려 하는 것일까? 그것은 의연할 수 없는 그 무엇을 본인도 인정하고 있기 때문이다. 이외수 선생처럼 유명하신 작가는 돈을 많이 버셨다 한들 그것이 무슨 죄이겠는가? 집에 냉장고가 몇 대이건 노래방이 있건 호화 요트가 있건 그것은 전혀 문제가 되지 않는다. 그것이 자본주의 사회가 갖고 있는 가장 매력적인 권력이니 말이다.

　그런데 문제는 중앙정부의 지원을 받을 정도로 재정자립도가 낮은 화천군에서 75억 원을 들여 이외수문학관을 건립했고 작가 개인 공간인 집무실과 거실을 짓는 데만 26억 원을 사용했다는 사실이다.

　우리나라 유일의 장애인문예지 『솟대문학』이 통권 88호로 지금 100호를 목표로 매진하고 있다. 1권씩만 보관해도 88권, 100권씩 보관하면 8,800권이다. 늘어나는 책들을 15평 사무실로는 도저히 감당할 수 없어서 요즘 책을 보관할 수 있는 사무실을 찾아다녔다. 시내에서 벗어나더라도 휠체어 때문에 편의시설은 있어야 하기에 엘리베이터가 있는 건물을 고르다 보니 보통 보증금 1,800만 원에 월 180만 원이다.

수입도 없이 어떻게 한 달에 200만 원을 장소 사용료로 지출할 수 있단 말인가? 『솟대문학』을 통해 작품 활동을 하는 작가는 450여 명이다. 문학을 좋아하는 장애인 독자까지 합하면 1천여 명에 이르지만 우린 앉아 있을 자리조차 없는데 한 개인 작가를 위해 정부가 75억 원을 지출했다는 사실에 박탈감을 느낀다.

문화체육관광부에서 사단법인 승인을 받은 장애인예술단체는 19개이다. 이 가운데 월세를 내지 않고 자기 사무실을 갖고 있는 곳은 단 1개소이다. 법인 승인조차 받지 못한 장애인예술그룹은 40여 개인데 이들은 더 말할 나위 없이 열악한 환경에서 창작 활동을 하고 있다.

개인적으로 활동하는 장애예술인이 1만여 명에 이를 것으로 추산되는데 그들은 작업 공간이 없는 떠돌이 예술인이다. 그래서 장애예술인들이 정부에 장애인예술센터 마련을 건의했고, 그 예산으로 150억 원을 올리며 50억 원이라도 예산 항목을 꼭 만들어 달라고 애원을 했건만 묵살당하고 말았다.

유명한 한 사람을 위해서는 75억 원을 투자해도 1만 명의 장애예술인을 위해서는 단 1원도 쓰지 않는 것이 대한민국의 예술정책이다. 이런 편견적 시각으로서는 탁월한 예술인을 발굴해서 예술 작품으로 세계적인 사랑을 받는 영원한 자산을 만들지 못할 것이다.

C. 데이 루이스에 의하면 최초의 예술가, 특히 시인은 장애인이었다고 한다. 태고의 시인들은 다른 부족민처럼 실용적인 것을 할 수 없는 사람들이었다. 그래서 남들을 도울 수 있는 어떤 방법, 특히 창조적 본능을 만족시키는 것을 찾을 수밖에 없었다.

이것은 장애인이 예술활동 욕구가 더 강하고 따라서 창작 능력이 더 뛰어날 수밖에 없다는 의미로 해석할 수 있다. 그래서인지 세계 역사 속에서 수많은 장애예술인을 발견할 수 있다. 20세기 최고의 작가 셰익스피어는 다리에 장애가 있었다. 이밖에 지체장애를 갖고 있었던 작가 이솝, 손자, 사마천, 세르반테스, 바이런 등은 세계 문학의 금자탑을 이루었다. 르네 상스 최고의 걸작인 「실락원」은 밀턴이 실명한 후에 쓴 작품이고 「오딧세이아」의 저자 호머도 시각장애인이었다. 「인간의 굴레」의 작가 서머셋 모옴과 「데미안」을 쓴 헤르만 헤세는 언어장애인이었다.

이렇듯 장애예술인은 가능성이 있다. 그들이 갖고 있는 잠재력을 키운 다면 우리도 세계적인 작가를 탄생시킬 수 있다. 그런데 트위터 제왕이 과연 세계적인 작가의 조건이 되는지 묻고 싶다. 악플을 막을 것이 아니라 자신이 누린 것 때문에 박탈감에 빠진 사람들을 위로하는 것이 먼저라고 생각한다.

죽어야 만들어지는 법

중증장애인 예술가들도 돌아보자(한겨레신문/2011. 3. 4.)

32세에 죽었다. 그것도 병들고 굶주려 죽었다. 꽃다운 나이에 가난에 찌들어 생명을 빼앗긴 사람은 다름 아닌 시나리오작가이다. 이 젊은 시나리오작가의 죽음을 놓고 세상은 그녀를 죽음으로 몰고 간 원인을 찾으려고 떠들어 댔다.

우리나라에 예술인들이 얼마나 되는지 그 실태조차 파악되지 않고 있다. 우리는 세상에 알려진 소위 인기 있는 예술인 몇 명만을 기억할 뿐이다. 예술을 숙명으로 여기고 깨어 있을 때나 잠을 자면서도 예술을 껴안고 오직 예술에 대한 열정 하나로 살고 있는 소외된 예술인들에 대해서는 무관심하다.

그들의 예술활동은 경제와 무관하기 때문에 한마디로 가난하다. 예술활동을 근로로 보지 않는 우리나라에서는 예술인에게 사회적 보험 혜택을 주지 않는다. 따라서 예술인은 그 흔한 직장 의료보험도 없고 국민연금에서도 제외된다. 이렇게 사회 안전망에서 벗어나 있기 때문에 버티다 버티다 더 이상 버틸 힘이 없어지면 죽음으로 끝을 낸다.

예술인의 요절을 미화하기도 하지만 예술인의 실상을 알고 나면 그것이 생존의 정글에서 처참하게 패배한 결과라는 것을 알게 될 것이다. 한 시나리오작가의 죽음으로 「예술인복지지원법률」이 제정된다. 이 법안은 예술인의 복지 활동 지원을 위해 한국예술인복지재단을 설립하고 예술인 복지기금을 조성한다는 것이 주요 내용이다. 예술인을 근로자로 간주해 고용보험이나 산재보험에 가입할 수 있게 한다는 것도 포함돼 있다. 문학을 하는 사람으로서 두 팔 벌려 환영한다.

그런데 여기서 우리가 꼭 생각해야 할 것이 있다. 바로 장애예술인들은 빈곤 속에서 날마다 죽어 가고 있다는 사실이다. 육신이 건강하면 다른 일이라도 할 수 있고 얻어먹으러 다닐 수도 있지만 중증의 장애 속에서 글을 쓰고 그림을 그리는 사람들은 얻어먹을 힘도 없기 때문에 매일매일 죽음의 위협을 받고 있다.

장애인은 예술활동을 하는데 창작 여건, 단체 활동, 창작지원금 수혜, 문화예술교육, 문화예술정책, 인식 등 모든 면에서 차별받고 있다. 우리 사회에서는 장애인의 예술권에 대한 몰이해로 예술활동에 동등한 기회를 갖지 못하고 있다. 따라서 장애예술인은 예술인으로서 인정을 받지 못하고 있다.

2007년의 '장애문화예술인 실태조사'(한국장애인개발원)에 의하면 장애예술인에 대한 사회적 평가는 다소 낮다와 매우 낮다를 합쳐 60.2%였고 그저 그렇다 27.5%까지 합하면 87.7%가 사회적으로 부정적인 평가를 받고 있다는 것을 알 수 있다.

그리고 발표의 기회도 91.1%가 부족하다고 했다. 장애예술인은 예술활동의 기회 부족으로 96.5%가 경제적 보상을 받지 못하고 있기에 장애예술인들은 경제적으로 어려운 상태에 빠져 있다.

2008년 국정감사에서 한나라당 이정현 의원은 장애인 관련 문화예술 예산이 문화체육관광부 전체 예산의 0.1%에 불과하다고 지적했다. 2011년 장애인문화예술 예산은 66억에 불과하다.

　장애인문화예술 예산의 규모를 문화관광체육부 예산의 일정 비율^(전체 국민에서 장애인 인구가 차지하는 비율 4.5%)로 정해야 한다. 그리고 방송, 영화, 출판, 전시회, 공연 등 모든 예술활동에 장애예술인의 참여를 일정 비율로 정해 의무화하는 장애예술인 쿼터제 도입이 시급하다.

　따라서 이번에 제정되는 예술인복지지원법안에 장애예술인에 대한 지원 부분을 의무조항으로 명시해야 한다. 아니면 별도의 장애예술인복지지원 법안이 제정돼야 한다. 그렇지 않으면 장애예술인은 날마다 사회적 죽음을 맞이하게 될 것이다.

"고마워" 말씀 남기고 간 스승

(한겨레신문/2004. 5. 18.)

5월이 아픔 속에서 가고 있다. 중환자실에 있는 구상 선생님 병문안을 갔을 때 선생님은 나를 보자마자 이내 눈시울이 젖어 들었다. 그때는 하염없이 흘러내린 내 눈물이 반사된 것인 줄 알았는데 지금 와서 생각해 보니 내가 안타까웠던 것이다. 휠체어에 의지해 살아야 하는 나를 비롯해서 모든 장애인들에게 선생님은 연민을 갖고 있었다. 하지만 그는 그것을 연민이라고 표현하지 않았다. 그 말이 상처가 될까 봐 너털웃음과 함께 연정이라고 주장하던 분이다.

그분은 장애인이라는 단어도 쓰지 않았다. 그저 불편한 사람들 정도로 말씀하셨다. 난 그런 선생님이 정말 좋았다. 그분은 『솟대문학』이 한 호 한 호 나올 때마다 '고마운 일이구먼, 정말 고마운 일이야.'라며 격려해 주었다. 그때는 그냥 하는 말씀이려니 했는데 지금 생각해 보니까 선생님은 우리 사회에서 가난하고 힘없는 장애인들이 뭔가를 한다는 것이 대견스러웠던 것이다.

선생님이 소천한 뒤 각 언론에서 장애인문예지인 『솟대문학』에 2억 원을 쾌척했다고 그의 선행을 숫자로만 알렸으나 선생님이 우리들에게 준 것은 수로 헤아릴 수 있는 돈이 아니다. 그분이 우리 장애문인들에게 준 것은 사랑이고, 희망이고, 에너지다. 장애문인들이 자부심을 갖고 글을 쓸 수 있게 자신감을 불어넣어 주었고, 장애문인들이 당당하게 설 수 있도록 이끌어 주었고, 그 기반을 다져 주었다. 그분은 우리 시대의 큰 스승이다.

그분을 마지막으로 뵈었을 때 난 쉴 새 없이 많은 얘기를 했다. 회원들 소식, 『솟대문학』에 대한 계획, 그리고 더 열심히 『솟대문학』을 만들겠다는 약속까지 모든 보고를 드렸다. 선생님은 오른쪽 손을 들어 손가락으로 인사를 하였다. 호흡기를 꽂아 말씀을 할 수 없었기에 글씨를 써서 대화를 했다. "고마워."

이 한마디가 구상 선생님의 사상과 문학과 철학의 키워드이다. 선생님은 늘 낮은 자세로 작은 일에조차 고마움을 느끼며 살았다. 열심히 최선을 다하는 사람을 격려하였고, 모든 사람의 고통을 자신의 고통인 양 끌어안았다. 그것이 진실이었기에 아름답고 빛이 난다.

요즘 장애인계는 열린우리당 정동영 의장이 한 장애인시설에서 30세가 넘은 중증장애인을 발가벗겨 놓고 목욕봉사를 하는 장면을 연출한 것에 대해 거센 항의를 하고 있다. 목욕봉사 한번으로 민생을 돌보는, 장애인을 사랑하는 지도자로 행세하려 한 것은 기만이다. 선행은 연출이 아니고 진실이다. 난 그것을 구상 선생님한테서 확인할 수 있었다.

선생님은 없는 살림에 2억 원을 내놓으며 그 사실을 사람들에게 알리지 말라고 신신당부를 하였다. 상(相)을 내세우지 않은 것은 행위에 목적이 없었기 때문이다. 구상 선생님은 비단같이 고운 꾸며진 말을 경계하고 참말만을 해야 한다고 늘 말씀했다. 그분이 남긴 마지막 말씀인 '고마워'

역시 선생님의 진실이 가득 담겨 있는 교훈이다. 아무리 고통스러워도 모든 일에 고마워하면서 서로 돕고 살라는 당부의 말씀인 것이다.

5. 포용적 인식 갖기

"상상과 의지가 합해지면
그 힘은 더해지는 것이 아니라
곱해지는 효력이 있다고 합니다.
상상만 하고 의지가 없다든지
상상력이 부족한 의지 때문에
결과물이 없는 거죠.
상상과 의지가 합해지면
못해낼 일이 없습니다."

_방귀희 방송 멘트 수첩에서

사회 지도층이 미~쳤어

(금강신문/2019. 4.)

 자신을 닮은 사람을 세 번 만나면 죽는다는 괴담으로 소설을 써서 베스트셀러가 된 작가 아야츠지 유키토는 얼굴이 닮은 것으로 설정하였지만 요즘 우리 사회현상을 보면 생각이 닮은 사람들을 만나면 폭망하는 것 같다. 착한 아이였는데 친구를 잘못 사귀어서 비행 청소년이 되었다고 하는 부모들 하소연은 익히 많이 들었었는데, 모범생으로 잘 성장하여 사회 지도층이 된 사람들이 행하는 사회적 비행은 어떻게 설명할 수 있을까?

 그런 비행에 대해 국민 눈높이에 맞지 않았다고 유감을 표한다. 자기들 눈높이에는 맞는데 국민 눈높이가 낮아서 억울한 지탄을 받는 것으로 생각한다는 해석이 가능한데 그것은 난센스다. 국민 눈높이에 안 맞은 것이 아니라 인간의 기본적인 양심과 도덕성 그리고 사회적 합의를 위반한 명백한 탈선이다. 권력에 도취되어 판단이 흐려져서 이익을 편취하였음을 인정하고 부끄러워해야 한다.

 선진국에서 사회 지도층은 노블레스 오블리주를 실천하며 사회적으로 존경을 받는데 우리나라의 사회 지도층은 왜 저런 일까지 했을까 싶을 정도로 구차하고 한심한 모습을 보여 주어 존경은커녕 '너도 똑같은 족속이구나.' 하며 냉소적인 반응을 보인다. 우리는 언제부터인가 사람을 믿지 않고 무조건 불신하게 되었다. 이쪽이나 저쪽이나 그 사람이 그 사람이라는 인성(人性) 도플갱어 괴담이 퍼지고 있는 것이다.

서로 닮은 사람끼리 모여 편을 짜서 상대를 공격하는 사회에서 가장 힘든 사람은 다름 아닌 장애인이다. 장애인은 자신들과 전혀 닮지 않은 이질적인 모습을 하고 있기 때문에 그 어느 편에서도 끼워 주질 않는다. 장애인의 날을 만들어 놓고 365일 가운데 하루만 장애인 편인 척하는 것으로 의무를 다 했다고 생각하며 장애인 포용사회를 부르짖으니 장애인들이 정부의 장애인복지 정책에 불만이 많은 것이다.

장애인을 비롯한 사회 소외계층이 우리 사회에 포용되어 함께 살아가기 위해서는 사회 지도층이 변해야 한다. 어떻게 변해야 할까? 우선 사회 지도자가 되려면 정직해야 한다. 공자는 윗사람이 갖추어야 할 덕목으로 정직을 꼽았다. 정직해야 아랫사람들이 복종을 한다고 하였다. 우리나라 속담에도 윗물이 맑아야 아랫물이 맑다는 말이 있듯이 정직은 리더십의 근간이 된다. 그리고 사회 지도자는 불교의 자비심이 있어야 한다. 어려운 사람의 고통을 제거해 주고 기쁨을 주는 최고의 인간 사랑이 바로 자비이기 때문이다.

재해가 발생하면 달려가서 위로해 주며 재해 복구에 최선을 다 하겠다는 약속을 하는 정치인들의 모습을 보게 된다. 그런데 그 모습이 너무 의례적이어서 진정성이 느껴지지 않는다. 업무상 또는 보여 주기 위한 이벤트로 여겨진다. 진심이라면 재해 현장에서 단 하루라도 머물며 현장의 소리에 귀 기울여서 현실적인 수습 방안을 내놓아야 하는데 잠시 머물다

가서는 몇 푼 안 되는 보상금으로 문제를 해결하려고 하기 때문에 배신 감이 생기는 것이다.

부와 권력 그리고 명성을 가지면 사회 지도층이 되어 더 많은 부와 더 무서운 권력을 휘두르기 때문에 사회 지도층이 부도덕하다는 인식을 갖게 되었다.

부처님은 왕자였지만 왕위를 버리고 중생을 위해 헌신하였기에 인간의 영원한 지도자가 될 수 있었듯이 자기희생 없이는 진정한 지도자가 될 수 없다. 사회 지도층은 다 똑같다는 인성(人性) 도플갱어 괴담이 더 확산되기 전에 사회 지도자들이 하루 속히 국민과 진심으로 공감하며 진짜 지도자가 되기를 바란다.

뉴노멀 시대를 준비하자

뉴노멀 시대를 살아가려면(금강신문/2019. 1. 28.)

　인간 사회의 변화를 표현하기 위해 새로운 단어들이 계속 만들어지고 있다. 요즘 뉴노멀, 즉 새로운 정상이란 개념이 등장하였다. 그동안의 정상은 비정상과 대치되는 개념이었다면 지금의 뉴노멀은 상상력이 발동되는 무한, 무경계, 무제한을 의미한다. 따라서 어떤 제약이 있는 것이 뉴노멀의 반대어인 셈이다.

　지난해 세상을 떠난 세계적인 천체물리학자 호킹은 인류의 미래는 상상력에 달려 있다고 했다. 지구는 자원이 고갈되어 땅을 파도 해저를 아무리 뒤져도 얻을 것이 없다. 이제 노동력으로 자본을 만들던 시대는 가고, 아직 드러나지 않은 90% 이상의 잠재력으로 무장된 두뇌를 써야 자본이 확보된다는 뜻이다. 인간은 과학의 힘으로 세상을 점점 크게 확장시켜 왔다. 그래서 결국 우주 중심의 시대까지 이르렀다.

　새해 벽두에 중국의 달 탐사선이 달 뒷면 착륙에 성공하여 앞으로 우주 시대가 빠르게 전개될 전망인데 이 우주 시대를 연 우주과학의 역사 속에 장애인과학자들이 존재했었다는 사실을 말하고 싶다.

우주를 향한 인간의 욕망이 담긴 인공위성 발사에서 소련이 미국을 앞지를 수 있었던 것은 소련에 시각장애인 수학자 폰트랴긴이 최적제어이론을 연구해 냈기 때문이다. 이것을 로켓제어이론으로 발전시켜 실패 없이 인공위성을 쏘아 올릴 수 있었던 것이다. 폰트랴긴의 연구는 1952년에 완성되었는데 미국은 1960년대 후반에야 이 최적제어이론에 기반한 제어기법으로 아폴로 우주선을 달에 착륙시킬 수 있었다.

그런데 우주 탐험의 단초를 마련한 과학자는 러시아의 콘스탄틴 치올콥스키로 그는 청각장애인이었다. 1865년에 발표된 소설 〈지구에서 달까지〉를 읽고 우주여행을 꿈꾼 소년은 그로부터 33년 후 '로켓에 의한 우주 공간의 탐구'라는 논문을 발표하였다. 그는 로켓이론을 완성해서 우주선 발사 기술의 토대를 세운 우주공학의 아버지로 불리운다.

우리 인간에게 무한 공간을 선물해 준 호킹도 루게릭병으로 온몸이 마비되고 음성까지도 낼 수 없었던 중증장애인이었다. 이렇듯 장애인과학자 덕분에 인간은 우주와 가까워질 수 있었다는 것을 기억해야 한다.

1800년대 후반에는 장애인들이 이렇게 자유롭게 연구하며 인간 사회의 변화를 이끌어 왔건만 200여 년이 지난 지금의 장애인은 소외계층으로 살고 있다. 능력이 없어서가 아니라 장애 때문에 능력을 인정해 주지 않기 때문이다. 이것이 우리 사회를 비정상으로 만든 것은 아닐까?

이런 맥락에서 장애가 있다고 차별하고 배제하는 것은 뉴노멀 시대에는 수치스러운 행위가 되어야 한다. 뉴노멀 시대를 살아가기 위해 우리가 갖추어야 할 것은 바로 불교의 세계관이다. 범아일여(梵我一如) 즉 우주와 내가 하나라는 것이다. 내 마음이 우주만큼 넓다는 뜻인데 요즘 우리의 모습은 우주가 되기엔 너무나도 작다. 네가 틀렸다고 네가 나쁘다고 서로 다투고 공격하면서 폭로에 폭로가 이어지는 등 매우 비정상적으로 흘러가고 있다.

뉴노멀 시대를 맞이하기 위하여 우리 마음의 경계부터 없애야 한다. 장애인과 비장애인, 사용자와 노동자, 여당과 야당이 서로 맞설 것이 아니라 상대를 이해하고 수용하면서 함께하려는 노력이 필요하다. 그래서 뉴노멀 시대의 가장 큰 덕목은 포용이다. 포용은 용서와 인내하는 과정이다. 용서는 넓은 마음에서 나오며, 인내는 지혜를 바탕으로 하기 때문에 용서와 인내는 인성이 좋고 실력이 있어야 가능하다. 따라서 포용을 할 줄 모르면 뉴노멀 시대에서 인정받기 어렵지 않을까 싶다.

시대적 혼란, 불이(不二)사상이 답이다

(금강신문/2018. 7. 27.)

요즘 우리 사회는 정체성의 혼란기에 빠진 것 같다. 진실이 외면당하는 탈(脫)진실(post-truth) 현상이 팽배해지고 있다. 탈진실은 2016년에 옥스퍼드 사전이 선정한 올해의 단어로 '객관적 사실보다 강한 주장들이 여론에 더 큰 영향을 미치는 상황'을 뜻하는데 실제로 무엇이 진실인지 뻔히 알면서도 그 진실을 왜곡하며 또 다른 진실을 만들어 내려고 한다. 그래서 자기주장이 강한 사람은 SNS에 댓글을 통해 자기 뜻을 표출하고 조금 소극적인 사람은 '좋아요'를 눌러서 여론을 형성한다. 이렇듯 객관적 근거도 없이 일단 터트려서 사람들의 반응을 보는 것이 우리 사회를 분열시키고 있는 것이다.

또 한 가지 현상은 비합리증이다. 충분한 지식이 있지만 특정 상황에서 비합리적으로 생각하고 행동하는 증상이다. 매우 합리적인 사람이 어떻게 저런 짓을 할 수 있을까 싶을 정도로 옳지 못한 판단을 해서 사회적인 지탄을 받는 사건의 주인공이 되는데 그렇게 되는 이유는 판단의 잣대가 타인에게는 엄격하면서 자신에게는 너그럽기 때문이다. 자신의 일에는 합리성을 잃는 비합리증이 나타나는 것이다.

우리 사회를 혼란스럽게 하는 것은 바로 이 탈진실과 비합리증이 아닐까 한다. 이런 사회현상은 인간성 해체라는 무시무시한 결과를 가져올 수 있다고 사회학자들은 분석한다. 문제가 무엇인지 알았다면 그 해결 방안을 찾아야 할 텐데 나는 그 해답이 불교에 있다고 본다.

바로 불이(不二)사상이다. 화엄사상을 비롯한 대승불교를 관통하는 핵심적인 사상의 하나는 이 세상 모든 것이 둘이 아니라는 불이사상이다. 불이사상은 유와 무, 너와 나, 선과 악, 생과 사, 마음과 몸 등의 온갖 대립들을 넘어서는 중도적 관점을 심어 준다. 이러한 불이적 관점을 통해서 도달한 만물의 조화와 원융의 세계야말로 가장 살기 좋은 사회이다.

그런데 불이사상은 두 개가 하나라는 것이 아니라 둘이 아니라는 것이다. 서로 달라 보이는 것들도 본질 속으로 들어가면 전혀 다른 둘이 아니라는 의미이다. 이처럼 불이(不二) 관계에 있는 세상 만물은 그 각각이 다른 무엇으로도 대체할 수 없는 독특한 존재이면서도 서로 영향을 주며 중중무진(重重無盡)의 장엄한 화엄세계를 이룬다. 요즘 단어로 협업을 통한 상생이고 융합을 통합 재창조이다.

가장 이해하기 쉬운 예로 젠더 문제를 들면 남자와 여자는 서로 적이 아니라는 것이 합리적 판단이다. 그런데 우리 사회에 여성 차별이 존재하는 것은 탈진실이다. 객관적인 사실보다는 지배 세력에 의해 형성된 사회적 통념으로 여성들이 피해를 보는 것이다. 불이사상에 의해 남성과 여성이 아닌 양성으로 뜻을 모은다면 더 큰일을 해낼 수 있을 것이다.

인공지능 시대가 열리면서 인간이 기계인간과 대치되는 상황을 상상하는데 이럴 때일수록 인간은 더욱 인간다워져야 한다. 탈진실이나 비합리증으로 스스로의 가치를 떨어트릴 것이 아니라 인간의 존엄성이 존중받도록 하여야 한다. 인간은 이 우주에서 그 무엇과도 대체될 수 없는 귀한 존재라는 사실을 인지하고 사회와 맞설 것이 아니라 사회를 포용하며 갈등을 풀어 간다면 무한한 가능성의 화엄세계가 펼쳐질 것이다.

그래도 내가 불자인데…

(월간 『금강』/2017.)

어머니는 보살

어머니는 항상 장애인 딸 때문에 죄인처럼 사셨다. 공양주 보살처럼 회색 몸빼 바지에 겨울에는 무채색 스웨터를, 여름에는 모시로 만든 개량한복을 입고 부엌에서 많은 시간을 보내셨다. 아버지가 건축업을 하셨기에 엄마는 인부 아저씨들 점심, 곁두리를 해대기 바쁘신데다 모든 일상생활이 엄마 손에 의해 이루어진 딸 뒷바라지를 하느라고 잠시도 쉴 틈이 없었다. 하지만 엄마는 한번도 힘들다는 말씀을 하지 않으셔서 엄마는 당연히 그렇게 살아야 하는 줄 알았다. 그것이 엄마의 무한 희생이라는 것을 깨달은 것은 대학에 들어가서였다.

당시 우리 사회는 대학에서 장애인을 받아 주지 않아 엄마는 딸의 대학 입학을 위해 대학마다 찾아가서 호소하고 거부당하기를 반복하다가 마침내 동국대학교 불교학과 입학지원서를 사 갖고 오셨다. 나는 사회적 차별에 분노심마저 가질 줄 몰랐던 풋내기였다. 그저 공부만 하면 엄마가 다 알아서 해 줄 것이라고 믿고 있었다.

이렇게 나약하고 의존적이던 나를 대학에 그것도 불교 공부를 할 수 있게 인도해 준 것은 불심이 깊었던 어머니였다. 지금 생각하면 엄마는 장애를 가진 딸이 정글과 같은 사회에서 스스로 살아갈 수 있는 경쟁력을 갖도록 하는 데는 재산보다 지식 그리고 사람과 어울리는 경험이 더 필요하다고 판단하신 것이었다.

나라를 뒤흔든 최순실 게이트를 보면서 정말 우리 엄마가 얼마나 훌륭한가를 새삼 통감하며 좋은 부모란 금수저로 태어나게 해 주는 것이 아니라 올바르1 - 157게 살아가도록 훈육해 주는 부모라는 것을 알았다. 최순실 딸은 엄마 덕분에 경제적으로는 풍요로웠을지 몰라도 사회적으로는 많은 문제를 갖게 되었으니 말이다.

블랙리스트

학교를 졸업하고 나는 바로 KBS에서 방송작가로 일했다. 대학 수석 졸업으로 방송에 출연하였다가 발견한 직업이었으니 그 역시 노력의 결과였다. 31년 동안 작가 생활을 하는 동안도 그 신념이 지켜졌다. 방송 매 순간순간 최선을 다하면 평가가 좋았다.

내가 잠을 좀 줄이면, 내가 좀 손해를 보면 좋은 결과를 얻을 수 있었기 때문에 노력하는 것이 즐거웠다. 노력에 대한 대가는 반드시 있다는 신념이 있었기 때문이다. 방송작가를 그만두고 대통령 문화특보로 있을 때도 나는 짧지만 장애인문화예술 발전을 위해 하루를 24시간이 아니라 48시간처럼 치열하게 전력투구하였다.

창작에 대한 열정은 뜨겁지만 그림을 그릴 공간도 없고, 공연을 연습할 장소가 없어서 전전긍긍하는 장애예술인들에게 가장 시급한 것은 안착해서 예술활동을 할 수 있는 환경 조성으로 장애예술인의 꿈은 바로 장애인예술센터를 마련하는 것이었다.

　박근혜정부가 4대 국정기조의 하나로 문화융성을 선포하였고 대통령 직속 문화융성위원회를 구성하였는데 내가 위원으로 참여하게 되었다. 2013년 12월 대통령에게 보고하는 자리에서 나는 예정에 없던 이런 발언을 했다.

　－조선왕조 500년 동안 궁궐에서 음악을 담당했던 장악원에는 관현맹인제도가 있었는데요. 관현맹인은 모두 시각장애인 음악인으로 구성돼 있었습니다.

　세종대왕은 관현맹인을 특별히 아끼시어 벼슬을 주었다는 기록이 있습니다.

　시각장애인 음악인에게 벼슬을 주는 것을 반대하는 신하들에게 세종대왕은 이런 말로 설득을 시켰습니다.

　"세상에 버릴 사람은 아무도 없다."

　이 말과 맥락을 같이해서 한 가지만 말씀드리면 장애예술인들도 예술인으로 존중받아야 합니다.

　하지만 장애예술인들은 모여서 창작 활동을 할 공간이 단 한 곳도 없습니다.

　그래서 장애인문화예술센터가 마련되기를 간절히 원하고 있습니다.－

　이 발언에 대통령께서 크게 공감하며 장애예술인들이 차별받는 일이 있어서는 안 된다고 센터 건립 방안을 적극 검토하라고 지시했다. 그 결과 2015년 11월 13일 문화예술의 거리 대학로에 옛 예총회관을 리모델링하여 장애인문화예술센터(이음센터)가 개관되었다.

　그렇게 성과물이 나왔지만 나는 개인적으로 배제를 당하게 되었다. 2018평창동계패럴림픽 개폐회식 준비를 조직위원회와 1년 가까이 했지만 디렉터 작가로 계약하는 시점에서는 '장관이 싫어하는 인물'이라고 제외

되었고, 장애인문화예술센터의 운영주체인 (재)한국장애인문화예술원 이사장 선임에서는 1순위로 선정이 되었는데도 역시 임명장은 엉뚱한 사람이 받았다. '대통령이 싫어하는 인물' 이라는 것이 그 이유였다. 전문성과 경력을 보지 않고 누가 싫어하는 사람이어서 배제된 것이 바로 그 유명한 블랙리스트였다.

나는 분노하였다. 가깝다고 생각했던 사람들이 어떻게 이중의 얼굴을 하고 나를 대했을까를 생각하니 내가 겪었던 고통을 똑같이 되갚아 주고 싶었다. 그래서 그 방법을 생각하느라 불면의 밤을 보냈다.

내가 불자인데

부처님께서 말씀하신 3독(毒)이 떠올랐다. 욕심, 분한 마음, 어리석음, 내가 갖고 있는 분한 마음이 독이고, 미움이 커질수록 나에게 더 강한 독이 생긴다는 생각을 하니 정신이 번쩍 들었다. 블랙리스트는 단순히 '감히 정권에 반하는 은유를 해.' 하는 분한 마음에서 시작된 것이다. 블랙리스트는 권력을 지키려는 욕심에서 비롯되었다. 블랙리스트는 '이렇게 하면 덮어지겠지.' 하는 어리석음에서 생겨난 것이다.

부처님은 인간이 무너지는 세 가지 독을 어찌 이렇게 명쾌히 아셨을까? 부처님의 가르침을 따른다고 하면서 나도 모르게 욕심이 과하지 않았나, 진심(瞋心)이 독인 줄 알면서 분노심에 몸을 떨었다는 것이 부끄러웠다. 나는 현명하다고 생각했지만 아직도 어리석은 존재라는 사실도 확인하였다.

요즘 나는 '내가 불자인데.' 라는 말을 되뇌이고 있다. 불자인데 이러지 말아야지, 불자답게 용서해야지, 불자인데 참아야지… 만약 내가 불자가 아니었으면 감정적으로 대응을 했을 것이다.

요즘처럼 의혹과 불만이 가득한 사회를 개선하기 위해서는 누가 들어도 납득할 수 있는 설명을 하고, 잘못된 것은 인정하고 양해를 부탁하면서 소통하고, 불만 요소를 해소하기 위해 노력하는 모습을 보여 주어야 한다. 그것이 3독을 제거하는 방법이다.

내가 불자가 아니었으면 그 힘든 시기를 견디어 낼 인내심을 갖지 못하였을 것이고, 그것을 해결하는 방법으로 용서를 택하지도 못하였을 것이다. 하여 나는 불자인 것이 너무나 자랑스럽다.

부처님과 로봇

(금강신문/2017. 9.)

인간은 자신의 한계를 극복하기 위하여 과학을 발전시켰다. 과학은 상상으로부터 시작한다. '이렇게 되면 얼마나 좋을까!' 하는 꿈같은 상상이 인간의 두뇌에 의해 현실이 되는 것을 보면서 문득문득 놀랄 때가 있다. 요즘 아이들은 이해할 수 없겠지만 1970년도 우리집 안방에 고이 모셔 둔 TV를 켜려면 TV 케이스 문을 열고, 전원을 켠 다음 채널을 돌려야 했다. 그러다 리모콘이 나와서 TV 앞으로 바싹 다가가지 않아도 소파에 앉아서 TV를 작동하였다. 그런데 요즘은 어떤가? 말을 툭툭 던지기만 하면 보고 싶은 프로그램을 자유자재로 볼 수 있다.

세상이 너무 편해졌다. 앞으로의 세상은 어떻게 변할까? 아마도 집집마다 인간을 닮은 로봇이 주인의 모든 명령을 척척 실행할 것 같다. 과학 선진국에서 휴머노이드형 로봇 개발에 박차를 가하고 있으니 말이다. 그래서 미래학자들은 앞으로의 사회는 트랜스휴머니즘(transhumanism)이 될 것이라고 예측한다.

트랜스휴머니즘 사상가들은 인류가 더 확장된 능력을 갖춘 존재로 자신들을 변형시킬 것이라고 긍정적인 결과를 내놓은 반면 정치학자 프랜시스 후쿠야마는 트랜스휴머니즘이 세계에서 가장 위험한 사상이라고 논평하기도 하였다. 쉽게 말해 인간의 휴머니즘이 기계의 휴머니즘으로 바뀐다는 것인데 이 말은 앞으로 인간은 인간의 사랑을 받지 못하게 될지도 모른다는 것을 뜻한다.

인간이 인간을 사랑하지 않는다는 것은 재앙이다. 인간 스스로 만든 재난이니 인재이다. 새로운 유형의 인재를 예방하기 위해 지금 우리가 해야 할 일은 휴머니즘을 견고히 구축하는 것이다. 21세기의 휴머니즘은 불교로 리뉴얼해야 한다. 부처님은 중생 구제를 목적으로 대중 앞에 나선 것인데 중생구제가 바로 휴머니즘의 실천이다. 부처님은 중생을 가장 소중히 여기셨다. 중생 모두 부처라고 할 정도로 인간을 가치 있는 존재로 보고 인간이 행복해지기 위해 가져야 할 마음가짐을 가르치셨다.

사람은 혼자서는 살 수 없기에 공동체를 이루고 있다. 사회라는 공동체에는 지도층이 있는가 하면 소외계층이 있다. 사회에서 소외되는 이유로 가난, 장애, 범죄, 아동, 여성 등 다양한 이유가 있다. 그들은 이런저런 상처를 갖고 있는 약자이다. 우리 사회는 약자를 위해 다양한 복지정책을 펴고 있다. 복지는 사회적 서비스로 재화를 지원해 주는 것인데 재화 못지않게 필요한 지원은 휴먼서비스이다. 노인에게는 요양보호서비스, 장애인에게는 활동보조서비스 그리고 아동에게는 돌봄서비스가 실시되고 있는데 이 모두가 사람의 손길이 필요한 일이다.

이 휴먼서비스는 사회적 일자리가 되기도 하여 일석이조의 효과가 있다. 하지만 휴먼서비스는 양질의 일자리가 되지 못하고 있다. 시급으로 지급되는 불안정한 보수에 일하는 환경 또한 열악하다. 그보다 더 심각한 문제는 휴먼서비스에 대한 사회적 인식이 낮다는 것이다. 불교 관점에서 본다면 휴먼서비스야말로 최고의 보시이다. 사람이 사람을 돌보는 것은 마음이 없이는 할 수 없기 때문이다. 자비심이 발로한다는 것은 인간을 가장 부처스럽게 만든다.

타인에 대한 관심이 점점 없어지는 우리 사회를 로봇의 서비스로 채우려 하는 것은 사람을 더욱 외롭게 고립시키는 결과가 될 것이다. 사람을 돌보는 것은 사람이어야 한다. 10대 제자 가운데 앞을 볼 수 없는 아나율이 바느질을 할 때 실을 바늘귀에 끼워 주는 부처님의 모습은 부처님이 중생을 사랑하는 방식을 잘 말해 준다.

지금 우리에겐 원효가 필요하다

원효의 '화쟁 사상' 서 배우자(경향신문/2014. 8. 27.)

영화 〈명량〉의 인기로 이순신이 우리 곁에 바싹 다가왔다. 이순신의 지극한 나라 사랑과 백성을 보호하려는 마음이 우리 가슴을 뜨겁게 달구어 놓고 있다. 우리의 이 뜨거워진 가슴이 오늘 우리 사회의 문제를 해결할 수 있을까? 얼마 전에 우리나라를 다녀간 프란치스코 교황이 남긴 메시지가 우리 가슴에 잔잔한 울림을 준 것은 사실이지만 그 메시지가 우리에게 어떤 작용을 하고 있는지를 생각해 보면 좌절감이 깊어진다.

대한민국 사람들의 숨통을 조이고 있는 오늘의 난제를 풀어갈 수 있는 해법은 과연 없는 것일까? 이 질문에 떠오르는 인물은 지금으로부터 1400여 년 전의 사람인 원효이다. 원효가 신라의 고승이었다는 것은 다 아는 사실이고 원효가 지금의 우리에게 시사하는 바가 크다고 하는 이유는 바로 그의 화쟁(和諍) 사상 때문이다.

원효는 다툼의 화해를 위한 세 가지 방안을 제시하였다. 첫째, 각 주장의 부분적 타당성을 변별하여 수용해야 하고, 둘째, 모든 쟁론의 인식적 토대를 초탈하여 포용할 수 있는 마음의 경지를 가져야 하고, 셋째, 쟁론은 언어에 의한 다툼이므로 언어를 제대로 이해시켜야 한다고 했다.

다툼의 화해가 이루어지면 회통(會通)으로 문제가 해결된다고 하였으니 이 얼마나 명료한 제시인가. 원효는 〈대승기신론〉에서 중생으로 하여금 의혹을 버리고 잘못된 집착에서 벗어나게 하려면 큰마음을 일으켜야 한다고 했다. 우리 마음이 너무 작아서 다툼이 생긴다는 것을 알 수 있다. 그런데 우리 마음이 작아진 이유는 상념에 얽매여 있기 때문인데 그 상념은 무명(無明), 즉 모르는 상태에서 생긴다고 하였다. 상념은 진실과 거리가 있는 소모적인 생각이다. 결론적으로 우리의 갈등은 진실을 모르기 때문에 생긴다는 것을 알 수 있다. 아이러니하게도 지금 우리는 진실 규명을 위해 이 모든 갈등 상황을 만들고 있다고 보면, 과연 지금 우리에게 필요한 진실이 무엇인가를 되묻지 않을 수 없다.

원효는 항상 이렇게 말했다. '모두 다 틀렸다.' 그리고 '모두 다 맞았다.' 이것이 원효가 화쟁을 이끌어 내는 방법이다. 내 생각이 잘못된 것일 수 있다는 것을 먼저 인정하고 모두가 맞는 방향으로 맞추는 것, 이것이 바로 원효가 말한 수평적 소통에 의한 회통이다.

인간에게 표준은 존재하지 않는다는 스티븐 호킹 박사의 말은 인간은 과학적으로 접근할 수 없는 존재라는 것을 의미한다. 인간의 삶이 과학의 원리로 돌아가지 않는다면 화쟁으로 살아가는 것이 편리하다. 모두 다 틀렸기에 타당한 것을 부분적으로 수용하고 모두 다 맞았기에 포용하면서 언어로 상처 주지 않도록 이행할 수 없는 약속을 하지 않는 것이 지금 우리 사회문제의 처방전이라고 원효가 알려 주고 있다.

---

* 2014년 8월 18일 명성성당 미사 강론에서 프란치스코 교황은 세계 유일의 분단국가인 남북한을 향해 '죄지은 형제 일흔일곱 번이라도 용서하라'는 평화의 메시지를 선포하였다.

눈부시게 싱그런 꽃들에게

弔詩 발표(국민일보 쿠키뉴스/2014. 4. 22.)

아직도
우리는 기다립니다

기다리는 것밖에 할 수가 없어
숨이 쉬어지지 않아도
야속하게도 눈물샘이 말라 버렸어도
우리는 너희들을 기다리고 있단다

얼마나 두려웠을까?
얼마나 엄마가 그리웠을까?
얼마나 살고 싶었을까?
어른들의 욕심과 무지로
꽃 같은 우리 아이들이 허망하게 떠났습니다

아이들에게 무슨 말로 용서를 빌어야 할지
아이 엄마, 아빠에게 무슨 말로 위로를 해야 할지
숨을 쉰다는 것이 미안하고
말을 한다는 것이 죄스러워서
그저 아파만 합니다

싱그러운 꽃들아 잘 가거라
이곳에서 피우지 못한 꽃망울
하늘에서 피우거라

미안하다
그리고 영원히 기억하마.

---

* 조선 500년을 풍미했던 장애위인 66명을 발굴해 국내 최초로 그들의 삶을 생생하게 복원한 「한국장애
인사」(도서출판 솟대) 발간의 의미를 새기기 위해 마련된 자리에서(4. 23) 행사에 앞서 온 국민을 슬픔 속
에 잠기게 한 세월호 침몰사고의 희생자와 아픔을 나누는 조시(弔詩) '눈부시게 싱그러운 꽃들에게'(방
귀희 지음)가 연극배우 박정자의 낭송으로 발표된다는 것이 기사 내용이었다.

장애는 과연 업보인가?

(에이블뉴스/2014. 3. 7.)

장애를 전생의 업(業)으로 설명하는 경향이 있다. 그것은 불교의 인과론(因果論)을 잘못 해석했기 때문이다. 인도에서 탄생한 윤회설에 대한 오해로 전생의 잘잘못이 현생의 모습을 결정한다는 숙명론적인 해석이 만연하게 되었다.

특히 한국 불교는 인과(因果)와 업(業)의 개념으로 민중에게 도덕을 가르쳐 왔기 때문에 인과응보를 사회에 전파시켰다. 불교의 인과설은 통속적인 인과응보설이 아니므로 불교의 가르침에 위배되는 해석이 사회적 편견을 만들었는데 그 편견의 가장 큰 피해자가 장애인이다.

이런 피해를 줄이기 위해서는 업이 무엇인지에 대한 정확한 이해가 필요하다. 업을 의미하는 산스크리티어인 카르마(Karma)는 '행위 그 자체'를 의미한다. 의식적인 행위로 다른 사람이나 생명체에 영향을 주는 행위가 업인 것이다. 업은 몸, 입, 뜻으로 짓는 세 가지 업(三業)이 있다. 따라서 자신의 의지가 들어가지 않으면 업이 아닌 것이다.

부처님은 인도를 들끓게 했던 극단적인 사상들과 맞서 종교적인 혁신을 일으켰다. 부처님은 무연무인론자$^{(無緣無因論者)}$도 숙명론자도 아니었다. 전생의 업이 현재의 삶을 결정한다는 견해를 부정하였고 동시에 과거의 업의 영향이 현재의 삶에 어떠한 영향도 주지 않는다는 생각도 부정하였다. 부처님은 이 두 가지의 극단을 거부하고 중도의 관점에서 업을 설하였다.

그러니까 장애의 원인이 과거의 어떤 바르지 못한 행위의 결과라고 생각하는 숙명론적인 장애인관은 부처님이 타파하고자 하는 외도였다는 것을 알 수 있다. 장애 원인의 90% 이상이 교통사고나 산업재해 등으로 인한 후천적인 것에 원인이 있다는 통계에서도 장애를 숙명으로만 받아들일 수 없는 사회문제라는 사실을 알 수 있다.

업에 대한 새로운 해석이 필요하다. 업을 만드는 원인은 하나가 아니고 불특정 다수이다. 그것을 연$^{(緣)}$이라고 한다. 그러니까 자기 혼자 만든 업이 아닌 것이다. 예를 들어서 어떤 사람이 교통사고로 하반신 마비가 되었다고 했을 때 그것을 그 개인적인 업으로 판결내릴 수 없다는 것이다. 자동차가 없는 세상이었다면 그는 교통사고를 당하지 않았을 것이니 말이다.

그리고 업의 필연성은 외면적인 것, 즉 신체, 남녀의 구별과 같은 외적 생물학적인 요소에 대해서는 업의 작용이 부정되어야 한다는 주장이 있다$^{(사사끼 겐쥰)}$. 불교는 인간적 생존에 관한 종교이기에 내적인 의지를 조건으로 해야 한다. 부처님도 '출생을 묻지 말고, 단지 행위를 물어라.'고 하셨다.

부처님의 10대 제자 가운데 아나율은 시각장애인이다. 부처님께서는 아나율을 천안$^{(天眼)}$ 제일이라고 하며 시각장애로 혜안$^{(慧眼)}$을 얻었다고 칭찬해 주셨다. 그런데 여기서 주목할 것은 아나율의 실명 원인이 잠을 자지 않으며 정진했기 때문이지 전생의 업 때문이 아니라는 사실이다. 부처님은 아나율에게 빛을 찾아 주는 기적 대신 앞을 못 보는 아나율을 위해 바늘귀를 끼워 주셨다. 정말로 현실적인 방법이 아닌가.

긍정적인 장애인관의 걸림돌이 되어 온 업은 공업(公業)으로 보아야 한다. 최근 장애인모델로 등장한 환경적 모델이 바로 그것이다. 인간뿐만이 아니라 우주적인 모든 존재는 공간적, 시간적으로 홀로 존재하는 것은 없고, 서로 의지하고 도우면서 생성, 발전한다는 것이 연기론이다. 그래서 타인의 아픔과 고통이 곧 나의 고통과 아픔이라고 받아들이기 때문에 불교의 장애인관은 장애인과 비장애인을 구분하지 않는 원융(圓融) 사상을 가지고 있는데 이것이야말로 장애인들이 원하는 장애인관일 것이다.

선거의 미학, 중도(中道)

(금강신문/2011. 10. 21.)

나는 대한민국 국민이다. 국민의 역할과 국민의 가치와 국민의 위치가 가장 존중받을 때는 선거철이다. 선거만 앞두면 정치인들이 국민 앞에 납작 엎드린다. 국민의 손을 잡고 국민의 말에 귀를 기울인다는 액션을 취하기 위해 국민의 입에 귀를 바싹 대고 얼싸안기도 한다.

말을 할 때도 국민이 최우선이다. 국민을 존경하고 국민을 사랑하고 국민을 섬기겠다며 국민을 위해 자신을 희생하겠다며 수많은 약속을 쏟아 낸다. 후보자들의 말처럼 국민을 위한다면 대한민국 국민은 모두 행복해질 수밖에 없는데 지금 우리 국민은 행복한가?

사회 소외 계층은 삶의 위협을 느끼고 있고 대한민국을 버티게 하는 미드필더인 중산층이 무너지고 있다. 우리 국민을 이렇게 만든 사람이 누구인가? 바로 정치인들이다. 정치인들이 대한민국을 이렇게 불안하게 만든 원인은 선거가 끝나면 거리에서 그들을 눈 씻고 볼래야 볼 수 없기 때문이다. 국민 한 사람이라도 더 만나기 위해 해만 뜨면 거리로 나와서 작업복 차림으로 뛰어다니며 국민과 소통하던 후보들이었건만 당선이 되고 나면 거리에서 자취를 감춘다. 높은 보호막이 쳐져 가까이 다가갈 수도 없고, 목이 터져라 외쳐도 듣지 않는다.

선거 전의 진정성을 버리기 때문에 국민은 삶이 힘들고 대한민국은 위태롭다. 그래서 국민은 투표로 심판을 하는 것이다. 정치를 못하면 표를 주지 않는다. 그리고 여당과 야당의 균형도 맞춰 준다. 어느 한쪽에 힘을 몰아주지 않는다. 그런데 최근 여당도 야당도 국민으로부터 팽 당하는 분위기다. 정치적 배경이 전혀 없는 사람이 시장 후보가 됐고 대권의 강력한 도전자로 거명되는 사람도 정치 세력이 없는 인물이다.

국민은 야도 여도, 보수도 진보도 아닌 새로운 섹터를 원하고 있다. 바로 이 새로운 섹터가 무엇인지를 파악하는 것이 국민의 행복을 담보하고 대한민국 발전을 보장하는 길인데 그 새로운 섹터의 핵심은 중도(中道)이다.

우리 사회의 가장 큰 병폐는 양극화이다. 보수와 진보가 날을 세우며 점점 멀어지고 있고 권력을 가진 사람들이 권력을 남용하며 이익을 독점하기 때문에 나머지 사람들은 권력의 지배를 받으며 점점 약자가 돼 가고 있다.

이렇게 이념과 물질이 양극을 달리고 있는 상황에서는 안정이 깨진다. 양극화는 불만 세력을 만들기 때문에 사회 불안이 야기된다. 사회 불안 속에서는 국민도 국가도 발전할 수 없다. 이 위기 상황에서 벗어날 수 있는 방법이 불교에 있다.

싯다르타 태자를 부처님으로 만든 깨달음이 바로 중도이다. 중도는 우주의 본질과 현실의 양면을 객관적으로 관찰하는 방법이다. 그래서 중도 사상은 진리와 현실이 동떨어져 있지 않는 것이다. 중생이 두 개로 보고 있는 것들이 사실은 하나이기 때문에 양극단에 치우쳐 파국에 치닫는 어리석음에서 벗어나기 위해 부처님께서 가르쳐 주신 중도의 길을 걸어야 한다.

우리 국민은 투표를 통해 바로 이 중도를 실천하고 있다. 국민이 정치인보다 현명하다. 정치인도 이 중도 사상을 귀하게 받아들이고 실천한다면 훌륭한 정치를 할 수 있을 것이다. 양극화라는 파국에서 벗어나 안정과 번영으로 나아가기 위해 부처님의 중도 사상을 수용해 중도 열풍을 일으키는 것이 우리 국민이 살길이다.

나무가 그늘을 만드는 이유

(금강신문/2011. 1. 27.)

    어렸을 때 우리집 마당에 포도나무가 있었다. 포도 열매를 따 먹었던 기억보다는 포도 덩굴로 만들어진 그늘 아래 놓은 평상에서 뒹굴며 놀던 기억이 생생하다. 평상 위에 옥수수도 있었고 찐 감자도 있었다. 그리고 인어공주, 백설공주 등 동화책도 여러 권 놓여 있었다.

    덩굴 사이로 햇살이 비집고 들어와 눈이 시려서 눈을 감았다가 잠이 든 적이 있다.

    그런데 어느 날 얼굴 위로 큰 물방울이 뚝 떨어지는 바람에 놀라 잠에서 깨어났는데 소낙비가 순식간에 우드득 쏟아졌다. 내 주위에 아무도 없었다. 곤히 자는 아이를 깨우지 않으려고 그냥 평상 위에 두고 엄마는 부엌에서 일을 하셨던 것 같다.

    내 발로 땅을 디디며 걸을 수 없는 나로서는 소낙비는 위험 상황이었다. '엄마!' 하고 큰 소리로 부르면 당장 달려오실 엄마였지만 난 그 소낙비를 그대로 맞고 있었다. 비를 맞아 본 적이 없는 나로서는 새로운 경험이라 신기했던 것이다. 비를 맞으며 깨달은 것이 내가 나무와 같다는 사실이었다. 바람이 불어야 흔들리고 비가 와야 목을 축이는 나무와 내가 똑같다는 것을 알았다.

항상 그 자리에 붙박이처럼 박혀서 모진 바람과 작열하는 태양의 횡포를 그대로 받아들일 수밖에 없는 나무나 소낙비 하나 피할 수 없는 내 처지나 다를 바가 없었다. 이렇게 나와 같은 운명을 갖고 있는 나무가 나는 싫었다. 그래서 난 그림을 그릴 때 나무를 그리지 않으려고 애썼다.

그런데 내 잠재의식 속에 나무에 대한 이미지가 계속 나를 지배했던 것 같다. 변화를 싫어하고 한 가지 일을 고집했다. 직장을 이리저리 옮겨 다니거나 이 사람 저 사람을 다양하게 사귀거나 하는 일에 매우 미숙했다. 그래서 다양한 경험을 하지 못했다. 이것이 내가 발전하지 못한 가장 큰 이유라는 것을 잘 안다. 하지만 후회는 없다. 왜냐하면 그 자리를 늘 지키고 있을 것이란 믿음을 주위 사람들에게 심어 주었기 때문이다.

언제부터인가 내 빈약했던 나무에도 그늘이 만들어지기 시작했다. 올 4월이면 장애인방송 30년이 되고 올 5월이면 장애인문학을 대표하는 『솟대문학』이 창간 20주년이 된다. 내가 만든 그늘 아래에서 우리 사회에서 가장 소외된 장애문인들이 즐거워한다. 그토록 좋아하는 장애문인을 보면 정말 행복하다. 내 나무는 크지는 않지만 작은 기쁨을 준다.

사람들은 누구나 거목이 되고 싶어 한다. 하지만 그 이유가 사람들에게 그늘을 만들어 주기 위함이 아니고 사람들을 거느리고 싶어서이다. 그래서 사람들을 편히 쉬게 하는 것이 아니라 그들을 지배한다. 리더라는 미명 아래 리더십을 발휘하는 것이 아니라 자신의 욕심을 채우는 수단으로 사용한다. 그렇기 때문에 그늘 아래 있는 것이 즐거운 일이 아니라 고통이 된다.

사람들에게 고통을 주는 건 가장 큰 불행이다. 이렇게 지배하려는 지도자를 만나면 국민들이 고생한다. 국민들에게 고통을 주는 국가는 쇠퇴한다. 또 국민들에게 신뢰를 받지 못하는 지도자 역시 불행해진다.

리더는 순수한 나무가 돼야 거목이 될 수 있다. 순수성을 잃으면 거목이 됐다가도 한순간에 무너진다. 비바람을 혼자서 다 맞으며 뙤약볕을 막아 주는 그늘이 되겠다는 마음을 가져야 사람들로부터 존경받는 거목이 될 수 있다.

나무는 자기를 위해 그늘을 만들지 않는다는 말이 있다. 나무가 커지면 그늘이 더 넓어져서 많은 사람들에게 시원한 쉼터를 마련해 준다. 거목이 넓은 그늘을 만들 듯이 거목처럼 위대한 사람이 되면 많은 사람들을 보살필 수 있다. 어쩌면 주위 사람들에게 필요한 도움을 주다 보니까 거목이 되는지도 모르겠다.

우리가 기다리는 지도자는 나무가 그늘을 만드는 이유를 아는 사람이다. 그래야 그 그늘 아래에서 행복을 가꿀 수 있기 때문이다.

무소유와 나눔의 미학

(금강신문/2010. 3. 26.)

EX
IN

법정 스님이 입적하시며 우리 사회에 소유 바람이 불고 있다. 다름 아닌 법정 스님의 저서 「무소유」를 소유하기 위해 웃돈을 주면서 법정 스님의 책을 사려고 난리법석이 났기 때문이다. 이런 모습에 스님께서 얼마나 마음이 아프실까?

스님께서는 무소유를 마지막으로 실천하기 위해 절판을 유언으로 남기신 건데 사람들은 그 유언을 무색하게 만들고 있다. 법정 스님을 진정으로 존경한다면, 스님의 무소유 철학에 공감을 한다면 그런 욕심 사나운 모습을 보여서는 안 된다.

스님의 가르침에 따라 무소유를 실천하기 위해 스님이 입적하신 후 기부하는 사람들이 많아져서 우리 사회에 기부 문화가 확산됐어야 한다. 그것이 법정 스님의 열반을 귀하게 만들고 법정 스님의 뜻을 받드는 것이다.

1년 전 김수환 추기경이 선종하셨다. 김수환 추기경은 떠나시며 안구를 기증해서 2명의 시각장애인이 빛을 찾았다. 그 후 장기기증자들이 평소 2

배 이상으로 늘었다. 언론에서는 김수환 추기경이 우리 사회에 사랑의 나눔을 남겼다고 연일 보도했다.

김수환 추기경의 선종이 나눔이란 교훈을 남겼고 사람들은 그 나눔을 조용히 실천했던 것을 생각해 보면 법정 스님의 열반이 남긴 교훈 무소유에 대처하는 우리들의 태도는 매우 미흡했다.

그것이 너무 안타까워서 법정 스님과 관련된 작은 인연 한 가지를 소개하려 한다. 지금으로부터 15년 전의 일이다. 법정 스님께 『숫대문학』을 보내드린 적이 있다. 『숫대문학』은 장애를 가진 문인들이 작품 활동을 하고 있는 우리나라의 유일한 장애인문예지이다. 스님께서는 『숫대문학』을 보고 답장을 보내셨다. 문학에는 장애, 비장애 구분이 없으니 장애 때문에 움츠러들 필요 없다면서 『숫대문학』이야말로 가장 맑고 향기로운 책이라고 용기를 북돋아 주셨다.

책을 받았으니 책값을 보내신다며 100만 원을 주셨다. 존경하는 분으로부터 인정을 받고 큰 선물까지 받고 보니 너무나 황홀해서 손이 부들부들 떨릴 정도로 흥분이 됐는데 그때 받은 감격이 『숫대문학』을 지금까지 이끌어 온 힘이 됐다. 스님께서 1만 원짜리 장애인문예지를 100만 원짜리로 만들어 주신 것에 고무되어 장애인문예지라고 무시하는 사람들 앞에서 당당해질 수 있었다.

스님은 당신은 무소유로 철저히 비우시면서 우리 사회 소외계층에게는 가치를 높여 주시는 나눔을 실천하셨다. 방송을 통해 알았지만 스님이 학비를 지원해 준 학생들이 많은데 스님은 결코 장학 사업이란 명칭도 사용하지 않은 채 조용히 도움을 주셨다.

법정 스님의 나눔은 불교의 무주상보시 실천으로 무소유 철학에 기초를 둔 나눔이다. 법정 스님은 평생 그렇게 자신은 낮추면서 어려운 사람

들을 높여 주셨다. 이렇듯 스님의 무소유는 나눔을 위한 것임을 알아야
한다.

　그런데 어리석은 중생들은 그 깊은 뜻을 헤아리지 못하고「무소유」
를 소유하려는 욕심으로 스님을 마음 아프게 만들고 있다. 지금부터라
도 그 헛된 욕심을 버리고 법정 스님이 남기신 마지막 가르침인 무소유
를 나눔을 통해 실천해야 한다. 그것이 법정 스님의 열반을 의미 있게 만
드는 일이다.

6. 소소한 장애 정체성

"남의 탓만 하는 사람은
창조 정신이 없어서 발전을 하지 못한다고 합니다.
남의 탓을 하기 전에
문제의 원인을 찾는다면
훨씬 좋은 결과를 얻을 수 있을 거예요."

_방귀희 오프닝 멘트 수첩에서

사랑과 이별 그리고 초콜릿

(조선일보/2016. 8. 31.)

　요즘 연일 다크 초콜릿의 효능에 대한 정보가 내 귀를 자극한다. 심혈관 질환 개선, 피부노화방지 효과로 나를 유혹한다. 이 초콜릿 뉴스에 한동안 잊고 있었던 젊은 날의 나의 사랑 같지 않은 사랑이 떠올랐다. 나는 장애인에게 가장 친절하지 못하던 시절인 1970년대에 대학 생활을 하였다. 강의실이 보통 5층, 7층… 휠체어를 사용하는 나로서는 너무나도 높은 산이라 한번 올라가면 내려오지 못하였다. 점심을 먹으러 그 산을 내려온다는 것은 미친 짓이었다. 친구들은 삼삼오오 짝을 지어 학교 식당으로 가고, 좀 더 여유 있는 아이들은 학교 앞 음식점으로 발길을 옮겼지만 나는 빈 강의실에서 혼자 책을 읽었다.

　엄마가 도시락을 싸 주긴 하였지만 도시락을 먹지 않고 그대로 가져갈 때가 많았다. 엄마한테는 입맛이 없어서라고 말했지만 난 텅 빈 교실 한편에서 식은 도시락을 먹는 내 초라한 모습을 휠체어에 보태고 싶지 않은 자존심에 배고픔을 참았다.

　"이거…." 우리과 남학생이 나에게 내민 것은 초콜릿이었다. 당시는 초콜릿이 요즘처럼 흔한 과자류가 아니었다. 지금도 발렌타인데이에 초콜릿 선물을 하지만 그때 TV에서 연인에게 사랑을 고백하며 수줍게 초콜릿을 건네는 광고가 히트를 치고 있어서 남학생이 주는 초콜릿을 선뜻 받지 못하고 있었다.

"자…." 그 아인 좀 더 적극적으로 눈짓까지 하였다. 그렇게 받아 쥔 초콜릿 한 조각을 입에 넣었을 때, 내 입안에서 녹아나는 달콤함은 끈적거림과 함께 가슴을 뛰게 만들었다. 그 초콜릿 때문에 나는 뒤늦게 사춘기 열병을 앓았다.

초콜릿으로 친해진 그 아인 결국 내 여학교 동창과 결혼을 하였다. 중증의 여성장애인의 결혼을 법률로 규제해 놓지는 않았어도 그 당시 사회 분위기에서는 그것이 불법보다 더한 금기였다. 나는 그런 사회적 방해로 나의 초콜릿 사랑이 미완으로 끝났다고 생각하였다. 그래서 그 아인 아무런 잘못이 없고 그 아인 여전히 나에게 초콜릿을 건네주던 때의 그 마음을 갖고 있다고 믿고 있었기에 결혼 후 친구의 남편이란 명분으로 종종 그의 얼굴을 볼 수 있어서 좋았다.

그 친구 집에서 모임이 있던 날이었다. 친구의 남편 아니 더 정확히 표현하여 나의 초콜릿 사랑이 퇴근하여 집으로 들어왔다. "아빠~~"라고 외치며 아기가 달려가자 그는 주머니에서 초콜릿을 꺼내 아기의 작은 손에 쥐어 주었다.

'저 초콜릿은 내 것인데…' 싶어서 복잡한 심정에 맥박이 빨라지고 있을 무렵 천둥이 쳤다.

"여보! 또 초콜릿이야. 당신 때문에 우리 애 이빨 다 썩겠어."

"초콜릿이 얼마나 좋은 식품인데… 당분 때문에 피곤도 풀어주지. 기분도 좋아지지. 어디 그뿐인가 비상시 식량 역할까지 하는데."

'헐!' 그는 초콜릿 예찬론자였던 것이다. 그가 나한테 준 초콜릿은 비상식량 그 이상도 그 이하도 아니었다. 점심을 먹으러 함께 가지 못하는 장애인 친구를 위하여 착한 그가 가장 간편하게 허기를 잠재울 수 있는 초콜릿을 가끔 사다 주었던 것이다. 이렇게 나의 짝사랑은 초콜릿으로 시작하여 10년 후 바로 그 초콜릿 때문에 끝이 났다.

그날 이후 나는 초콜릿과 멀어졌다. 그저 무식하게 달기만한 강아지 똥보다 못한 검정 덩어리로 방치하였다. 그런데 다시 초콜릿이 매력적으로 느껴진다. 지금 나한테 가장 필요한 것은 심혈관 질환 개선이기 때문이다. 이미 소아마비로 팔다리가 다 마비된 상태이지만 뇌졸중으로 2차 장애가 또다시 발생하여 나한테 남아 있는 유일한 오른손마저도 못쓰게 될까 봐 늘 불안하다.

그 불안증 때문에 응급실에 간 적도 있다. '여기서 더 이상 망가지면 안 돼요. 빨리 조치해 주세요.'라고 다급한 호소를 하자 간호사가 혈압 정상이라고 핀잔을 주었다. 이 불안은 나만의 건강 염려증이 아니다. '2014 장애인 실태조사'에 의하면 장애인의 77.2%가 만성질환을 갖고 있는 것으로 나타났을 정도로 장애인의 건강권은 심각하게 위협받고 있다. 나도 예외는 아니기에 몸에 좋다면 뭐든지 시도해 본다.

대단한 사랑과 이별은 아니었지만 달콤하고 쌉쌀한 여운 때문에 애꿎은 초콜릿만 싫어했었는데 이제 사면해 줘야겠다.

'좋아, 먹자.' 이제 짝사랑의 위험도 없고 따라서 이별도 없을 테니 안심이다. 그런데 그런 안심이 왠지 서글퍼진다. 그 시절처럼 초콜릿 하나에 내 심장이 뛰지 않을 것 같아서 자기 합리화를 시키고 있으니 말이다. 아니다. 요즘 내 심장은 아무런 자극이 없을 때도 미친 듯이 뛴다. 이건 뭐지? 중년에 찾아온다는 그 사춘기인가! 이렇게 로맨틱하게 생각하고 있는데 누가 알려 주었다. 그건 갱년기 증상이라고. 이것이야말로 정말 슬픈 이별 아닌가? 청춘과의 이별.

나는 나를 믿는다

(행복한 동행/2011. 6. 23.)

고등학교 때였다. 교실에 쥐 한 마리가 들어왔다. 아이들은 비명을 지르며 쥐를 피해 도망갔지만 내 다리는 도망갈 힘이 없는 탓에 난 무섭지 않은 척해야 했다.

쏜살같이 달려오던 시커먼 쥐가 내 앞에 멈췄다. 그리고 나를 응시했다. 난 쥐와 눈싸움을 했다. 난 네가 하나도 무섭지 않다고 어서 썩 물러가라고 속으로 호통을 쳤다. 사람과의 싸움에서 이길 수 없다는 판단이 섰는지 쥐가 방향을 틀어 도망갔다.

난 그때 커다란 사실을 깨달았다. 바로 내가 사람이라는 사실이었다. 한 살 때 걸린 소아마비로 두 다리는 물론 두 팔도 온전치 못한 나는 일상적인 행동이 거의 불가능했다. 그래서 내 머릿속엔 내가 할 수 없는 일들만 빼곡히 자리잡고 있었다. 하지만 그 일 이후 나는 내가 할 수 있는 일들에 대해 생각하게 됐다. 그것은 큰 변화였다.

우선 내가 생각할 수 있다는 것이 얼마나 큰 재산인가를 깨달았다. 내가 볼 수 있고 들을 수 있고 말할 수 있다는 것이 정말 대단한 능력이라는 것을 알았다. 내가 걸을 수 없다는 것은 그저 내 삶의 한 가지 조건일 뿐이지 그것이 내 인생 전체를 지배하지 않는다는 것을 그때 비로소 인식했다. 용기가 생겼다. 세상과 부딪혀 보기로 했다. 그러자 할 수 있는 일들이 하나씩 늘어났고 그것은 곧 새로운 능력으로 자리매김했다.

가끔 나에게 이런 말을 하는 피디들이 있다. "다큐멘터리라 현장에 나가야 하는데 할 수 있겠어요?" 그 질문에 대한 내 대답은 "내일까지 콘티를 짜서 보내 드릴게요."였다. 할 수 있는 것은 당연하니까 바로 일을 시작하자는 의미였다.

난 지금도 한 손으로 컴퓨터 자판을 치고 있다. 두 손을 사용하는 것보다는 두 배의 시간이 걸린다. 하지만 난 한 손으로 하루 수십 장의 원고를 써 내고 있다. 만약 한 손마저 쓰지 못했다면 입에 타자 봉을 물고 자판을 쳤을 텐데 한 손으로나마 작업을 할 수 있다는 것이 얼마나 다행스러운지 모른다.

나는 분명 달리기 선수는 될 수 없다. 하지만 내가 육상 선수를 하겠다고만 하지 않으면 나머지는 다 할 수 있는 것이 된다. 건강한 사람들도 모든 일을 다 하며 살지는 않는다. 평생 동안 할 수 있는 일이 제한돼 있다. 그렇다면 장애 때문에 못하는 일이 있다 해도 그리 억울한 것은 아니다. 그래서 못한다는 생각을 버리고 할 수 있는 일을 골라서 최선을 다하면 좋은 결실을 맺을 수 있다는 확신을 갖고 있다.

난 가슴이 따뜻한 남자가 좋다

(경향신문/2011. 2. 27.)

한 정치인이 라디오 인터뷰에서 자신을 차도남(차가운 도시의 남자)이라고 소개했다. 물론 요즘 차도남이 대세이다 보니 자신도 매력적인 남자라는 뜻으로 농담을 한 것이겠지만 난 가슴이 철렁 내려앉았다. 왜냐하면 적어도 정치인은 차가운 사람이어서는 안 되기 때문이다.

차도남, 까도남(까칠하고 도도한 남자)이란 단어에 사람들은 열광하고 있다. 사람들은 왜 차갑고 까칠하고 도도한 남자를 좋아하는 것일까? 가진 것이 많은 사람들이 그런 성향을 보이기 때문일 것이다. 그러니까 정말 까칠한 사람에게 호감이 생기는 것이 아니라 까칠해도 용서가 되는 그 배경이 좋은 것이다.

최근 들어 인기 있는 드라마에는 모두 까칠한 성격의 캐릭터가 등장한다. 가슴이 따뜻한 사람은 무능하게 그려진다. 그래서 착한 건 바보라는 생각을 갖게 되었다. 어쩌다 우리 사회가 착하고 따뜻하고 성격 좋은 사람이 인정을 받지 못하고 오히려 소외를 당하고 있는지 안타깝다.

나도 성격 좋다는 소릴 듣는다. 표정이 밝고 긍정적이고 친절하다고 칭찬한다. 이런 칭찬이 나한테는 더욱 특별한 의미가 있다. 나는 휠체어가 없이는 단 한 발자국도 움직일 수 없는 중증의 장애를 갖고 있기 때문이다.

사람들은 보통 장애인은 장애 때문에 생긴 열등감으로 자기방어를 하기 위한 까칠함이 있다고 생각하기에 장애인이 잘 웃고 친절하면 칭찬거리가 된다. 어렸을 때는 그런 칭찬이 부담스러웠지만 지금은 성격이 좋다는 칭찬이 고맙다. 내가 그런대로 잘 살아왔구나 싶어 위안이 된다. 돌이켜 생각해 보면 이런 성격이 그냥 생긴 것은 아니다. 나 나름대로 죽을힘을 다해 노력했다.

살다 보면 미운 마음이 생긴다. 미운 사람이 좋아하는 사람보다 훨씬 많다. 말을 함부로 해서 밉고, 잘난 척을 해서 밉고, 자기만 생각하고 남을 배려하지 않아서 밉고, 나를 서운하게 만들어서 밉고, 미운 이유는 다양하다.

음식이 싫으면 안 먹으면 되고, 옷이 싫으면 안 입으면 그만이고, 물건이 싫으면 안 쓰면 그뿐이지만, 사람은 물건처럼 자기 마음대로 처리할 수 없다. 사람은 서로 서로에게 영향을 주며 살고 있기 때문이다. 사람은 관계를 형성하고 있기에 그 관계를 단칼에 베어 버릴 수가 없다. 싫든 좋든 함께해야 할 일들이 많다. 그래서 괴로운 것이다.

이 고통스런 괴로움에서 벗어나기 위해서는 미움을 버려야 한다. 그러기 위해서는 상대방의 좋은 점이 무엇인가를 살펴서 칭찬을 해 주는 것이 좋다. 칭찬을 하다 보면 미운 생각이 정리가 되면서 조금씩 좋아진다.

나는 모든 생활을 오롯이 남한테 의지해야 살 수 있다. 내 손으로는 물 한 컵 갖다 먹을 수가 없다. 만약 내가 나를 도와주고 있는 사람에게 서운한 감정이 생겼다고 화를 낸다면 난 목이 말라도 물을 마실 수 없다. 그래서 나는 화를 낼 수가 없다. 난 무조건 참아야 한다. 늘 고맙다고 인사해야 하고 잘 했다고 칭찬해야 살 수 있다. 이런 내가 비굴하게 느껴지고 불행하다는 생각이 들기도 하지만 생각을 바꾸자 그런 초라함이 사라졌다.

난 정말 사람들을 좋아하려고 노력한다. 아니 이해하려고 애쓴다는 것이 맞을 것이다. 사람을 이해한다는 것은 행복한 일이다. 그 사람의 행동을 나와 연관시키지 않고 객관화시킬 수 있어서 나는 그로부터 자유로워진다.

사람한테 상처를 받는 것은 바로 이 자유가 없기 때문이다.

사랑이란 미명 아래 서로를 구속하기 때문에 상대방이 자기 생각대로 하지 않으면 배신감을 느끼며 분해하고 증오하게 된다. 이런 배신, 분노, 증오, 복수가 우리 삶이 되었다. 그래서 우리는 지금 몹시 고단하게 살고 있다.

이 고단한 인생에서 탈출하기 위해 여자든 남자든 신데렐라를 꿈꾸는 것이다. 그런데 신데렐라의 왕자님이 차도남으로 나타나기 때문에 여자들이 차갑고 까칠한 남자를 로망으로 생각한다.

하지만 난 차도남이 싫다. 차가운 남자의 사랑에는 진정성이 없기 때문이다. 어려운 사람에 대한 이해나 배려가 없기 때문이다. 난 가슴이 따뜻한 남자가 좋다. 가슴이 따뜻하다는 것은 고통을 감싸 안아 줄 수 있는 여유가 있기 때문이다. 상처를 보호해 줄 수 있는 온기가 있기 때문이다.

이제 우리 사회는 가슴이 따뜻한 남자에 열광해야 한다. 가슴이 따뜻한 남자가 인정받고 사랑받아야 한다. 그래야 외모 때문에 억울한 일을 당하고 배경으로 원하는 것을 얻는 비합리적인 발상이 근절된다. 그래야 인간미 넘치는 사람이 사람의 향기를 뿜으며 사람답게 살 수 있다.

배려는 힘이다

(경향신문/2007. 8. 16.)

　자기만 아는 사람이 있다. 얄미울 정도로 이기적인 사람을 보면 신기하다. 어떻게 그럴 수가 있을까 싶다. 모든 것을 자기 위주로 결정짓는다. 남을 배려하거나 베풀면 손해를 본다고 생각하는 모양이다.

　남한테 얼마만큼 베풀었느냐가 그 사람의 능력을 가늠하는 척도인데 우리나라 사람들은 남한테 잘해 주는 착한 사람은 능력이 없는 무능력한 사람이라고 생각한다. 그래서 남을 위해 자신을 희생한 사람을 보면 바보 취급을 한다.

　자기만을 위하는 사람이 똑똑하고 능력 있고 카리스마가 있다고 판단하는 것이다. 이런 생각이 이기적인 사람들을 양성하고 있는지도 모른다. 하지만 자기만 아는 사람을 보면 인간적인 매력이 느껴지지 않는다. 그래서 주변에 사람이 없다. 남을 위해 자신이 다소 손해를 볼지언정 배려하고 베푸는 사람은 친하지 않아도 금방 가깝게 느껴진다. 그래서 배려하고 베풀면 그것이 자기 자신을 지키는 힘이 된다. 왜냐하면 사람들의 표적이 되지 않기 때문이다.

그런데 사람은 욕심이 있어서 이익이 되는 일은 자기가 하고 싶어한다. 나도 일에 대한 욕심이 많아서 좋은 프로그램이 있으면 내가 하고 싶다는 생각을 한다. 그래서 그 프로그램을 나에게 맡겨 달라는 부탁을 할까 싶은 생각이 들기도 한다. 하지만 나는 한번도 그런 부탁을 하지 않았다. 왜냐하면 내가 부탁을 하면 피디가 그 프로그램을 주려고 생각했던 작가에게 그 프로그램 집필을 빼앗아 오는 일이 되기 때문이다.

난 적어도 작가로서 이런 상도는 지켜야 한다고 생각하고 있다. 그런데 이런 경우가 있었다. 어머니가 갑자기 돌아가셔서 원고를 쓸 수 없는 상황이 되자 동료 작가에게 일주일 정도 원고를 부탁했는데 대타 작가는 그 프로그램에 욕심이 생겨 피디에게 은근히 하고 싶다는 뜻을 비췄다고 한다.

이렇듯 프리랜서 세계는 경쟁이 치열하다. 잠시도 긴장을 놓을 수가 없다. 정식 직원은 휴가도 내고 아프면 출근을 안 할 수도 있고 또 부모상을 당했을 때는 당연히 쉬게 되지만 프리랜서들은 자기가 맡은 일을 남이 대신 해 줄 수 없기 때문에 당사자가 사망하지 않는 한 일을 해야 한다.

내 경우 아버지가 돌아가셨을 때는 돌아가신다고 짐작하고 있었기 때문에 미리 원고를 준비하고 있었지만 엄마는 갑작스럽게 돌아가셨기 때문에 3일장 동안 매일 새벽에 집에 들어와서 눈물을 훔쳐 내며 원고를 썼다.

어느 개그맨은 어머니가 돌아가셨는데도 웃으면서 사람들을 웃기는 내용의 공연을 했다고 한다. 그 역할을 누가 대신해 줄 수 없기 때문에 무슨 일이 있어도 본인이 해야 하는 것이 무대에 서는 사람들의 비애이다.

이런 각박한 프리랜서 생활일수록 남에 대한 배려가 필요하다. 그런 배려들이 질서를 유지시키고 자기를 지키는 힘이 되기 때문이다. 그런데 요즘 우리 정치판을 보면 배려가 실종됐다. 서로 상대 후보를 깎아내리는데 열을 올리고 있다. 정치인들이 이렇게 서로를 공격하며 네거티브 전략을 펴는 것은 국민에 대한 배려가 없기 때문이다. 국민들의 심정을 조금이라도 헤아린다면 확인도 되지 않은 비리를 폭로해서 사람을 짜증스럽게 만들 것이 아니라 정말 힘없고 가난한 약자들이 희망을 가질 수 있도록 비전을 제시해야 한다.

지지자들만 모인 자리에서 손을 흔들며 지지를 호소할 것이 아니라 국민들이 무엇을 힘들어하고 있는지를 직접 살피고 그들이 무엇을 원하고 있는지를 경청하면서 자신이 갖고 있는 정치적 소신을 피력하는 선거운동이 필요하다. 그런 선거운동이야말로 국민을 배려하고 정치적인 힘을 키우는 일이 된다고 믿는다.

대통령 후보들은 하나같이 국민을 위해 나섰다고 하지만 기본적으로 국민을 배려할 줄도 모르면서 어떻게 국민을 위해 일을 하겠다고 하는 것인지 이해가 안 된다. 요즘 대통령 후보들을 보면 국민을 볼모로 치졸한 권력 싸움을 하고 있다는 생각밖에는 들지 않는다. 대통령 후보들이 알아야 할 것은 남을 배려하는 것이 힘이 된다는 사실이다.

친절한 장애인

(경향신문/2007. 3. 23.)

   나는 사람들에게 친절하려고 애쓴다. 지나가는 사람들이 나를 위해 문을 열어 주면 얼굴 가득 미소를 띠우고 감사의 인사를 한다. 엘리베이터 안에서 나를 낯설게 쳐다보는 아이를 향해 나는 말을 건넨다. "눈이 참 예쁘구나! 몇 살이야?" 아이는 이내 작은 손가락 다섯 개를 펴서 다섯 살이라고 대답한다. 아이 엄마도 나에 대한 경계심을 풀고 '다섯 살이에요.'라고 해야지.' 하며 아이를 매개로 내게 관심을 보인다.

   방송국에서 만나는 수없이 많은 사람들에게도 나는 친절을 보인다. 내가 원래 친절한 사람이어서가 아니라 상대방이 내 장애 때문에 조금이라도 불편함을 느끼지 않도록 하기 위해서이다.

   사람들의 인식 속에는 장애인의 무표정한 얼굴이 각인돼 있다. 그래서 사람들은 장애인에게 선뜻 다가가기를 꺼려한다. 심지어 사람들은 장애인은 친절을 받아 주지 않는 비사교적인 사람이란 생각까지 하고 있다.

   이것이 장애인과 비장애인 사이를 멀어지게 만들었다. 이 거리를 좁히려면 장애인이 먼저 친절해야 한다. 내가 먼저 사람들에게 친절하게 다가가면 상대방은 나보다 더 친절하게 나를 대해 줬다. 그래서 나는 친절이야 말로 장애인의 필수 조건이라고 생각한다.

　하지만 사람들은 장애인은 친절을 베풀 대상으로 여긴다. 그래서 장애인이 친절한 것을 이상하게 받아들이기도 한다. 한번은 『숫대문학』 회원이 방송 리포터를 만날 기회가 있었는데 내 생각이 나서 '혹시 방귀희 씨 아세요?' 라고 물었단다. 그러자 그 리포터 대답이 '네, 아주 친절한 장애인이죠.' 였다고 내게 전해 주었다.

　그 말에 한바탕 웃었지만 우리 회원은 생각이 달랐다. 그 말이 장애인에 대한 편견에 가득차 있다는 것이다. 왜 사람들은 장애인을 개체로 보지 않고 집단화시키는지 모르겠다고 흥분했다. 그 말도 맞다. 사람들은 나를 방귀희란 개체로 보지 않고 내가 타고 다니는 휠체어를 먼저 보기 때문에 장애인으로 인식을 하는 것이다. 그런데 그 장애인이 친절한 것이 특징이기 때문에 친절한 장애인이란 수식어가 붙은 것이다.

　사실 그 말을 들으면서 내심 서운하긴 했다. '아 네, 그분 정말 친절하세요.' 라고 대답해 줬더라면 더욱 좋았을 텐데 싶은 아쉬움은 있다. 나는 한 사람 한 사람을 진정성을 갖고 소중히 대하고 있건만 사람들은 나를 그저 장애인으로밖에 생각하지 않는구나 싶어 서글퍼지기까지 했다.

　하지만 이것도 친절하게 이해를 하기로 했다. 그녀는 그저 좋은 의미로 한 말일 뿐 그것이 편견이란 생각조차 없을 테니 말이다. 오랫동안 우리 사회에 뿌리박힌 장애인에 대한 인식이 문제이다.

　며칠 후 방송국 로비에서 그 말을 한 리포터를 만났는데 그녀는 그전보다 더 반갑게 내게 인사를 했다. 나는 그녀에게 '어머 왜 이렇게 예뻐졌어요.' 라고 인사에 답했다. 그녀는 방송 때문에 종종걸음으로 녹음실로 향했다. 그녀는 분명 이렇게 생각했을 것이다. -정말 친절하다니까- 나도

속으로 다짐했다. -그래 친절한 장애인이 되자-

　친절한 장애인이 많아져야 한다. 그래야 장애인에게 친절한 사람들이 많이 생긴다. 목마른 사람이 우물을 판다는 속담처럼 우리는 친절에 목말라 있으니 우리가 먼저 친절의 우물을 파야 한다. 나는 장애를 가진 우리들이 먼저 변해야 세상도 장애인에 대해 너그러워질 수 있다고 생각한다.

아름다운 눈높이 시상식

(불이회 30주년 기념 책/2018.)

　우리 사회를 불안하게 만들고 있는 것은 서로 다른 이념적 가치를 갖고 있는 사람들이 양극단에서 상대방을 향해 '네가 틀렸다.'고 비난하기 때문이다. 네가 옳지 않다는 것은 내가 옳다는 생각에서 나온 매우 자기중심적인 판단이어서 상대방을 설득시키지 못하고 팽팽히 맞서게 된다. 상대방이 옳지 않은 것 같지만 내 판단 역시 문제가 있을 수도 있다고 생각하고 상대방의 말에 귀를 기울인다면 소통이 이루어질 것이고 이것을 통해 합일점을 찾을 수 있다.

　그래서 부처님께서는 중도(中道) 사상을 설파하셨다. 양쪽 끝에 치우치지 말라는 것이다. 이 중도 사상을 잘 나타내는 것이 불이(不二) 정신이다. 둘이 아니라는 것은 하나라는 뜻인데 이는 원융, 화합을 의미한다.

　부자와 가난한 사람, 권력자와 사회적 약자, 잘생긴 사람과 못생긴 사람, 장애인과 비장애인 이렇게 양극으로 나뉘어져 있어서 우리 사회는 불만이 팽배해지고 그것이 사회적 갈등을 조성하였다.

　그런데 불이회는 장애인과 비장애인이 다르지 않다는 것을 일찍이 보여 주었다. 휠체어를 사용하는 내가 불이회에서 제정한 불이상을 수상한 것은 지금부터 15년 전인 2000년이다. 그때 나는 방송작가로 KBS에서 일을 하며 우리나라 유일의 장애인문학지 『솟대문학』을 만들고 있었다. 『솟대문학』이 불교 관련 잡지는 아니지만 발행인인 내가 동국대학교에서 불교학을 전공하고 대학원에서 "불교의 복지사상에 관한 고찰"로 석사학위를 받아 불교 사회복지 활동을 하고 있었기 때문에 실천 부문에서 선정되지 않았나 짐작이 된다.

불이상 수상자 선정 통보를 받고 교만하게도 나는 내가 수상자로서 충분히 자격이 있다고 생각했었다. 장애인복지계에서는 90% 이상이 기독교인이라서 불자인 나는 이방인 취급을 받아 외롭고 힘들었지만 나는 나 혼자서도 90%의 역할을 하고 있다는 자부심을 갖고 있었기 때문이다.

그런데 시상식장에서 나는 내 인생 최대의 감동에 온몸에서 전율이 일어났다. 불이상 회장인 홍라희 여사께서 휠체어에 앉아 있는 나와 눈높이를 맞추기 위해 무릎을 꿇는 자세로 상장을 수여하는 것이 아닌가! 그동안 수없이 많은 상을 받아 왔지만 지금까지도 나와 눈높이를 맞춰 주기 위해 무릎을 굽히는 사람은 없었다. 타인을 그렇게까지 배려할 수 있는 것은 그 인품이 꾸며진 가짜가 아니라 자연스럽게 우러나오는 진짜이고 추구하는 가치관이 확고하기 때문이다.

영국 황태자비 故다이애나가 지금까지도 존경을 받는 것은 그녀가 약자 앞에서는 낮은 자세를 취했기 때문이라고 한다. 황실 여자는 그 누구 앞에서도 무릎을 굽히지 않는다는 황실 권위에도 불구하고 다이애나비(妃)는 장애인 앞에서는 그와 눈높이를 맞추기 위하여 무릎을 굽혔다는 일화는 아주 유명하다.

영국에 다이애나가 있다면 한국에는 홍라희가 있다고 장애인 인식개선 강연에서 몇 차례 얘기한 적도 있고, 신문 칼럼으로 쓴 적도 있을 만큼 나에게 충격적인 경험이었다. 그 감동의 본질은 무엇일까? 난 그 의문을 가슴 한편에 늘 남겨 두고 있었는데 최근 책에서 읽은 글귀에서 그 답을 찾을 수 있었다.

아인슈타인이 '삶을 기쁘게 대면할 수 있도록 새로운 용기를 준 것은 친절, 아름다움, 진실' 이라고 했는데, 우리에게 기쁨을 주고 용기를 주는 것은 다름 아닌 친절, 아름다움, 진실이라는 사실에 머릿속이 맑아졌다.

다이애나비나 홍라희 회장이 보여 준 눈높이 소통은 바로 장애인에게 친절한 배려를 한 것이고 그런 친절이 보통 사람들에게서는 볼 수 없는 아름다움이었으며 그것이 진실이었기에 오래도록 기억되는 것임을 알게 되었다.

요즘 사회 지도층의 노블레스 오블리주가 마치 특권층의 명품 액세서리처럼 여겨지고 있다. 노블레스 오블리주는 소유하고 있는 것을 나눠 주는 기부 행위라고 생각하지만 노블레스 오블리주는 그야말로 숭고한 의무 수행인 것이다. 반드시 해야 하는 것이 의무인데 그렇게 꼭 하지 않아도 되는 것을 의무인 양 받아들이고 있어서 숭고하다고 표현한 것인데 우리 사회 지도층은 그것을 의무로 생각하지도 않고 필요에 따라 노블레스 오블리주를 실천하기 때문에 국민적 호감을 얻지 못하고 있다.

진정한 노블레스 오블리주는 불이정신에서 온다. 생각해 보면 우리 사회는 모든 현상을 무조건 둘로 나누고 있다. 그래서 우리 사회의 지도층과 소외계층이 생긴 것인데 지도층은 많은 것을 가졌으니 소외계층에게 베풀어야 한다며 그 행위를 노블레스 오블리주라고 하면서 갈등 문제를 덮으려고 한다. 그것은 누가 봐도 부자연스러운 미성숙한 모습이다.

노블레스 오블리주가 무엇이며 불이정신이 무엇인지를 잘 보여 준 홍라희 회장이 안겨 준 감동이 아직도 생생하다. 18년 전 시상식을 마치고 정각원(동국대학교 법당) 앞에서 다른 수상자와 함께 촬영한 사진 한 장이 나의 다이어리 수첩에 항상 꽂혀 있다. 그 사진 역시 휠체어와 키를 맞춰 준 아름다운 모습이 담겨 있기 때문이다. 그래서 가끔 사진을 꺼내 보며 혼자서 '참, 멋지다!'는 감탄을 내뿜는다.

* 불이회 30주년은 2015년인데 기념 책은 2018년도에 발간되었음.

나는 건강한가?

(월간 『금강』 /2018.)

만족이 명약이다

태어나서 죽는 과정에 반드시 나타나는 것이 질병이다. 어쩌면 늙는 것도 병이라고 할 수 있다. 그 병이 언제 심하게 나타나느냐, 그 질병이 생활에 어느 정도 영향을 미치느냐의 차이가 있을 뿐이다. 나는 돌잔치를 앞두고 고열로 소아마비에 걸렸으니 세상에 태어나서 건강했던 시절은 단 1년뿐이었다. 60년을 중증의 장애를 갖고 살고 있는 나는 이것이 '나' 이려니 하고 있어서 사람들이 생각하는 것만큼 불행하지 않다. 하지만 돌아가신 지 15년이 되는 엄마는 딸을 온전하지 못한 몸으로 만들었다는 죄책감에 죄인처럼 사셨다.

그때는 몰랐었는데 지금 생각하면 장애인부모로 살아야 했던 아버지와 어머니한테 너무 미안하다. 병든 몸을 갖게 되는 것은 누구의 책임도 아니다. 그저 받아들여야 할 삶이다. 그래서 〈보왕삼매론〉에 '몸에 병이 없기를 바라지 마라.'고 하였다. 병은 크던 작던 중생 누구나 감내해야 할 몫이다.

청소년기에 가장 듣기 싫었던 말은 장애인 봉사활동을 하러 왔던 사람들이 '나는 장애인들을 보면서 이렇게 멀쩡한 몸을 가진 것에 감사하게 되었어요. 장애인을 도우며 기쁨을 느낍니다.'라며 장애인을 보며 위안을 받게 된다는 것이었다. 그 말이 상처가 되었다. 하지만 지금은 장애인이 중생에게 주는 기쁨이 있다는 사실이 오히려 고맙게 느껴진다.

〈법구경〉에 '무병은 더없는 이로움이고 만족은 더없는 보배'라는 경구를 보면서 깨달았다. 건강이 큰 혜택이고 그보다 더 귀한 것은 자신의 삶에 만족하는 마음이라는 부처님 가르침에 큰 용기를 얻었다.

그래서 엄마는 딸의 장애 때문에 죄인처럼 사셨지만 나는 장애인 당사자이지만 불행하지도 않았고 내 삶에 불만도 없었다. 바로 만족이라는 명약 때문이었다.

진정한 건강

2015년 늦가을 인사동에서 알렉상드르 졸리앙이란 그리스 철학자를 만났다. 그는 뇌성마비장애를 갖고 있었는데 한국 불교에 심취하여 부인과 자녀 3명을 데리고 한국에 와서 살며 불교 수행을 하고 있었다. 그가 쓴 책 「왜냐고 묻지 않는 삶」을 읽고 그와 인터뷰를 하게 되었다.

그의 책에 진정한 건강에 대해 이런 설명이 있다. '진정한 건강은 자신의 허약함, 질병, 온갖 상처들을 버텨 나가는 가운데 얻어진다. 그런 와중에 싸우고, 참여하고, 연대해 나가는 것이 가능하다.'는 것인데 졸리앙은 철학자답게 건강을 의료적 차원이 아니라 정신적 차원으로 끌어올렸다. 진정한 건강은 모든 역경을 이겨 내는 과정에서 얻어지는 것이고, 그러면서 공동체 일들이 가능해진다고 하였다.

우리 사회는 장애인은 말할 것도 없고 정신적으로 불안한 조현병, 장기적으로 치료를 받아야 하는 환자, 심지어 몸이 약한 사람들을 차별하고 배제시키고 있다. 그래서 병들면 아무것도 할 수 없고, 인생 끝이란 생각을 한다. 이것이 아픈 사람들을 더 아프게 만든다. 병들었다고 손놓고 있을 수는 없다. 우리 사회 구성원으로 함께 살아가야 한다.

졸리앙은 '나를 치유해 주는 것은 치유되려는 생각으로부터 조금씩, 조금씩 치유되는 것'이라고 하여 치유하는 방법도 가르쳐 주었다. 모든 병은 다 치유될 수 있다. 불치병으로 곧 세상을 떠날 것이란 진단을 받았을지라도 질병을 받아들이는 태도에 따라 치유가 된다는 것이다. 병을 대하는 관점이 달라져야 한다는 생각이 든다.

나는 건강한가

요즘은 건강보험으로 건강검진을 받기 때문에 건강관리가 잘 이루어지고 있다. 하지만 나는 건강검진을 받지 못한다. 의료기구들이 장애인에게 맞지 않아서 피검사 정도나 할 수 있고 좀 더 편한 방식으로 검진을 하려면 건강보험이 적용되지 않는 고급 검사를 해야 한다.

'2015년 장애인 실태조사'에 의하면 장애인의 성인병 발병률이 비장애인의 2배 가까이 되어 장애인의 건강권이 침해당하고 있는 현실을 잘 말해주고 있다. 나도 예외는 아니다. 하지만 나는 건강하다고 믿고 있다. 한번도 죽고 싶다는 생각을 하지 않았고, 양심에 거리끼는 일을 하지 않아 마음이 편하다.

싯다르타 태자의 출가 동기인 사문유관은 생로병사의 현장을 보고 늙고 병들어 죽는 것이 고통임을 알고 왕관을 버리고 깨달음을 얻기 위해 고행을 선택한다는 이야기인데 그만큼 병든 삶이 고통스럽다는 것을 의미한다. 나는 눈에 드러나는 지체장애를 갖고 있지만 장애에도 시각, 청각, 지적장애 등 여러 가지 유형이 있고, 눈에 드러나지 않는 질병을 앓고 있는 사람들도 많다. 세계보건기구(WHO)에 의하면 생활에 지장이 있을 정도로 건강상의 문제가 있는 사람은 전 인구의 20%에 이른다고 한다.

생각보다 많은 사람들이 건강 문제로 어려움을 겪고 있다는 사실을 알 수 있는데 병을 완전히 떨쳐 낼 수 없다면 병을 받아들이고 다른 방식의 건강한 삶을 영위하는 것이 현명하지 않을까 한다. 건강은 건강해지려고 노력하는 자세에 달려 있다. 그래서 건강을 염려하는 안부를 물을 때 나는 항상 씩씩하게 '네, 건강히 잘 지내고 있어요.'라고 대답한다.

책의 미션

(도봉문화정보도서관 잡지/2018. 여름호.)

나의 친구, 책

나는 어린 시절 책과 놀았다. 책 속에 나오는 주인공이 내 친구였고, 책 속에 서술된 풍경을 통해 자연을 접했다. 책을 덮고 나서도 난 그 캐릭터들과 대화를 나누었고 그들과 곧잘 그들이 사는 동네로 놀러 가기도 하였다. 작품의 결말은 책의 마지막 장에서 끝났지만 그 지점에서 주인공의 스토리를 다시 이어 가는 것이 가장 즐거운 놀이였다.

이런 이상 행동은 나의 장애에서 비롯되었다. 나는 돌떡을 담귀 놓고 고열로 심하게 앓고 난 후 두 팔과 두 다리가 축 처져 제 기능을 하지 못하는 장애인이 되었다. 장애가 너무 심한 나는 밖에 나가서 또래 아이들과 어울려 놀 수 없었기 때문에 하루를 집안에서 무료하게 보냈는데 한글을 익혀 책을 읽을 수 있게 된 후부터는 심심할 사이가 없었다. 그 당시는 책이 귀하던 시절이라서 같은 책을 여러 번 반복해서 읽을 수밖에 없었는데 그래서인지 책의 내용을 그대로 외웠고 그 내용을 부엌에서 일하는 엄마에게 이야기해 주었다. 엄마는 내 얘기를 들으며 '어쩜 그렇게 청산유

수야. 사람은 말을 잘 해야 돼.' 라며 칭찬해 주셨다. 지금 생각해 보면 엄마는 장애인 딸이 성장해서 사회에 나갔을 때 장애 때문에 무시당하는 것을 가장 걱정하셨던 것 같다. 자기 의사 표시를 분명히 하는 습관을 키워 주시려고 엄마는 다 아는 내용이지만 처음 듣는 척하며 내 얘기를 재미있게 들어주면서 자신감을 키워 주었던 것이다.

책으로 쌓은 경험

그 덕분에 나는 휠체어를 탄 장애인으로서는 최초로 방송작가로 방송 리포터로, 방송 MC로 31년 동안 일을 할 수 있었다. 내가 좋아하는 직업을 갖게 된 것은 오로지 독서 때문이다. 요즘 우리나라 독서율이 1년에 1권도 안 된다는 보도를 보며 이 시대 청춘들이 아픈 이유가 어쩌면 독서 결핍에 있다는 생각이 든다. 독서는 시간과 공간을 넘나들며 다양한 경험을 할 수 있기 때문에 요즘 사회의 스펙 쌓기 위한 자격증과는 비교도 할 수 없을 정도의 폭넓은 경력이 되고, 그 경험을 바탕으로 자신의 정체성이 형성되기 때문에 자기가 정말 좋아하는 것은 무엇이고, 따라서 가장 잘 할 수 있는 일이 무엇인지 발견을 할 수 있다. 그 발견이 바로 성공적인 삶의 시작이라고 본다.

수학 점수가 몇 점이고, 영어 점수가 향상되어 진로를 정하는 것은 매우 위험한 결정 방식이다. 어린 시절부터 독서를 하는 습관을 키우고 책을 읽는 것으로 끝나지 않고 그 내용을 말로 표현하고, 글로 정리하며 생각을 확장시켜 나가면 그것이 곧 지적재산이 된다. 그리고 성인이 된 후에는 철학서를 읽는 것이 그 지적재산을 불려나가는 증식 방법이다. 철학은 학문의 기초이다. 모든 지식을 증명해 내는데 사용되는 수학과 과학도 철학적 사고에서 출발하기 때문이다.

책을 만드는 사람

방송작가 생활 10년쯤 되었을 때 경제적인 여유가 생겼다. 그전에는 프로그램이 들어오지 않아서 걱정이었지만 경력이 쌓이자 프로그램은 밀려오는데 시간이 없어서 걱정이었다. 그 시절은 밤새워 일을 하는 날이 많았지만 힘든 줄 몰랐다. 사람들에게 인정받는 것이 기뻤다. 그때 생각해 보았다. 할 수 있는 일과 하고 싶은 일 그리고 해야 할 일이 무엇인가? 자신을 위하여 노동을 하는 것도 중요하지만 타인을 위하여 하는 일도 필요하다는 결론으로 내 수입의 절반을 내놓아도 아깝지 않은 일을 하기로 결심하고 우리나라 최초의 장애인문학지 계간 『솟대문학』을 창간하였다. 발표의 장이 없었던 장애문인들이 『솟대문학』에 시, 수필, 동화, 소설 등 다양한 장르의 작품을 보내와서 처음 계획은 200페이지 이내의 분량이었지만 300페이지가 훌쩍 넘었고 어느 때는 400페이지에 육박하였다.

책을 읽는 재미 못지않게 책을 만드는 재미도 컸다. 후배가 운영하는 장애인단체에 책상 하나를 놓고 시작한 『솟대문학』은 한 해 한 해 차곡차곡 쌓여 창간 25년이 되자 어느덧 100호가 되었다. 25년 사이에 나는 이미 나이든 작가가 되어 프로그램이 절반으로 줄었고, 정부에서 우수잡지에 주는 지원금마저 끊겨서 『솟대문학』은 100호를 끝으로 폐간되었다.

하지만 『솟대문학』의 역사는 오히려 더 빛이 났다. 『솟대문학』이 인문학 자료로서의 가치가 인정되어 미국 스탠퍼드대학교 도서관에서 한국의 장애인문학을 연구할 목적으로 『솟대문학』을 창간호부터 100호까지 구입하였다. 그때 느낀 성취감으로 나는 지금도 책을 만들고 있고 앞으로도 도서 사업에 내 마지막 시간을 바치려고 한다.

책에 길이 있다

돌아보면 나에게 책은 장애라는 감당하기 힘든 삶의 조건을 극복하게 해 준 든든한 동아줄이다. 독서를 통해 내가 살아갈 수 있는 지혜와 희망을 얻었기 때문이다. 나는 지금도 책과 함께 있을 때가 가장 편안하다. 책은 나를 늘 안전한 곳으로 안내한다는 믿음이 있어서이다. 그래서 책에 길이 있다고 자신 있게 말할 수 있는 것이다.

역사를 통해 볼 때 책이 큰 길을 만든 경우가 두 번 있었다. 첫 번째 길은 여성해방인데 그 엄청난 변화의 도화선이 된 것은 헨릭 입센의 「인형의 집」이었다. 주인공 노라의 용감한 탈출이 전 세계 여성들에게 억압되어 있던 에너지를 분출시키게 만들었다. 두 번째 길은 노예해방으로 이것 역시 해리엇 비처 스토의 「엉클 톰스 캐빈」에서 시작되었다는 것은 이미 다 알려진 사실이다. 링컨 대통령은 '스토 부인의 작은 붓이 노예해방의 위업을 이루게 했다.'고 감사의 표현을 하였다고 한다.

이 지구상에 남아 있는 마지막 해방인 소수자해방 그중에서 장애해방도 역시 책을 통해 시작될 것이라고 굳게 믿고 있다. 그런 역할을 해낼 수 있도록 작가를 발굴해서 좋은 작품을 책으로 만드는 일을 쉼 없이 할 생각이다. 책을 통해 우리 사회의 편견과 차별을 바로잡는 일을 하고 싶다.

청춘은 선샤인이다

(청춘을 응원합니다. 2018.)

청춘을 힘들게 하는 사회

어느 사회이건 사회 구성원이 공유하고 있는 문제 즉 사회문제가 있기 마련인데 요즘 우리 사회문제 가운데 가장 심각한 것은 청년 실업이다. 청년은 생애 주기에서 가장 왕성한 시기로 생산적으로 시간을 보내야 하는데 취업 준비로 황금 같은 시기를 썩히고 있다. 청년에게 가장 필요한 것은 일자리임에 분명하다. 그런데 일자리는 단순히 돈을 벌기 위한 수단이 아니다. 자신의 꿈을 이루어 가는 과정으로 사회를 이끌어 가는 리더로서의 역량을 그 시기에 갖추게 된다.

그런데 요즘의 청년은 시급을 받고 노동의 대가로 받은 일당으로 소비를 하고 있다. 제대로 된 일자리를 마련해 주지 못한 정부는 청년수당이란 얄팍한 당근을 던져 주며 기다리라는 희망 고문을 하고 있다. 이런 구조 속에서 청춘은 성장할 수가 없다. 청춘은 복지 서비스의 대상이 아니다. 청춘을 사회적 약자로 취급해서는 안 된다. 청춘은 우리 미래를 이끌어 갈 인재이다. 청년수당이란 미봉책으로 청춘의 손발을 묶어 두는 것은 대한민국의 발전을 멈추게 하는 재난이다.

우리 사회 청년의 자화상은 마치 금수저 신드롬에 빠져 있는 나약한 존재로 인식되고 있는 것이 청춘을 더 힘들게 하는지도 모른다. 부처님께서는 어느 나라에서 어느 부모에게서 어떤 성(性)으로 태어난 것은 자신의 힘으로 어찌할 수 없는 일이기에 그대로 받아들이라고 하였다. 우선 대한민국에 태어난 것은 행운이다. 그리고 이 시대에 살고 있다는 것은 더없는 축복이다. 구한말, 일제 강점기, 한국전쟁, 독재정치… 끊임없이 힘든 시대가 계속되었는데 지금은 국가 브랜드도 높고, 민주주의가 실현되었으며, 눈부신 경제성장으로 많은 것을 누리고 있다.

청춘을 힘들게 하는 사회문제는 제도가 정비되고 합리적인 정책만 마련되면 얼마든지 해결될 수 있다. 청춘에게 희망을 주는 사회를 만들 수 있다.

나의 청춘은

만약 과거 어느 시점으로 잠시 돌아갈 수 있다면 나는 망설임 없이 20대 초반을 선택할 것이다. 당시는 미래에 대한 불안으로 온갖 고민을 다 끌어안고 하루하루를 고통스럽게 보내던 암울하기 짝이 없던 시절이었지만 지금 와서 생각하면 그때 나는 너무나도 많은 것을 갖고 있었다. 우선 부모라는 든든한 후원자가 있었다. 아버지는 사업에 실패하여 가족들을 가난으로 내몬 사업 수완이 없는 분이셨지만 연탄가스를 맡고 죽어 가는 딸을 업고 병원으로 달려가서 생명을 구해 준 능력자였다. 엄마는 장애인 딸의 손과 발이 되어 준 나의 분신이었다. 당시 오빠와 언니 둘은 언제라도 동생을 위해 시간과 노력을 내어줄 준비가 되어 있던 조력자였다. 지금은 부모님과 오빠가 돌아가시고 언니 둘도 자기 가정이 있다 보니 예전처럼 무한 후원과 조력을 받을 수 없다.

　그보다 그 시절이 더 그리운 것은 그때 나에게는 청춘이라는 너무너무 귀하고, 매우매우 강력한 젊음이 있었다는 사실이다. 나는 그때 도전을 두려워하지 않았다. 아무리 높은 장벽이 가로막혀 있어도 열심히 노력하면 뛰어넘을 수 있다고 믿었다. 그래서 나는 남들이 불가능하다는 일에 도전했고 문이 열리지 않아도 돌아서지 않고 인내하며 기다렸다. 절망하지 않았고, 원망하지도 않았다. 언젠가는 반드시 꿈을 이룰 수 있다는 희망이 있었기 때문이다. 청춘은 꿈을 가질 수 있는 유일한 시기이다.

　그 시절 나는 아름다웠다. 꾸미지 않아도 예뻤다. 젊었기 때문이다. 이렇듯 청춘은 생애 가장 아름다운 시기이다. 그런데 그때는 청춘이 아름다운 줄도 몰랐고, 청춘이 힘이 센 줄도 몰랐다. 그래서 만족할 줄 모르는 교만으로 행복을 버리는 어리석음을 저질렀다. 그 시절로 돌아간다면 나는 청춘을 마음껏 즐기고 싶다.

이 시대 청춘에게

　나는 그대가 부럽네. 그대는 명석한 두뇌와 건강한 몸을 가졌기 때문이지. 그대의 머릿속에서 무엇이 창조될지 기대가 된다네. 인간의 능력은 잠재된 것이 80%에 이른다고 하니 그 잠재력이 발현되면 이 세상이 어떻게 바뀔지 상상조차 할 수 없는 일이지.

　환경이 나쁜 것을 탓하지 말게. 그대의 부모도 최선을 다하고 있다는 것을 잊어서는 안 되네. 부모는 그대를 이곳에 태어나게 해 주신 것만으로도 큰 역할을 하신 거라네. 부모 덕을 보겠다는 생각은 옳지 않다네. 완벽한 몸을 주신 것이 얼마나 고마운 일인가!

　그대는 사회적 지위를 목표로 삼지 말 것을 당부하네. 경험이 축적되어 능력이 되면 지위는 자연스럽게 따라오는 거라네. 누구는 누구 빽으로 어느 자리에 오른 것을 절대로 부러워해서는 안 된다네. 누구의 힘을 빌린 순간 그 사람에게 종속된다는 것을 잊어서는 안 되지. 자기 힘으로 이루어 내야 그 지위가 오롯이 자기 것이 되기에 소신껏 일을 할 수 있다네.

그대는 돈의 노예가 되지 않기를 바라네. 일을 하면 돈은 생기는 법인데 돈돈 하면 마치 돈을 벌기 위해 일을 하는 것처럼 되지 않겠는가? 어떤 일을 하건 처음부터 많은 돈을 벌지는 못한다네. 중요한 것은 내가 좋아서 내가 정말 잘 할 수 있는 일을 찾는 것이지.

돈은 생활을 편안하게 해 주는 방편이지 돈이 행복을 만들어 주는 것은 아니라는 사실이 작금의 현실에서 증명되지 않았나. 최고 권력자의 추락은 모두 돈 때문이지 않은가?

앞으로 우리 사회는 권력과 재력을 자랑하면 사람들의 눈총을 받게 될 것일세. 만약 권력을 자랑하면 사람들은 당신을 피할 거야. 권력은 위험한 화약고이니 말일세. 그리고 만약 돈으로 모든 것을 해결하려고 한다면 사람들은 손가락질을 할 걸세. 돈은 문제 해결은커녕 더 많은 문제를 양산시키는 독뭉치라네.

그대들이 믿을 것은 오직 하나, 그대의 젊음일세. 젊다는 것은 뭐든지 해낼 수 있는 가능성을 뜻하지. 가능성을 믿고 그대의 꿈을 베팅하기 바라네. 그대 머리 위에 햇살이 비춰지고 있는데 겁낼 것 없네. 그 햇살은 눈이 부시도록 밝아서 그대의 후광이 되고 있다네. 그대는 싱그러운 아름다움을 가진 존재이고, 무엇보다 시간이 많다는 장점을 충분히 활용하게나.

나는 그대를 믿네. 그대는 현명하여 자신의 미래를 올바르게 준비하며, 열심히 발전 동력을 가동시키고 있다는 것을 알기 때문이지. 끝으로 한

가지만 보태자면 자신의 성장이 사회 발전에 도움이 되어야 한다는 것이지. 그것을 공진(共進)이라고 한다네. 아마 우리는 북한과 함께 발전해야 평화로운 성장을 이룰 것일세. 공진이라는 화두를 갖고 미래를 향하고 있는 그대는 선샤인이라는 것을 잊지 말게나.

내가 나를 쓰다

(한국YWCA 한국여성지도자상 수상자 모음집/2013.)

탄생 티켓은 행운이다

이 세상에 태어난다는 것은 큰 행운을 얻은 것이다. 사람으로 태어나기란 쉽지 않은 일이기 때문이다. 온갖 생명들을 관장하는 것이 사람이고 보면 사람인 것만으로도 출세를 한 것이다.

일단 태어나면 사람들은 축복을 해 준다. 새 생명에 대한 신비함 때문이다. 엄마 뱃속에서 열 달 동안 사람이 되기 위해 나름대로 열심히 일을 했을 것이다. 태아도 부실하면 세상 밖으로 나오지 못하고 사라진다. 그러고 보면 태아도 살기 위해 엄마 자궁에서 얼마나 고생을 했을지 짐작이 간다.

벌거벗고 세상 밖으로 나온 순간부터 인생 마라톤이 시작된다. 사람들은 아무 죄 없는 신생아에게 아빠를 닮지 왜 엄마를 닮았냐는 등 왜 고추를 달고 나오지 그랬냐는 등 하며 자기 생각에 따라 핏덩이를 향해 비판을 쏟아 낸다. 신생아도 알게 모르게 스트레스를 받을 것이다.

울면 운다고 야단을 맞고 안 먹으면 안 먹는다고 꾸중을 듣는다. 어른들은 아기를 사랑한다고 하면서 자기네 방식대로 아기들이 따라와 주기를 바란다. 아기에게는 자기 의지대로 할 수 있는 자유가 없다.

부모를 잘 만나야지 그렇지 않으면 태어난 지 얼마 안 돼서 애물단지가 된다. 애를 키워 줄 사람을 찾지 못해 애를 끌고 닥치는 대로 이곳저곳, 이 사람 저 사람에게 맡겨진다. 맞벌이 부부가 많아지면서 어린 생명의 탄생이 가정의 부담이 되고 있다. 이렇게 신생아부터 부담스런 존재가 되니 아기들도 괴롭다.

정부는 저출산을 걱정하고 있지만 지금 우리 사회 현실에서는 맞벌이 부부들은 아기를 낳을 수 없다. 아기를 키울 수가 없는데 아기가 태어나면 직장을 그만둬야 하는데 그러면 살 수가 없는데 어떻게 아기를 가질 수 있으랴. 그래서 젊은 부부들이 임신을 뒤로 미루다가 결국 아이를 갖지 못하는 경우가 있다.

이런 사회현상 때문에 사람으로 태어날 확률이 점점 줄고 있는 것은 슬픈 일이다. 그리고 경계해야 할 일이다. 사람 사는 세상에 사람이 없으면 그 세상은 곧 폐업 신고를 할 수밖에 없다는 사실을 잊어서는 안 된다. 나라가 튼튼하려면 우선 인구가 많아야 한다. 그렇기 때문에 정부는 저출산 문제를 시급히 해결해야 하는데 그 해결 방법은 바로 안심하고 아기를 맡길 수 있는 육아 정책을 마련하는 것이다.

앞으로 아기는 부모가 키우는 것이 아니라 육아전문기관에서 전문가 손에 의해 단체로 양육될 공산이 크다. 부모는 애만 낳고 양육은 전문가가 키우는 형식이 된다면 우리 아기들이 어떻게 성장할지 궁금하다. 아마도 부모 사랑이 결여된 로봇 인간이 될 것이다. 그러면 우리 사회는 어떻게 될까? 인간미가 없어질 것이다. 생각만 해도 끔찍하다. 온 세상이 로봇처럼 내장된 프로그램에 의해서만 움직여진다면 사는 재미가 없을 것이다. 태어나는 것이 점점 고통스러워진다. 하지만 분명한 사실은 사람은 태어날 것이고 고달픈 하루하루를 살 것이다. 왜냐하면 그것이 인생이기 때문이다.

57년 전 내가 태어났을 때를 생각해 봤다. 물론 건강한 아기였다. 분명 아기가 태어났다고 좋아했을 거다. 돌떡을 담궈 놓고 돌잔치 준비를 하려고 한창 바쁠 때 체한 듯이 찾아온 소아마비가 아기의 탄생을 저주하는 듯이 사지를 흐물흐물하게 만들어 놓았다. 아직 험한 세상을 헤치고 살아갈 준비를 하지 않은 상태에서 장애라는 폭탄을 맞고 말았다. 어이없는 일이었지만 받아들여야 했고 장애라는 바윗덩어리를 지고 57년을 살았다.

그래도 사람으로 태어난 것이 고맙다. 사람이 아니었으면 이 영화 같은 인생의 희로애락을 맛보지 못했을 테니 말이다. 만약 탄생 티켓을 얻지 못했다면 무생명으로 한낱 굴러다니는 돌멩이에 불과했을 것이다. 태어난 것이 고맙고 또 고맙다. 그런데 더 이상 뭘 바라랴.

사춘기는 호강이다

지나 놓고 나니까 그때가 사춘기였구나 싶을 때가 있다. 당시는 사춘기라는 것도 몰랐다. 그저 사람들이 사춘기라고 하니까 사춘기인가 보다 하고 스스로 진단했을 뿐이다. 나의 사춘기는 고등학교 다닐 때였다.

업혀서 등교를 했다. 그 당시는 휠체어를 탈 수도 없었다. 등굣길 곳곳이 계단이었다. 그런 내 모습이 너무 창피해서 얼굴을 들 수가 없었다. 내 앞을 걸어가는 친구들 모습을 보면 너무나 단정하고 당당해 보여 내가 더욱 초라해 보였다.

감색 스커트 밖으로 나온 두 개 다리가 어쩌나 예뻐 보이던지 한없이

처다보곤 했었다. 등뒤에서 '귀희야.' 하고 부르면 내 뒷모습을 보인 것이 너무나 치욕스러워서 못들은 척하곤 했다. 나의 사춘기는 장애가 가장 부끄러웠던 시절이었다. 당시 친구들은 학원에 가서 만난 남학생 얘기를 하며 고민에 빠져 있었다. 난 친구들 연애담이 마치 소설 같아서 시리즈로 이어서 듣곤 했다. 내가 너무 열심히 들으니까 자리에서 일어나 몸짓까지 재현을 하면서 정말 영화처럼 얘기를 해 줬다.

그 얘기를 들으면서 나도 그런 연애를 해 보고 싶다는 생각이 들지는 않았다. 나하고는 전혀 상관없는 일인 것 같아 그저 듣는 것에 만족했는지도 모른다. 난 지금도 남의 얘기를 잘 듣는데 그때 생긴 버릇인 듯싶다.

사춘기의 방황도 사실은 호강이다. 방황을 할 수 있는 여건이 마련되니까 또 방황을 해도 괜찮을 정도로 여유가 있으니까 고민하고 갈등하는 것이기 때문에 나는 사춘기를 고통의 시기라고 보지 않는다. 오히려 인생의 맛을 느끼기 시작하는 시기이다.

그 전에는 인생이 뭔지 모른다. 그저 하루하루 주어진 숙제를 수행하는 것이지 자기 존재감에 대한 의문이 생기지 않는다. 그래서 지독히 슬프지도 엄청나게 기쁘지도 않다. 그저 본능적인 감정만 느낄 뿐이다. 그러다 사춘기에 그 해답을 찾으려고 머리를 쥐어짠다.

하지만 해답을 찾지 못한 채 감기가 낫듯이 사춘기 바이러스가 가라앉는다. 나는 사춘기를 너무 외롭게 보냈다. 멀리서 통학을 하기 힘들어서 학교 앞에 방 한 칸을 얻어 언니와 자취 생활을 했다. 엄마가 아침에 밥을 갖고 오시는 것으로 하루가 시작되고 다시 저녁을 지어 갖고 오시면 저녁밥을 먹는 것으로 하루 일과가 끝났다. 정말 단순한 생활이었다. 집이 걸어서 가도 되는 지척에 있었건만 난 학교 등하교 문제로 집을 떠나 있었다.

언니 둘이 나 때문에 교대로 자취방에서 잠을 자야 하는 세월을 보냈다. 지금 생각하면 너무나 고통스런 시절이었다. 항상 집이 그리웠다. 온 가족이 다 모여 식사를 하고 싶었다. 하지만 기다리고 기다리던 주말이 되어 집에 가면 공연히 심통을 부렸다. 엄마가 좋아하시는 화초 잎을 다 따 놓기도 했고 집에서 키우던 누렁이를 이유 없이 때리기도 했다. 얌전한 여자아이였던 나는 그런 행동들로 나의 반항심을 드러냈다.

그 당시 내가 원하는 것은 그리 많지 않았다. 엄마의 손에서 벗어나 영화관에 가서 개봉 영화를 보고 싶고, 학교 앞 분식집에서 떡볶이에 만두를 시켜 먹고, 버스를 타 보고 싶은 정도였다. 그때는 내 미래가 어떻게 될지에 대한 고민은 없었다. 공부를 열심히 해서 성적만 좋으면 내 미래는 내가 선택할 수 있다고 믿고 있었다. 그래서 난 내가 선택할 수 있는 다양한 세상을 상상하면서 종이인형에 예쁜 옷을 갈아입히며 멋진 세상을 혼자 펼쳐 가면서 청소년기를 보냈다.

기쁨을 맞이할 준비

슬픔 앞에서 침착하기가 힘들다. 가슴이 두근거리고 온몸에 힘이 쫙 빠지고 머릿속이 진공상태가 된다. 슬픔은 사람을 허둥대게 만든다. 살다 보면 크고 작은 슬픔들을 만나게 된다. 사람이 죽기도 하고 병들기도 하고 시험에 낙방하기도 하고 직장에서 쫓겨나기도 한다.

이런 큰 슬픔이 아니더라도 사소한 작은 슬픔들이 끊임없이 우리를 공격하고 있다. 슬플 땐 그것이 전부라고 생각한다. 그래서 모든 것이 끝났다고 판결 내린다. 하지만 지나 놓고 나면 그 슬픔은 기쁨으로 가기 위한 다리 역할을 했다는 것을 알 수 있다.

나의 오늘이 있게 한 계기는 대학을 수석으로 졸업하면서 각종 매스컴에 소개됐던 것인데 그렇게 매스컴에서 관심을 가진 이유는 1981년이 유엔이 선포한 세계장애인의 해였기 때문이다.

내가 1981년에 졸업을 한 것은 1년 휴학을 한 덕분이다. 제대로 졸업을 했다면 1980년인데 만약 그해 졸업을 했다면 언론의 주목을 받지 못했을 것이다. 당시 정치적 상황이 어수선했을 뿐 아나라 세계장애인의 해라는 이슈거리도 없었으니 말이다.

난 대학을 어렵게 들어가 놓고도 1년 만에 휴학을 해야 했다. 당시 가정 형편이 극도로 나빠졌을 때라 언니와 나 둘을 대학에 보낼 형편이 아니었다. 그때 가족들은 졸업반인 언니가 계속 학교에 다니고 나는 1년을 쉬는 것으로 결론을 내렸다. 말이 1년 휴학이었지 우리 형편상 다시 복학을 한다는 것이 불투명했다. 그래서 휴학계를 내는 날 얼마나 눈물을 쏟아 냈는지 모른다.

남아선호사상이 깊었던 당시 여자라는 사실 하나만으로도 불리했는데 거기다 중증의 장애까지 갖고 있던 나를 가르치느라고 오빠(아버지를 가리킴) 등골 빼먹는다고 고모가 엄마한테 싫은 소리를 할 때마다 엄마는 스스로에게 다짐이라도 하듯 이렇게 말씀하셨다.

"내가 뼈가 으스러지는 한이 있더라도 너는 끝까지 가르칠 거야. 그러니까 너도 정신 똑바로 차리고 공부 열심히 해."

막상 휴학을 결정할 때 엄마는 아무런 말도 하지 않았지만 아버지는 '걱정하지마.' 라고 아주 짧게 위로와 희망을 주셨다. 나는 아버지가 약속을 지키실 것임을 알고 있었다. 휴학 기간 동안 정말 단 한 번도 외출을 하지 못했다. 중·고등학생들을 가르치는 과외를 하며 용돈을 조금씩 벌며 1년을 정말 힘들게 보냈다.

그런데 그런 슬픔이 3년 후에 대학 수석 졸업으로 이어졌고 그 덕분에 방송국에서 일을 하게 됐으니 지금 생각하면 슬픔 속에서 큰 행운이 만들어지고 있었다는 말이 틀리지 않는다.

나는 지금도 경험하고 있다. 힘든 일을 겪을 때 행운도 같이 만들어지고 있음을 말이다. 그래서 이제는 슬픔이 두렵지 않다. 슬픔은 곧 기쁨의 전조 현상일 뿐이다. 그래서 기쁨을 맞을 준비를 해야 하는데 우리는 슬픔에 허둥대느라고 그런 생각을 하지 못한다. 물론 슬플 때는 몸도 마음도 많이 힘든 것은 사실이다. 하지만 힘들다고 포기해서는 안 된다. 그럴 때일수록 기쁨을 맞이할 준비가 필요하다.

하지만 우리는 곧잘 슬픔에 억눌려 옴짝달싹 못한다. 슬픔에 치어 기쁨을 생각할 여유가 없다. 이것이 우리가 갖고 있는 고통이다. 이 고통을 줄여 가기 위해서는 슬플 때 기쁨을 준비해야 한다.

완성은 동그라미

우리는 뭔가를 빨리 완성시켜야 한다는 초조한 생각을 하고 있죠?
하지만 완성이란 서두른다고 이루어지는 것이 아닙니다.
완성은 성숙해 가는 과정이지 성공을 뜻하는 것은 아닌데요.
사람들은 완성을 성공으로 생각하기 때문에 완성에 초조해합니다.
완성은 탑을 쌓는 것이 아니라 동그라미를 그리는 것이 아닐까 해요.

이것은 방송 오프닝 멘트인데 내가 써 놓고도 내가 감동한다. 완성은 높이 쌓는 탑이 아니라 동그라미를 그리는 것이다. 방송인 김제동 씨가 2006년 연예대상에서 상을 받고 수상 소감을 이렇게 말했다. "초심을 잃지 않겠다. 그래야 돌아갈 자리가 있기 때문이다." 너무 멋있는 말이다.

초심을 잃지 않겠다는 말을 많이 한다. 하지만 그 이유에 대해 설명하는 사람은 흔치 않다. 김제동은 지금 누리고 있는 인기가 영원하지 않다는 것을 알고 있다. 언젠가는 돌아가야 한다는 것을 안다. 그래서 처음 시작한 자리로 돌아가기 위해서 초심을 잃지 않겠다고 한 것이다.

이 말로 완성은 동그라미라는 것을 알 수 있다. 사람은 항상 돌아갈 곳을 마련해야 한다. 인생은 마냥 앞으로만 나갈 수 없도록 되어 있다. 언젠가는 되돌아와야 하는데 마치 다시는 보지 않을 것처럼 도망치듯이 달려간다. 이렇게 앞만 보고 달린 사람들은 돌아갈 때가 되면 갈 길을 찾지 못해 참담해진다.

나도 요즘은 되돌아갈 때가 된 것 같아 마음의 준비를 한다. 앞으로 더 가면 무슨 좋은 일이 있을 것만 같아 조금 더 조금 더 발을 내딛고 있지만 그 좋은 일은 돌아가는 길에도 생길 수 있을 것이란 믿음이 생겼다.

인생의 동그라미를 완성시키는 것은 성공이 아니라 성숙이란 말도 새겨볼 필요가 있다. 성숙은 조바심을 낸다고 되는 일이 아니고 보면 우리가 성공을 재촉하는 것은 인생의 완성이 아니라 불안한 미완성으로 끝날 공산이 크다.

우리는 성공한답시고 벌여 놓은 일들을 미완성인 상태로 방치하고 있다. 그러고는 '공든 탑이 무너졌다'느니 하며 실패를 안타까워한다. 하지만 탑은 무너지지 않았다. 왜냐하면 원래 탑이 없었기 때문이다.

인생은 동그라미여서 언제라도 그 자리에서 시작하면 완성할 수 있다. 그런데 완성이 동그라미라는 사실을 모르기 때문에 힘들어 한다. 자꾸자꾸 높이높이 쌓아올리려고 하고 자꾸자꾸 빨리빨리 서두른다. 이것이 고통의 원인이다. 완성은 성숙이고 완성은 동그라미라는 사실만 안다면 우리는 얼마든지 여유로울 수 있다.

능력은 의지가 만든다

사람은 누구나 능력을 갖고 있다. 그래서 일을 시켜 주면 잘 할 수 있다. 하지만 일할 수 있는 기회가 주어지지 않는다. 왜냐하면 기회란 손놓고 기다리는 사람에게는 오지 않기 때문이다.

간혹 방송국에서 일을 하고 싶다고 목을 메는 사람들이 있다. 그래서 무슨 일을 하고 싶냐고 물으면 시켜 주는 일이면 뭐든지 다 하겠다고 대답한다. 피디도 할 수 있고 MC도 할 수 있다고 자신감 넘치게 말한다. 하지만 피디가 하는 일과 MC가 하는 일은 다르기 때문에 두 가지 일을 다 할 수 있다는 것은 설득력이 없다. 그런 대답을 하면 그 사람에게는 아무런 일도 맡겨지지 않는다.

자기가 정말 잘 할 수 있는 일 한 가지를 골라서 그 일에 대한 정보를 수집하고 어느 정도 공부를 한 다음 부탁을 해야 그 사람의 능력에 신뢰가 생기는 것이다. 그리고 자기에게 재능이 있다는 것만 열거하는 사람이 있다. 뭐도 잘 할 수 있고 뭣도 잘 할 수 있다고 말한다. 하지만 그것을 하기 위해 어떤 노력을 했는지에 대해서는 아무런 말도 하지 못한다.

재능은 그냥 발휘되는 것이 아니라 갈고 닦는 노력이 있어야 한다. 그런데 그런 노력은 다름 아닌 의지에서 나오는 것이다. 사람들은 내가 능력이 있다고 칭찬한다. 방송작가 31년, 박사 학위, 대통령문화특별보좌관… 이런 경력들로 그렇게 평가하는 것이다. 경력은 그냥 생기는 것이 아니기에 능력이라고 할 수 있다. 그런데 그 능력은 타고난 것이 아니라 자기 자신이 만든 것이다.

내 이력서에는 고등학교 수석 입학, 대학교 수석 졸업이란 조금은 근사한 수식어가 따라붙는다. 그렇게 될 수 있었던 것은 공부하고 싶은 의지 때문이었다. 내 어린 시절에는 건강한 아이들도 고등학교만 졸업하는 것이 보통이었고, 장애아동은 아예 학교에 보내지 않았다. 엄마도 가끔 한숨을 내쉬시며 '공부 못하면 학교 안 보낼 거야.' 라고 학업을 독려하셨는데 그 당시는 그 말이 협박처럼 들렸다. 내가 학교에 계속 다닐 수 있는 방법은 시험 성적이 좋아서 칭찬을 받는 것밖에 없었다. 학교에 업어다 주지 않으면 학교에 갈 수 없는 처지라서 공부에 대한 의지를 불태우며 학창 시절을 보냈다.

사람들은 내가 어떻게 방송작가로 KBS에서 30년 넘게 일을 할 수 있었는지 궁금해한다. 사실 대학을 졸업할 즈음 고민이 너무너무 많았다. 아무리 학점이 좋아도 이력서 한 통 내지 못하고 있었다. 궁여지책으로 대학원에 진학을 했지만 그 당시 나한테 가장 절실했던 것은 직업이었다.

대학을 수석으로 졸업하게 된 덕분에 방송 출연을 몇 차례 하게 됐는데 나는 방송에서 내 존재감을 드러내기 위해 열심히 준비했고 똑같은 얘기를 반복해야 하는 인터뷰 요청에 감사히 응했다. 그리고 방송에서 칼럼을 쓸 수 있겠느냐는 제안을 망설임 없이 받아들였다. 주저한다는 것은 기회를 반감시키는 행동이라고 생각했다. 일단 수용하고 열심히 노력하면 안 될 일이 없다고 믿고 있었다.

방송에서 작은 역할을 하게 된 나는 그곳에서 내가 할 수 있는 일이 무엇인지를 찾아보았다. 바로 구성 원고를 쓰는 방송작가였다. 나는 발견 즉시 공부를 시작했다. 방송을 마치고 나면 MC들은 방송 원고를 자리에 그대로 두고 가거나 스튜디오 안에 있는 휴지통에 버리는 것을 보고 그것을 주워 왔다. 그 원고와 방송을 대조해 가며 방송원고 쓰는 방법을 익혔고, 이렇게 쓰면 더 멋있겠다 싶어 다시 써서 책상 서랍 속에 넣어 두었다.

그 원고들이 쌓여 갈 무렵 내가 대타로 원고를 쓰게 되는 기회가 생겼고, 대타 역할을 잘 하자 대타 일이 반복되었고 그러면서 어느덧 나는 방송작가란 직업을 갖게 되었다.

30년쯤 세월이 지나자 정말 우연히 정부 그것도 청와대에서 일을 할 수 있는 기회가 찾아왔다. 사람들은 오른쪽 손 하나밖에 사용할 수 없는 중증장애인인 내가 어떻게 대통령문화특보로 임명이 되었는지 몹시 궁금해 했다. 나도 내가 어떻게 발탁이 됐는지는 모른다. 하지만 그 이유는 안다.

첫째, 꾸준히 능력을 개발하며 열심히 일했기 때문이다. 둘째, 돈이나 명예보다는 선한 공익을 소중히 여겼기 때문이다. 셋째, 이익에 따라 사람을 배신하지 않고 한결같이 사람을 신뢰했기 때문이다. 이것이 소위 소신이라고 말하는 나의 의지이다.

이런 의지 덕분에 난 장애라는 큰 단점이 있음에도 불구하고 공동체에서 함께 일할 수 있다고 인정받았다. 세상은 드러나지 않은 능력까지 봐줄 수 있을 만큼 친절하지 않다. 자신의 능력은 자신이 드러내 보여야 한다. 아직 하지 않아서 그렇지 '하면 잘 한다'는 것은 쓸데없는 객기이다. 세상은 인정된 사실만 받아들인다. 인정되지 않은 사실로 기회를 주지 않는다. 세상이 자기한테 기회를 주지 않는다고 한탄할 것이 아니라 먼저 도전하지 않은 자기가 얼마나 무능한가를 깨달아야 한다.

나는 지금도 도전하고 있다. 실패할지라도 쉼 없이 도전하는 것이 나의 인생 목표이다. 왜냐하면 도전은 창조이기 때문이다. 창조적인 삶에는 아픔조차도 빛이 난다.

나는 작가다

(생활의 발견/2012.)

　좋은 사람들과 술잔을 기울이며 세상 돌아가는 얘기를 나눌 때는 늘 스피노자를 떠올렸다. -내일 지구의 종말이 온다 해도 나는 지금 이 자리에 충실 하겠다- 하며 내일 방송 원고를 고민하는 것은 작가답지 않은 발상이라고 애써 부담감을 덜어내려 했다. 집에 들어와서도 '좋은 원고를 쓰기 위해서는 일단 자야 한다. 새벽 4시에 일어나 맑은 정신으로 쓰자.' 하며 프로그램의 질을 위해 내 몸을 침대에 뉘였다.

　알람 소리에 벌떡 일어나 얼음물을 벌컥벌컥 마시고 원고를 쓰기 시작하면 스태프들과 약속한 시간에 그날 방송될 원고를 보낼 수 있었다. 밤마다 계속되는 작업, 남들은 퇴근하면 일로부터 해방이 되는데 우리는 낮에는 섭외하느라고 있는 아양 없는 아양 다 부리다가 남들이 편히 쉴 시간에 다시 일을 시작해야 하는 방송작가의 삶이 고단하기만 했다.

　방송작가 31년, 시간은 31년이나 훌쩍 지나갔지만 난 항상 그 자리에 있었다. 지위도 명예도 경력도 모든 것이 그대로였다. 난 그동안 무엇을 했나? 난 앞으로 무엇을 할 수 있을까? 아니 내가 얼마나 버틸 수 있을까? 이런 질문들을 수없이 쏟아 냈지만 난 답을 찾지 못해 방황하며 내 삶에 좌절하고 있었다.

그럴 때 변화의 기회가 찾아왔다. 바로 대통령문화특별보좌관이었다. 내 삶에 많이 지쳐 있었고, 나 개인이 아닌 장애인에게 온 기회이기에 나는 그 일을 뿌리치지 못했다. 남들은 청와대에서 일을 한다고 권력인 양 여겼지만 나는 저녁때 원고를 쓰지 않아도 된다는 해방감에 날아갈 듯하였다. 내일 원고 때문에 고민하지 않아도 되는 첫날 나는 만세라도 부르고 싶었다.

하지만 그 자유에 대한 기쁨은 채 일주일도 가지 않았다. 눈동자를 이리저리 굴리며 검색을 하지 않자 내 머릿속이 비어지는 것을 느꼈고 고통스럽게 한 자 한 자 써내려 가던 원고 작업이 나에게 얼마나 큰 행복을 주었는가를 깨달았다. 내가 힘들다고 말한 건 애정 어린 투정이었고 내가 정말 하고 싶었던 일은 다름 아닌 작가였다는 사실을 알았다.

내 인생의 60%는 방송작가였기에 나의 정체성은 작가이다. 지금은 잠시 다른 직함으로 살고 있지만 나는 영원히 작가이다. 그런데 방송작가는 방송뿐만이 아니라 사회 곳곳에서 적용이 된다. 특히 청와대 업무는 모든 것이 생방송 같은 긴장감이 있다. 방송에서의 실수는 사고이듯이 대통령과 관련된 일은 작은 실수도 대형 사고가 된다. 모든 것을 완벽하게 하기 위해 철저히 준비하고 또 준비한다.

나는 지금도 방송 중이다. 출연자와 스튜디오가 달라졌을 뿐이다. 방송 경력 31년이 지금 그 저력을 발휘하고 있다. 만약 방송작가를 하지 않았더라면 나는 지금의 일을 감당하지 못했을 것이다.

휠체어를 사용하는 중증장애인 나는 삶 자체가 도전이었다. 남들은 아무렇지 않게 해치우는 일들을 나는 어렵게 어렵게 해야 한다. 그런 고통을 감당하기 버거워 그냥 모든 것을 놓아 버리고 싶은 순간도 있었다. 추락해서 벗어 버리면 차라리 편할지도 모른다는 생각이 들었다. 하지만 나는 그렇게 하지 못했다. 왜냐하면 나는 작가이기 때문이었다.

작가란 희망을 만드는 사람이다. 불행해지기 위해 글을 쓰는 사람은 아무도 없다. 작가는 무한한 상상력을 통해 인간이 어떻게 하면 행복해질 수 있는지를 스스로 깨닫게 해 주기 위해 아름다운 스토리를 만들어 내는 이야기 생산자이다.

그래서 나는 지금도 상상을 한다. 〈불후의 명곡〉을 휠체어를 탄 MC가 진행하고 〈댄싱 위드 더 스타〉 프로그램에 휠체어댄서 김용우가 아름다운 여자와 춤을 추는 모습을 그리고 〈1박 2일〉에 강원래가 투입되는 것을 또 드라마 〈신사의 품격〉에 장동건이 좋아하는 여자가 휠체어를 타고 도도하게 사랑을 가꾸어 가는 모습을… 이렇게 나의 상상은 꼬리에 꼬리를 물고 이어져 간다.

이런 상상을 현실로 만들어 놓고 싶다. 그러기 위해선 지금의 나의 역할에 최선을 다 해야 한다. 그래야 세상을 바꾸는데 일조를 할 수 있다. 내 인생의 전부였던 방송작가 생활이 얼마나 소중한 일이었는지를 깨닫는 것은 내 인생을 값지게 해 주는 커다란 발견이었다.

'결혼해야죠?' 라고 물어주세요

(「휴먼필」/2012.)

EX
IN

  요즘 장애인차별이 화두이다. 장애인 당사자 입장에서는 심정적으로 차별을 당하고 있다고 생각하고 있지만 비장애인 입장에서는 장애인을 차별했다는 생각이 전혀 없다. 왜냐하면 우리나라의 차별은 고의성이 별로 없기 때문이다. 그저 장애인에 대해 갖고 있는 생각 즉 인식이 하나의 편견으로 굳어졌고 그 편견 때문에 자기도 모르게 차별 행위가 된 것이다.

  그래서 장애인차별금지법으로 장애인을 차별하면 벌금을 문다거나 징역을 산다는 정부 발표에 대해 몹시 황당해한다. 그런데 황당한 것은 비장애인뿐만 아니라 장애인도 마찬가지이다. 장애인에게 어떤 차별을 받았는지 사례를 들어 설명해 달라고 하면 말을 하지 못한다. 장애인차별에 대한 객관적인 기준이 아직 마련되지 못했기 때문이다. 장애인차별은 상황에 따라 느낌이 다르다. 한마디로 심증적인 측면이 강하다. 그래서 장애인차별을 이해하려면 우선 장애에 대해 알아야 하고 장애인문제에 관심이 있어야 한다.

우리집엔 딸이 셋이다. 그중 내가 막내딸이다. 큰언니가 대학을 졸업할 때쯤 돼서부터 우리집에 당시 표현으로 중신 할매들이 드나들었다. 중신 할매는 아직 대학에 다니고 있던 둘째 언니까지 눈독을 들였다. 둘째 언니는 무용을 전공하고 있었기 때문에 내가 봐도 예뻤다.

그런데 중신 할매는 단 한 번도 막내딸도 중신하겠다는 말을 하지 않았다. 중신 할매는 장애인인 나는 당연히 결혼을 할 수 없는 사람으로 여겼기 때문이다. 중신 할매뿐만이 아니라 우리 가족들 누구도 내 결혼 문제에 대해서는 언급조차 하지 않았다.

그러다 드디어 이런 사건이 발생했다. 1981년 UN이 정한 세계장애인의 해에 마침 대학을 수석으로 졸업하게 된 덕에 그 당시 아주 인기 있는 KBS TV 프로그램 〈8시에 만납시다〉에 출연을 하게 됐다. 우리 학교 학과장 교수님과 우리나라 장애인 대모인 정립회관 황연대 관장님이 함께 패널로 나왔다. 김재원이라는 유명한 여성지 〈여원〉 대표가 사회를 보고 있었는데 사회자가 우리 교수님께 물었다.

"교수님, 방귀희 씨가 결혼을 할 수 있을까요?" 그 질문에 대한 우리 교수님 답변은 "결혼을 안 할 겁니다."였다. 그 말에 바로 황 관장님이 직격탄을 날렸다. "왜 결혼을 못한다고 생각하세요." 내 결혼 얘기로 설전이 오고 갔다. 난 오고 가는 말을 들으며 그저 웃고 있었다. 생방송이라 그날의 해프닝은 그대로 시청자에게 전달됐다.

방송이 끝난 후 우리는 머쓱해서 서로 인사도 건네지 못했다. 교수님은 내가 결혼을 하지 않고 사회를 위해 큰일을 할 것이란 얘기를 하려고 했었다며 자신의 깊은 뜻을 모른다고 불쾌해했고 황 관장님은 장애인은 무조건 아무것도 못한다는 생각을 갖고 있다고 장애인에 대한 편견적 사고에 분개했다.

다음 날 신문에서 사회자가 사려 깊지 못해 장애인에게 깊은 상처를 주었다는 논평과 함께 방송국으로 항의 전화가 빗발치듯 걸려 왔다는 기사를 읽었다. 시청자들이 사회자의 사과를 요구했다는 내용도 있었지만 사회자나 제작진으로부터 그 어떤 전화도 받지 못했다.

나도 31년 만에 처음으로 공개하는 내용이다. 이런 해프닝이 일어난 것은 장애인에 대한 잘못된 인식을 갖고 있기 때문이다. 당시 대학을 졸업하는 여대생에게 하는 인사말은 "이제 좋은 사람 만나서 시집가라."였는데 사회자는 휠체어를 타고 출연한 여대생에게 갑자기 궁금해진 것이었다. 아무리 똑똑하다 해도 밥도 할 수 없고 아이를 낳아 키울 수도 없는 여자를 어느 남자가 데려다 살까 싶었던 것이다. 그런데 사회자는 내 결혼 문제를 나에게 묻지 않았다. 여성장애인의 의사는 들어볼 필요도 없었던 것이다. 이것은 명백한 차별이다.

이 사건이 지금 발생했다면 국가인권위원회에 진정을 하고 더 나가 장애인차별금지법에 의해 법적인 절차를 밟았겠지만 당시는 장애인의 차별이 인정되지 않았던 터라 그냥 개인적인 문제이기에 언제나 그러하였듯이 참고 그냥 넘어갈 수밖에 없었다.

이쯤에서 독자들이 궁금해질 것이다. 도대체 그 후 '결혼을 했다는 거요 못했다는 거요'라고 묻고 싶을 텐데 결론만 말하면 나는 결혼을 하지 못했다. 이것이 한국 사회에서 여성장애인이 겪고 있는 차별이다. 열심히 공부하면 학교는 갈 수 있다. 남보다 두 배, 세 배 노력하면 직장 생활도 할 수 있다.

하지만 결혼은 혼자서 하는 것이 아니기 때문에 노력해서 될 문제가 아니다. 사회 인식이 변하지 않는 한 장애인 특히 여성장애인은 결혼에 차별을 받고 있다. 장애인의 차별 문제는 장애인의 결혼에 장애가 문제가 되지 않을 정도가 되면 해결이 된다고 본다.

　눈에 띄는 장애로 사람을 판단하기 때문에 사람들 눈에 장애가 크게 보이는 것이다. 사람 자체로 보면 장애가 큰 문제가 되지 않는다. 장애인이 자기와 다르다는 생각을 버리면 장애인차별 문제는 쉽게 해결될 수 있을 것이다.

행복을 파는 여자

「그래도 행복해지기」/2011.)

나 걸어 다니는 사람이야

어렸을 때는 항상 식구들이 버글거렸다. 명절이나 아버지 생신에는 친척들이 다 몰려와서 사람에 치였다. 작은 방에 겹겹이 둘러앉아 떡 한쪽을 나눠 먹으면서도 뭐가 그리도 즐거웠던지 웃음소리가 끊이지 않았다.

지금은 방도 넓고 먹을 것도 많아졌는데 사람이 없다. 아버지, 엄마 차례로 돌아가시고 형제들은 외국에, 지방에 각각 흩어져 산다. 명절이 되도 서로 만날 수가 없다. 나에게 가족은 가족 이상의 의미가 있었다. 씻고, 머리 빗고, 밥 먹고, 대소변 보고 하는 모든 일상생활을 형제들이 한가지씩 나눠서 했기 때문에 어린 시절 나는 장애 때문에 크게 불편한 줄몰랐다. 오빠, 언니들은 당연히 나를 돌봐주기 위해 태어난 존재인 양 생각했다.

그래서 나는 그들에게 늘 명령했고 마음에 들지 않으면 그 자리에서 징벌 조치를 취했다. 첫 번째 징벌은 엄마한테 일러서 야단을 맞게 하는 것이고, 그것이 별 효과가 없을 때는 두 번째 단계로 아버지에게 고해 몽둥이로 다스리게 하는 방법이었다. 우리 형제들은 막내가 중중의 장애를 갖게 된 후 그렇게 시녀처럼 살았지만 한번도 저항하지 않았다. 나는 우리 집안의 제왕이었다.

그런 좋은 시절을 보내고 지금은 중국 할머니가 씻기고 옷 입히고 밥 차려 주는 일을 한다. 중국 할머니는 그런 일을 할 때마다 생색을 낸다. 보수를 받고 일을 한다는 생각을 전혀 하지 않고 장애인이 자기에게 의지해서 살고 있다고 믿고 있다. 처음에는 그런 태도가 못마땅하고 바로잡아 줘야겠다고 생각했지만 할머니의 그런 태도는 우리보다 뒤떨어진 중국 연변 사람들이 갖고 있는 의식 수준 때문이란 것을 알았다.

할머니가 내 앞에 자랑하는 것이 하나 있는데 그것은 바로 자기는 걸어 다니는 사람이란 사실이다. 일요일이라 늦잠을 자고 싶은데 밥을 너무 빨리 차려 식사를 독촉하기에 배고프지 않다고 하면 이렇게 말한다 "나는 걸어 다녀서 소화가 금방 돼요. 걷지 못하니까 소화를 못 시키는 거예요."

옷을 입히면서 늘 똑같이 반복하는 말은 '이런 옷은 걸어 다니는 사람이 입어야 어울려요.' 라는 것이다. 할머니가 자신의 자존심을 지키기 위해 내미는 카드가 바로 걸어 다니는 사람이다.

할머니는 그 말을 '나 이대 나온 여자야.' 로 사용한다. 얼마나 자랑할 것이 없으면 걸어 다니는 것을 저토록 당당히 부르짖을까 싶어서 이제는 재미있게 듣고 있다. 그 말을 할 때 할머니는 가장 행복한 표정을 짓는다. 월급을 받을 때보다 더 행복해한다. 그 행복은 내가 아니면 줄 수 없는 것이기에 나는 정말 하찮은 일로 사람들을 행복하게 만드는 재주가 있다고 자부하게 된다.

그런데 사실 걸어 다니는 것은 자랑할 만한 일이다. 사람들은 그 사실을 모르기 때문에 행복을 조금 깎아내고 말았다. 지금부터라도 걸어 다니는 것에 고마움과 행복을 느끼시길…….

부인을 안심시키는 여자

이런저런 일로 술자리가 많다. 취기가 올라와 한참 기분이 좋아지고 있을 때쯤 어김없이 핸드폰 벨소리가 울린다. 놀란 토끼처럼 눈동자를 요리조리 굴리며 남자가 전화를 받는다.

"어, 회식 끝나고 2차로 맥주 한잔 하고 있어."

"뭐라구? 여자 소리가 난다구? 여자가 어딨어."

아마 부인이 여자 소리를 문제삼는 모양이다.

"아, 아, 방귀희. 방귀희야. 당신도 알지, 내가 말했었잖아."

방귀희란 말에 여자가 안심하고 전화를 끊었다. 여자는 왜 안심을 했을까? 그것은 내가 휠체어를 탄 장애인이기 때문이다. 그 여자는 장애가 있는 여자는 여자가 아니라는 판단을 한 것이고 자기 남편이 흑심을 품을 대상도 아니라고 자신감이 생겼던 것이다.

그 여자의 태도 못지않게 그 남자의 태도도 문제다. 그 자리에는 나 말고도 다른 여자가 있었건만 내 이름을 댄 것은 그래야 자기 부인이 의심을 하지 않을 것이라고 판단했던 것이기 때문이니 말이다.

여성장애인을 성적인 존재로 생각하지 않는 것이 우리 사회이다. 한 유명한 여류 수필가가 인터뷰 기사를 쓰기 위해 나를 찾아온 적이 있었다. 그녀는 아주 조심스럽게 물었다. "이런 질문이 어떨지 모르지만 방귀희 씨도 사랑의 경험이 있나요?"

우리 사회 지성인이란 사람도 장애인은 비장애인과 다르다는 생각을 갖고 있다. 난 그분에게 실망했다기보다는 지성인도 별반 다를 것이 없다는 사실에 자괴감이 들었다.

"그럼요. 사랑은 본능인데요. 지금도 사랑해요."

여자들 몇 명이 만나 남자 배우들 얘기를 할 때도 은연중에 사람들은 나는 자기들이 좋아하는 남자 배우를 좋아한다는 사실을 이상하게 생각한다.

"너두 현빈 좋아해?"

여성장애인은 보통의 여자들이 갖고 있는 이상형과 다를 것이란 생각을 하는 것이다. 그래서 나는 그런 대화에 더 열을 올린다. 내가 대화에 끼어들어 호들갑을 떨지 않으면 나는 아니 여성장애인은 남자에게 관심이 없다는 편견을 더 굳히게 하기 때문이다.

이런 편견 때문에 언제부터인가 나도 표현이 과감해졌다. 우연히 문단 사람들과의 자리에 동석을 하게 됐다. 나이가 지극한 남자 시인이 거나하게 취해서 나에게 물었다.

"섹스는 돼냐?"

그 시끄러운 술집에 일순간 정적이 흘렀다. 술이 덜 취한 사람들이 너무 미안해서 어쩔 줄 몰라했다. 나는 승부차기를 하는 키커가 된 기분이었다. 내 앞에는 지독한 편견이란 공이 놓여 있었다. 이 공을 실패하면 나는 무성의 인간이 될 절체절명의 위기 상황이었다. 이 위기를 슬기롭게 넘겨야 여성장애인이 보통의 여자들과 다르지 않다는 것을 증명해 보일 수 있기 때문에 나는 결기 있게 외쳤다.

"헐쳐!"

난 보기 좋게 승부차기를 성공시켰다. 맥주잔을 부딪치며 브라보를 외쳤다. 그날 이후 한동안 내 별명이 "헐쳐!"였다.

하지만 지금은 그때의 오기가 많이 누그러들었다. 직장에서 시달리고 집에 가면 부인에게 또 들볶이는 우리나라 중년 남성에게 내가 그들의 부인을 안심시켜 주는 역할을 할 수 있다면 그것도 큰일이란 생각이 든다.

부인를 안심시키는 여자, 그것이 내가 가장 잘할 수 있는 일이다.

가방 지켜 주는 여자

초등학교 고학년부터 고등학교 졸업할 때까지 나는 가방 지키는 아이였다. 체육 시간에 운동장에 나가지 못하는 나는 늘 텅 빈 교실에 혼자 남아 있었다. 아이들은 체육복을 갈아입으며 한마디씩 했다.

"귀희 너는 좋겠다."

아이들은 진정 나를 부러워했다. 뙤약볕에서 운동을 하는 것이 괴로웠던 것이다. 하지만 난 그런 아이들이 부러웠다.

'내 가방 잘 지켜줘.'라며 가방을 아예 내 책상 위에 갖다 놓고 가는 아이들도 있었다. 아이들이 나간 지 30분 정도가 지나면 길고 두꺼운 몽둥이를 든 생활지도부 선생님이 순시를 한다. 난 선생님 눈에 띄지 않으려고 몸을 잔뜩 웅그리고 숨을 숨인다.

"넌 뭐야?" 선생님의 커렁커렁한 목소리가 교실 안의 적막을 난타한다.

"가방 지키고 있는데요." 선생님의 목소리와는 정반대의 작고 자신감 없고 비굴함까지 묻어 있는 내 목소리가 나를 초라하게 만들었다. 난 그때 왜 내가 장애인임을 당당하게 밝히지 못했는지 모르겠다. 사춘기 시절 장애인이라서 체육 수업을 받으러 운동장에 나가지 못하는 것이 너무도 수치스런 낙인이라 가방 지키고 있는 아이로 봐주길 원했었다.

그런데 가방 지키기는 대학생 때도 지금도 계속되고 있다. 대학 다닐 때 친구들과 고고장을 찾으면 친구들은 중고등학교 체육 시간처럼 나한테 말한다. '우리 나갔다 올 테니까 가방 좀 봐줘.'라고 말이다.

얼마 전에 이런 일이 있었다. 정말 모처럼 친구들과 클럽에 갔었다. 공간이 좁아 휠체어에 앉아 있을 수가 없어 의자에 옮겨 앉았다. 역시 친구들은 가방을 내게 맡기고 나갔다. 그때 갑자기 내 손을 확 낚아채는 손길이 있었다. '나가요.' 라며 낯선 남자가 말을 걸었다.

"안 돼요."

"왜요? 여기까지 와서 왜 자리 지키고 있어요?"

"글쎄 안 돼요."

"글쎄 왜 안 된다는 거예요?"

"가방 지켜야 해요."

나이 50이 넘었는데도 난 역시 내가 장애인이라서 나갈 수 없다는 얘기 대신 가방 지켜야 한다고 했다. 그건 장애인이라는 것이 부끄러워서가 아니라 내가 장애인이라고 말하면 '으응 장애인이었구나.' 하며 재수 없다는 듯이 돌아서는 모습을 보고 싶지 않았기 때문이다.

난 아마 할머니가 돼도 우리 친구들에겐 가방 지켜 주는 역할을 계속해야 할 것 같다. 내 덕분에 우리 반은 체육 시간에 종종 발생하는 절도 사건이 없었다. 내 덕분에 친구들은 음식점에서 가방을 두고 화장실도 가고, 클럽에 가도 가방 걱정하지 않고 편안히 놀 수 있다.

이 정도면 장애인 친구도 꼭 필요하지 않겠는가?

인생을 파는 여자

가끔 강의 요청이나 원고 청탁이 온다. 내 인생 얘기를 해 달라고 한다. 과연 내 인생 얘기가 그렇게 특별하고 정말 성공적이었는지를 반문해 본다. 나는 그저 열심히 살았을 뿐인데 내 인생이 상품성이 있다는 것이 의아했다.

내 인생 얘기를 간추려 말하라고 하면 -한 살 때 소아마비에 걸려 두 다리와 두 팔이 불편한 장애를 갖게 됐고 그런 중증의 장애 속에서 일반 학교를 다녔다. 무학여고를 수석 입학했고 동국대학교를 수석으로 졸업했다. 휠체어를 타고 대학을 수석으로 졸업한 것이 처음이라 언론에 소개가 됐고 그 인연으로 방송작가가 돼 30년 동안 KBS에서 일하고 있다. 우리나라 최초의 장애인문예지 『솟대문학』을 창간해 20년 동안 결간 없이 발간해 오며 장애인문학을 발전시켜 왔다.

방송 경력 덕분에 대학에서 구성작가실기론 강의를 하고 『솟대문학』 덕분에 장애인을 위해 큰일을 한다는 칭찬을 듣기도 한다. -이 정도인데 이것이 무슨 이야깃거리일까? 그래서 다시 생각해 보았다.

무엇이 되고 싶다는 목표를 세울 수 없을 정도로 내 젊은 시절은 장애가 내 인생의 족쇄가 됐다. 장애가 벗어던질 수 없는 낙인이지만 장애 때문에 얻은 프리미엄도 많다. 만약 내 인생에서 장애를 빼고 나면 난 그저 아주 평범한 여자였을 것이다. 물론 평범한 여자가 행복하지 않다는 것이 아니라 평범했다면 내 인생은 상품성이 없어 내 인생을 팔지 못했을 것이란 뜻이다.

난 앞으로 내 인생만 팔며 살아도 충분히 먹고살 수 있을 만큼 남들이 경험하지 못한 많은 이야기를 갖고 있다. 그런데 내가 파는 것은 내 인생이지만 사람들이 사는 것은 행복이다. '저 몸으로 저렇게 살았는데 내가 뭘 부족하다구. 난 저 여자보다 더 잘할 수 있어.'라며 마음을 고쳐먹을 테니 말이다. 나한테 행복을 산 사람들은 마음이 편안해질 것이다. 자기보다 잘나서 성공한 사람들에게 생기는 반감은 적어도 생기지 않을 테니 말이다.

나는 행복을 파는 여자라는 것이 정말 행복하다.

나는 만학도이다

동국대학교에 입학해서 교양과목으로 국어 과목을 수강했다. 강의실 맨 앞자리가 내 자리였다. 미당 서정주 선생님이 한복 차림으로 강의를 하러 들어오셨다. 교과서에 실린 분을 직접 만났다는 사실에 흥분이 됐는데 서정주 선생님이 나에게 말을 시키셨다.

"자네는 어느 고등학교 출신인가?"

그 당시는 출신 고등학교를 묻는 것이 아주 일상적인 질문이었다.

"무학이요."

"음, 학교를 안 다녔구먼. 장하네."

나는 무학여자고등학교를 줄여서 무학이라고 한 것인데 선생님께서는 無學으로 생각하셨던 것이다. 나는 너무 떨려서 선생님의 오해를 풀어드리지 못했다. 아마 그때 수업을 같이 들은 수강생 모두 내가 검정고시 출신이라고 생각했을 것이다. 나는 초등학교 6년, 중 · 고등학교 6년, 그러니까 12년을 그야말로 비가 오나 눈이 오나 엄마 등에 업혀 힘들게 등하교를 하며 일반 교육과정을 정상적으로 마쳤는데 한순간에 학력이 없는 사람이 되고 말았다.

대학교를 마치고 대학원에 진학했다. 공부를 계속해서 학교에 남겠다는 계산에서였다. 하지만 나는 박사과정에서 8번이나 낙방을 했다. 수석을 한 내가 박사과정에서 한두 번도 아니고 8번이나 고배를 마신 것에 대해 그 이유를 굳이 장애와 연결시키려 하지 않으려고 했다. 당시 나는 이미 방송 일을 하고 있었기 때문에 준비 부족이라고 믿었다.

그러면서 학교와 멀어졌다. 학문은 내 길이 아니란 생각이 들었다. 그러다 40이 되었을 때 사회복지를 전공하기 위해 모 대학교 대학원에 응시를 했다. 면접을 보는데 교수가 내게 물었다.

"걸을 수 있죠?"

"걸을 수 있으면 왜 휠체어를 타고 왔겠어요?"

나도 모르게 이렇게 쏘아붙이듯이 대답했다. 결과는 낙방이었다. 다시는 학교 근처에 가지 않으리라고 다짐했다. 신문에서 나이 60에 학사모를 쓴 할머니 기사를 보며 만학은 만용이라고 생각했다. 공부는 제 나이에 해야 학벌을 써먹지 다 늙어서 받은 학위는 활용 가치가 없기 때문에 나이 들어 공부에 투자하는 것은 어리석은 도전이라고 치부해 버렸다.

그런데 내가 바로 그 만학도가 됐다. 52세에 숭실대학교 사회복지대학원에 입학해서 지금 박사과정 공부를 하고 있다. 8번 낙방한 박사과정을 드디어 지금 하고 있는 것이다. 학교 공부가 힘들어도 수업 시간이 즐겁다. 모르는 것을 배워 알아 가는 과정이 나에게 기쁨을 준다. 여행을 한들 이만큼 즐거울까 명품 옷을 입은들 이 정도로 신이 날까 싶다. 열심히 공부해서 60세가 되기 전에 박사학위를 받게 되면 난 그때 이렇게 말할 것이다.

–만학은 행복의 원천입니다. 그리고 희망의 보증 수표죠. 난 지금 희망을 키우고 있습니다. 연구하고 싶은 것도 많고, 직업이 아니라 진정한 스승으로 학생들을 가르칠 자신이 있습니다. 인생은 깁니다. 이제 나는 새로운 인생을 시작하려 합니다.–

내가 팔 수 있는 행복이 하나 더 추가될 것이다. 이렇게 팔 수 있는 행복이 많아지면 본격적으로 행복을 파는 가게를 내야겠다.

그래서 불행하다고 생각하는 사람들이 우리 가게에 찾아와서 행복을 사 갈 수 있게 하고 싶다. 할 일이 또 생겼다. 갑자기 생기가 난다. 행복을 파는 여자는 늘 행복해야 하기에 난 행복해야 할 의무가 있다. 의무는 권리와 동반하기에 나는 행복해질 권리가 있다. 행복해질 권리와 의무가 있는 여자, 나만큼 멋진 여자가 있을까?

우리 엄마를 홍보합니다

(사랑에세이/2009.)

나이가 들어갈수록 새록새록 엄마가 그리워진다. 세월이 흐를수록 우리 엄마가 얼마나 위대했던가를 깨닫게 된다. 초등학교 문턱에도 가 보지 못하신 분이 어떻게 그렇게 현명한 판단을 하셨는지 새삼 놀랍다. 내가 태어난 1957년은 한국 전쟁이 막 끝난 후라서 너나 할 것 없이 가난했다. 하루하루 먹고살기도 힘든 때였다. 그런 와중에 막내딸에게 찾아온 소아마비 장애는 그야말로 재앙이었다.

당시는 건강한 아이들도 계속 공부를 시키기가 힘든 때인데 소아마비로 두 다리는 물론 두 팔마저 온전치 못한 사지마비 딸을 가르치기 위해 당신을 오롯이 희생하셨다. 중증의 장애 속에서 정규교육 과정으로 대학원까지 마쳤다는 것은 기적적인 일이다. 당시는 학교에 장애인 편의시설이 없어서 7층까지 업어서 이동을 할 수밖에 없고 장애인용 화장실이 없어서 물 한 모금 마시지 못하고 하루 종일 수업을 받아야 했다.

그래서 대부분의 장애인들이 학업을 포기하고 집에서 갇힌 생활을 할 때 나는 부모님 특히 엄마 덕분에 물리적 장벽과 사회적 편견에 맞서 비장애인들의 세상에서 살아가는 법을 익힐 수 있었다.

그때 친척들은 노골적으로 병신자식 가르쳐서 무슨 소득을 보겠느냐며 차라리 그 돈을 모아 먹고살게 해 주는 것이 더 낫다는 충고 아닌 충고를 해 주었다. 그런데 엄마 생각은 돈은 한순간에 없어지지만 배운 것은 누가 빼앗아 갈 수 없는 가장 든든한 재산이라는 확고한 신념을 갖고 계셨기에 그 고행을 멈추지 않으셨다.

내가 대학을 졸업하고 방송국에서 원고를 써서 번 돈을 손에 쥐고 눈시울을 붉히시던 모습이 아직도 생생하다. 세상 사람들이 장애 때문에 다 안 된다고 해도 엄마는 할 수 있다고 자신감을 심어 주셨다. 나는 엄마의 그런 지지에 나도 모르게 당당해질 수 있었고 그것이 능력으로 발휘됐다.

나는 원래 수줍음이 많은 성격이었다. 모르는 사람과는 눈도 잘 마주치지 못했고 선생님이 내 이름만 부르셔도 가슴이 쿵쾅거려서 아무런 대답도 하지 못할 정도로 공포증이 있었다.

그런 내 성격을 고쳐 주신 것도 엄마였다. 내가 말을 하지 않으면 사람들은 내가 신체적 장애뿐만이 아니라 지적장애도 있다고 생각하기 때문에 사람들의 눈길을 피하지 말고 똑바로 응시하고 사람들이 묻는 말에 머뭇거리지 말고 즉시즉시 대답하라고 입이 닳도록 말씀하셨다.

그리고 장애는 내 잘못이 아니니 움츠러들지 말고, 하고 싶은 말이 있으면 언제라도 분명한 목소리로 말하라고 가르치셨다. 그런 가르침 덕분에 방송이나 공개석상에서 말하는 것을 두려워하지 않게 됐다. 나의 단점을 정확히 파악해서 그것을 바로잡아 주셨고 장점을 최대한으로 살려 주신 것이 1급 장애인을 세금을 내며 사는 국민으로 만들어 주셨던 것이다.

어쩌면 나는 장애 때문에 꿈을 이룰 수 있었는지도 모른다. 나에게 장애가 없었다면 나는 내 삶에 그렇게까지 열정을 갖지 못했을 것이다. 나한테 부족한 것을 보완하기 위해 노력했기에 장애 속에서도 일반 사람들과 똑같은 삶을 살 수 있었는데 그것이 장애를 이겨 낸 대단한 인간 승리가 됐으니 난 장애 덕을 본 것이다.

만약 엄마가 포기했더라면 나는 당연히 아무것도 할 수 없었을 것이다. 엄마가 앞에서 이끌고 가족들이 뒤에서 밀어주었기 때문에 나는 스스로 살아갈 수 있는 힘을 갖게 됐다.

벌써 엄마가 떠난 지 6년이 됐다. 엄마가 가신 후에도 엄마는 늘 내 인생의 나침반이 되어 주고 있다. 새로운 일을 결정할 때마다 만약 엄마가 계셨다면 뭐라고 하셨을까를 먼저 생각하게 된다.

요즘 새롭게 시작한 사회복지 공부가 재미있어서 내친 김에 박사과정까지 도전해 보리라 마음먹고 있다. 이 나이에 배워서 뭐하겠냐 싶어 미루어 오던 공부인데 시작하고 나니까 더 늦기 전에 시작한 것이 다행이다 싶다.

세상에 쓸모없는 존재는 없고 귀하게 여기면 정말 귀한 사람이 된다고 말씀하셨다. 집에서 대접을 받지 못하면 나가서도 푸대접을 받게 된다고 엄마는 항상 막내딸을 손님들에게 먼저 인사시키곤 했다. 그래서 부모님이 안 계신 지금도 형제들은 물론이고 친척들도 내 안부가 궁금해서 우리집으로 모인다.

내가 어느새 할머니가 됐다. 이제 겨우 걸음마를 시작한 아이한테 고모할머니한테 배꼽인사를 하라고 성화를 부린다. 아마 그 아이도 크면 내 방으로 먼저 뛰어들어와 '할머니, 안녕하셨어요?' 라고 인사를 하게 될 것이다. 그것이 엄마의 가르침이시니 말이다.

학교 다닐 때 장한 어머니상을 준다고 해도 거절하셨던 엄마다. 부모가 당연히 해야 할 일을 했을 뿐인데 무슨 상을 받느냐고 기겁을 하셨다. 지금은 안 계신 분이지만 우리 엄마를 홍보하려는 것은 남들 눈에는 쓸모없어 보이는 중증의 장애인을 가치 있는 존재로 만들어 준 것이 고마워서이다.

몸집은 작지만 정말 크셨던 분, 학교교육을 받지 못하셨어도 누구보다 깨이셨던 분, 장애인 엄마가 된 후 평생 화장 한번 안 하시고 평생 여행 한번 못 가셨던 분, 장애인 딸의 사회 활동을 지원해 주며 자랑스러워하셨던 분이 바로 우리 엄마이다.

노블레스 오블리주를 실천하는 독서왕,
LS-Nikko동제련 구자홍 회장

(『E美지』 5호/2017.)

구자홍 LS Nikko 동제련 회장은 1946년 12월 11일 경상남도 진주에서 故구태회 LS전선 명예회장과 최무 여사 사이 4남 2녀 중 장남으로 태어났다. 아마 6단의 바둑 고수이며 농구, 수영 등 운동에도 능하다. 배우자 지순혜 여사와 슬하에 1남 1녀를 뒀다.

『E美지』를 통해 그동안 전혀 공개되지 않았던 구자홍 회장의 인간적인 내면의 이야기가 처음으로 소개됨을 밝힌다.

(길벗 모임이 있던 지난 2017년 6월 7일 LS미래원에서 인터뷰가 진행되었다.)

회장님께서 책을 늘 가까이하고 계신데, 그만큼 독서량이 많으시다고 들었다. 요즘처럼 책을 읽지 않는 세태에서 참으로 고마운 일이다. 독서의 중요성을 누구보다 잘 설명해 주실 것 같다. 독서는 왜 필요한지?

저는 어렸을 때부터 책 읽기를 좋아했습니다. 집안 모임이 많았는데 그때 제가 보이지 않아서 찾아보면 서재 구석에서 혼자 책을 읽고 있었다고 합니다. 어머니께서 걱정하실 정도로 책에 빠져 있었죠. 사람보다는 책을 더 좋아하고 눈이 나빠지니까 염려가 되셨던 겁니다.

왜 그렇게 책 읽기를 좋아했을까 생각해 보니 책 속에서 펼쳐지는 세상은 그야말로 호기심 천국이었거든요. 책을 읽으면 타임머신을 탄 것 같았어요. 과거로도 가고 미래로도 갈 수 있으니까요.

또 인문학서를 읽으면 그 사람의 머릿속으로 들어가 내가 존경하는 그분과 대화를 나누고 그분이 경험한 것을 제가 간접적으로 경험할 수 있어서 정말 많은 것을 배울 수 있었어요.

요즘은 KTX나 비행기 안에서의 독서가 가장 달콤합니다. 오로지 책에 몰두할 수 있는 시간이니까요.

(옆에 있던 사모님이 보충 설명을 해 주었다.)

이 양반은 아침에 출근하면서 책을 갖고 나갈 때 가장 신나하세요. '오늘은 책을 읽을 수 있을 것 같은데…' 하며 행복해하지요. 이 양반은 배낭 속에 책과 물만 있으면 언제 어디에서라도 잘 지내실 거예요.

그런데 사모님도 만만치 않은 독서광인 것으로 알고 있다.

같이 살다 보니까 그렇게 됐죠. 이 양반은 자기가 읽은 책을 꼭 나한테 권해요. 남편이 너무 감동스럽다고 자랑을 하니까 나도 읽어 보고 싶은 마음이 생겨서 건네 준 책을 한 권 두 권 읽다 보니 나도 독서가 가장 큰 즐거움이 되었지요.

같은 책을 읽으니까 공동의 화제가 생기고 그러다 보니 생각도 같아지고… 독서가 부부 사이를 더 좋게 만들어 주는 것 같아요. 이 양반은 어떤 책에는 포스트잇을 붙여서 '여기부터 읽어요.'라고 해요. 꼭 필요한 부분을 빨리 전해 주고 싶은 거죠. 이 양반은 가끔 속독을 하지만 저는 밑줄을 치며 꼼꼼히 읽어요. 어떤 책은 세 번을 읽었는데 나중에 보니까 책에 밑줄이 가득하더라구요.

책을 읽고 그 저자를 만나 보시기도 한다고.

그렇습니다. 그것이 우리 부부의 가장 큰 즐거움입니다. 방 발행인도 2011년 봄에 조선일보에 실린 기사를 보고 만나게 되지 않았습니까.『솟대문학』이라는 장애인문학지를 만들고 방송작가로 저술가로 활동하시는 모습을 보고 정말 훌륭하다는 생각을 했습니다. 장애인 분들이 문학을 통해서 스스로를 성장시키고 다른 사람들을 성숙시켜 주는 것이『솟대문학』이었지요.

동화작가 고정욱 박사도 만났었죠. 정말 대단하신 분들이에요. 장애 때문에 얼마나 힘드셨을까 싶은 연민의 마음보다는 존경심이 더 큽니다.

장애인에게 관심이 많으신 이유는.

지금 생각하니 초등학교 때 장애를 갖고 있었던 친구가 있었어요. 손가락 세 개가 없었는데 아이들은 그것을 이상하게 생각하며 놀림 비슷하게 그 친구를 곤란하게 만들기도 했었지만 저는 정말 아무렇지도 않았어요.

그 친구는 할머니와 여동생과 함께 몹시 가난하게 살았는데 나는 그 친구 집에 가서 밥을 얻어먹을 때가 가장 맛있었어요. 할머니께서 멸치를 넣은 김치찌개를 해 주셨는데 그렇게 맛있을 수가 없더라구요.

3학년 때 그 친구가 전학을 가는 바람에 그 후로는 만나지 못했지만 아마 그 친구 영향이 조금은 있을 것도 같군요.

회장님 집무실에 장애인화가 작품이 있다고.

『솟대문학』 100호 행사에 갔다가 김윤숙 작가의 목공예 작품을 구입해서 제방에 장식해 놓았죠. 가느다란 솟대가 수십 개 세워진 작품인데 그 하나하나 솟대에 희망을 담고 있는 것 같아서 보기만 해도 기분이 좋아집니다.

구필화가 김영수 화백 작품도 걸려 있어요. 장애인화가 작품은 작가가 주는 감동이 작품에 보태져서 더 귀하게 느껴집니다.

10년도 넘었는데 중국 출장을 갔다가 시간이 남아서 눈에 뜨이는 갤러리에 들어가 그림을 보고 있는데 '아 저거다!' 싶어서 구입한 작품이 있어요. 〈상선약수〉를 화폭에 담았는데 정말 노자의 〈도덕경〉에 나오는 '최고의 선은 물과 같다.'는 상선약수(上善若水)를 그대로 표현한 듯해서 꼭 갖고 싶었죠. 갤러리에서 작가 소개를 해 주었는데 입에 붓을 물고 그렸다는 거예요. 그래서 깜짝 놀랐습니다. 작품이 내 마음을 사로잡은 것도 감동이었고, 작가가 장애 속에서 그런 멋진 작품을 창작했다는 것도 놀라운 일이었어요.

장애인 작품이어서 구매하는 것이 아니라 작품이 좋아서 샀는데 그것이 장애인 작품이어서 더 좋다는 느낌을 받은 것뿐입니다.

회장님은 이렇게 편견 없이 장애인예술을 인정해 주시는데 아직 우리 사회는 장애인에 대한 편견이 많다. 회장님께서는 세계 여러 나라를 다녀 보셨는데 우리나라의 장애인 인식과 어떤 차이를 느끼셨는지.

선진국일수록 장애인을 대하는 태도가 자연스럽다는 생각이 들어요. 최근 일본 출장을 갔다가 목격한 일화인데 장애인콜택시 기사가 장애인 고객을 승차시키는 모습을 지켜보았어요. 리프트를 꺼내고 그 위에 휠체어 사용자를 태우고 다시 리프트를 올리고 하는 과정이었는데 장애인승객에게 불편을 주지 않게 하려고 조심을 하는 정성과 고객을 위한 서비스가 진심에서 우러나오는 기사의 평화로운 표정이 얼마나 인자해 보이던지 감동을 받았어요.

일본도 참 자연스럽다는 생각을 하면서 우리 모습을 잠시 떠올려 봤지요. 우리는 다른 사람을 배려하는 모습이 그다지 자연스럽지 못합니다. 선진 시민이 되기 위해 더 노력해야 한다는 생각이 듭니다.

(사모님도 생각나는 일화를 소개해 주셨다.)

유학 시절 영양학을 공부했기 때문에 식당에서 실습을 하는 시간이 많았죠. 식당 스태프 가운데 가장 밝은 얼굴을 하고 있는 여직원이 있었는데 그녀는 시각장애인이었어요. 항상 명랑하게 인사를 건넸죠. 그녀가 하는 일은 식당에 있는 백여 개의 식탁에 기본으로 놓여 있는 작은 그릇에 설탕을 담는 것이었어요. 그녀는 넘치지도 모자라지도 않게 항상 정확히 설탕을 그릇에 담았어요.

그녀가 일하는 모습이 지금도 생생한데 그릇 가까이 귀를 대고 소리로 그 양을 조절했던 것이죠. 그녀도 대단하지만 그 식당 주인도 훌륭하다고 생각해요. 우리나라 같으면 바쁜 식당에 시각장애인을 고용해서 설탕 담는 일을 시키지 않았을 거예요. 그때가 1970년인데 이미 그때 미국에서는 장애인을 비장애인과 다르지 않게 볼 수 있는 인식을 갖고 있었던 거죠.

그러면서 지 여사님은 왼쪽 귓속에서 뭔가를 쭉 뺐다. 다름 아닌 보청기였다. 사실 구 회장님을 처음 뵈었을 때 사모님께서 한쪽 귀가 불편하다는 것을 말씀해 주셔서 알고 있었지만 스스로 거리낌없이 공개하실 줄은 꿈에도 생각지 못하여서 깜짝 놀랐다. 그 놀람은 바로 감동이었다. 사람들에게 약점이 될 수도 있는 신체적 특성을 그렇게 아무렇지도 않게 보여 줄 수 있다는 것은 보통 사람들은 할 수 없는 일이기 때문이다.

지 여사님은 7세 때부터 왼쪽 귀의 청력이 떨어져서 왼쪽에서 하는 얘기는 그 내용을 3~40% 정도밖에 파악하지 못한다고 한다. 그래서 구 회장님이 내용을 아주 작게 전달해 주는 장면을 보았었다. 집안 모임에서 그런 모습을 본 동서가 '형님은 아직도 아주버님 통역이 필요하세요?' 라고 물은 적이 있었다며 청력 때문에 생기는 일화도 털어 놓으셨다.

구 회장님과 지 여사님은 미국 유학 시절 친구 결혼식에 참석했다가 만났는데 구 회장님이 첫눈에 반해 지 여사님께 요즘말로 작업을 걸었다며 그 시절을 떠올리기만 해도 행복하신 듯 얼굴 가득 미소를 띠며 웃으셨다.

20대 아가씨 눈에도 청년 구자홍의 진정성이 보였던지 자신은 왼쪽 귀가 약해서 오른쪽에서 말을 해 줄 것과 오른쪽에서 큰 소리가 나면 많이 놀란다고 자신의 상황을 그대로 설명해 주었다. 그 얘기를 다른 친구들에게도 해 주었지만 바로 잊어버리고 자기 습관대로 했는데 청년 구자홍은 마치 오래전부터 그렇게 해 왔던 사람처럼 아주 능숙하게 자신을 배려해 주었다며 역시 행복한 미소를 가득 지었다.

"오른쪽에서 큰 소리가 들릴 것 같으면 내 귀를 자기 손으로 막아 주는 거예요. 자동차 문을 닫을 때도 내 귀부터 막아 주며 살며시 닫았지요."

그렇게 세심하게 배려해 주는 것을 보고 마음을 열어 연인이 되었고, 4년 연애 끝에 결혼을 하게 되었다. 평범한 가정에서 자란 여자가 재벌가의 며느리가 되어 주위에서 놀라워했지만 두 사람은 서로를 사랑하고 신뢰하여 부부가 되었을 뿐 세상에서 생각하는 그런 조건과는 무관하였다.

회장님은 바쁘신 가운데 인문학을 사랑하는 사람들과 함께하는 길벗 모임을 운영하고 있는 것을 보고 적잖게 놀랐었다. 길벗이란 명칭도 그렇고, 이 모임이 회장님께 어떤 의미가 있는지?

책을 통해 알게 된 분들과 만남을 계속하고 싶었어요. 그래서 1년에 한 번씩 한자리에 모여서 그분들의 얘기를 주로 듣습니다. 길벗 모임은 천주교 신부님, 성공회 전(前) 주교님, 목사님, 스님, 종교학자 등 15명 내외로 참석하시는데 장소는 LS미래원이에요. 저녁에 모여서 식사를 하고 숙소에서 늦게까지 대화를 나누시며 1박을 한 후 다음 날 조식을 하고 나서 헤어집니다.

각각 다른 종교인들이 한자리에 모여서 인간이 어떻게 사는 것이 가장 올바른 것인지를 진지하면서도 재미있게 말씀해 주세요. 다른 사람들의 의견을 존중하기 때문에 설사 의견이 다르다고 해도 충돌하는 일은 없습니다.

길벗이란 이름도 일부러 어떻게 지을까 고민하지 않았어요. 그냥 대화 끝에 인생이란 길에서 만난 친구라는 말씀에 그 즉시 길벗이 좋겠다고 한 것이죠.

저는 길벗 모임을 통해 영혼의 치료를 받는 것 같아요. 정신이 맑아지지요. 그래서 아무리 바빠도 길벗 모임에는 꼭 참석합니다.

회장님 종교는.

개신교였는데 며느리를 보고 가톨릭으로 개종을 하였지요. 손자들과 다 함께 같은 믿음 생활을 하는 것이 좋을 것 같아서요. 환갑이 지나면 모든 종교에서 졸업을 하고 모든 종교를 받아들일 수 있어야 한다고 생각합니다. 우리 외할머니는 제가 전생에 스님이었을 것이란 말씀을 하실 정도로 불교적 성향도 크죠.

얼마 전에는 명성 스님 평전 〈명성〉이란 책을 읽고 스님이 계신 경북 청도 운문사를 집사람과 함께 갔었어요. 스님께 연락을 드린 것이 아니어서 그냥 법당에 들어가서 부처님께 절을 올리고 아내와 책에 나오는 명성 스님 얘기하며 참선을 했지요. 나중에 명성 스님이 우리가 다녀간 것을 아시고 왜 찾지 않았느냐고 하셨는데 갑자기 뵙고 싶다고 하는 것이 예의가 아닌 것 같아서 스님이 계신 운문사에서 스님의 삶의 궤적을 새겨볼 수 있었던 것만으로도 충분히 만족한다고 말씀드렸지요. 나중에는 꼭 말씀드리고 찾아뵙기로 했답니다.

특별한 가족관이 있을 것 같다.

저는 우리 부모님이 그러하셨듯이 우리 아이들에게 그리고 손주들에게 사랑을 나누며 평범하게 살고 싶어요. 나의 일이 우리 가족이나 이웃들을 소홀히 하는 요인이 될 수 없다고 생각합니다.

우리 아이들도 그렇게 살고 있습니다. 일도 열심히 하고 가족을 소중히 여기고 이웃을 배려하고 사회에 헌신하는 삶을 살면 그것이 가치 있는 인생이 아닐까 합니다.

우리 외할머니께서 사람에 대한 배려가 아주 남다르셨던 분인데 지금 생각해 보면 그 배려가 무엇보다 깊고 엄중한 교훈이 되고 있어요.

요즘 100세 시대인데 노년기에는 어떤 분야에서 헌신하시고 싶은지.

요즘은 웰 다잉, 어떻게 죽음을 맞이해야 가장 편안하고 가장 아름다운 죽음이 되는지에 대한 관심이 많습니다. 인간이 유한한 존재라는 것을 생각하면 지나친 욕심으로 자신은 물론 가족 더 나아가 사회에 해가 되는 일을 하지 않을 겁니다. 그래서 항상 자신이 이 세상을 어떻게 떠날 것인가를 고민하는 것이 필요합니다. 요즘 부쩍 그런 생각을 많이 합니다.

그리고 우리 사회 발전을 위해 차세대 리더를 키우는 일에 기여하고자 합니다. 기업인으로 한국 경제를 위해 당장 필요한 물질적 성장에 매몰되어 인재를 발굴해서 키우는 일에 소홀했다는 반성을 하게 됩니다.

우리 앞에 산적해 있는 문제를 해결하고 발전시켜 나갈 수 있는 동력은 역시 사람입니다. 차세대 인재는 금수저, 흙수저 그리고 장애, 비장애 그런 구분이 없습니다. 그저 사람에 대한 사랑과 일에 대한 열정, 사회를 향한 헌신만 있으면 된다고 봅니다.

끝으로 장애인 분들에게 한 말씀 부탁드립니다.

장애는 누구한테나 일어날 수 있는 일입니다. 우리는 이 땅에 학습을 하러 온 것인데 장애인 분들이 가장 성적이 좋다고 생각합니다. 장애라는 어려움을 슬기롭게 헤쳐 왔으니까요.

솔직한 심정이 장애인 분들을 보면 미안하다는 생각이 듭니다. 저렇게 노력하며 열심히 사시는데 우리 사회가 그분들을 제대로 대우해 드리지 못하는 것이 죄송하죠.

돕는다는 생각보다는 함께할 수 있는 방법을 찾아야 한다고 생각하고 우리부터 그렇게 하려고 노력하겠습니다. 장애인 분들의 노력이 헛되지 않는 사회가 될 것으로 믿습니다.

요즘 읽고 있는 책은.

「호모 데우스」를 원서로 읽고 있는데 원서는 30분씩 소리 내어 읽죠. 그래야 머릿속에서 정확히 해석이 되고 영어 발음도 정확해지니까요.

역사 학자인 유발 하라리 작품인데 미래의 역사라는 부제에서 알 수 있듯이 과학, 철학, 종교, 역사, 경제 등 모든 영역의 경계를 넘나들면서 증거를 제안하면서 독자를 미래로 안내하고 있는 책입니다.

방송작가 31년 동안 1만여 명과 인터뷰를 하였다. 인터뷰를 하고 나면 언론에서 보여졌던 이미지가 깨져서 실망을 하는 경우가 대부분인데 구자홍, 지순혜 두 분은 인터뷰를 통해 더 많은 매력을 발견하여 자석처럼 끌려가서 두 무릎을 꿇고 우러러 존경하게 되는 분은 돌아가신 원로 시인 구상 선생님 이후 두 번째 경험이었다. 재벌들의 갑질이 보도될 때마다 LS家 구자홍, 지순혜 두 분의 이야기를 사람들에게 들려주고 싶다는 생각을 한다.

꾸며지지 않은 선한 본성이 주는 인간에 대한 진실함과 따스함이 우리 사회에 존재한다는 것만으로도 가슴 떨리게 만드는 구자홍, 지순혜 두 분이야말로 온갖 배제로 상처 난 우리 사회 약자들을 끌어안을 수 있는 포용의 극치이다. *

---

* 그동안 내가 가장 많이 쓴 글이 인터뷰 기사인데 숨기는 사연이 많거나, 이야기를 꾸며서 하면 논리에 맞지 않아서 인터뷰를 1시간 이상 해도 쓸 것이 없어서 컴퓨터 앞에서 난감해 할 때가 많았다. 그런 현상은 성공한 사람일수록 더 심했는데, 두 분은 너무 솔직하고 너무 진지해서 인터뷰의 모든 순간이 의미 있어서 책에 넣기로 하였다.

내 청춘은 아팠지만 빛났다

50년 전 초등학교에 입학하던 때가 생각납니다. 나는 엄마 등에 업혀 있었고 두 살 위인 언니가 흰 손수건에 '방귀희'라는 이름표를 달고 코 흘리개 취학생들 줄에 서 있었습니다. 언니가 고개를 돌려 힐끗 엄마를 쳐다보았는데 무척 슬픈 표정이었습니다. 지금 생각하니 엄마는 언니보 다 더 암울한 얼굴이었을 것입니다.

나의 초등학교 입학은 이렇게 우울하게 시작됐습니다. 그런데 그 아픔 은 중중장애인이 사회로 나왔을 때 겪게 되는 고통의 서곡이었습니다. 집 에서 학교에 가고 수업을 마치면 집에 돌아오는 통학, 그리고 5층, 7층에 있는 교실까지 오르내리는 일이 나에겐 지옥이었고, 학교에 가면 화장실 에 갈 수 없어서 물 한 모금 마시지 않고 수업을 받으며 식은땀을 흘리 곤 했었습니다. 그 고통이 너무나 커서 아이들한테 따돌림을 당하는 것 은 슬픔도 아니었습니다.

그런데 정말 견디기 힘든 고통은 노력을 해도 인정받지 못하고 높은 사회적 장벽에 부딪혀, 눈앞에 있는 편한 길을 놔두고 멀고 험한 길을 빙 빙 돌아가야 하는 주변인 신세가 되는 것이었습니다.

고등학교 입학, 대학 입학… 입학 거부는 진학을 할 때마다 겪어야 하는 통과의례 같은 것이었습니다. 대학원을 마치고 박사과정에 진학을 하려할 때는 결국 그 벽을 넘지 못해 참담한 울분을 품은 채 뒤돌아서야 했습니다.

27년의 세월이 흘렀습니다. 그 사이에 사회적 장벽이 조금씩 낮아졌습니다. 몸도 마음도 많이 약해졌지만 그 정도의 높이라면 뛰어넘을 수 있을 것 같아 용기를 내었습니다. 2010년 2학기에 나는 숭실대학교 일반대학원 박사과정에 합격했습니다. 1983년부터 8번, 2010년 봄에 2번, 도합 10번의 낙방 끝에 박사과정 공부를 허락받은 것입니다.

우리 사회가 조금만 일찍 장애인을 받아 주었더라면 더 많은 장애인들이 인재로 성장하여 사회에 도움이 되는 인적자원이 되었을 것입니다. 우리 사회가 조금만 장애인에게 투자를 했더라면 지금과 같은 지원형 장애인복지가 아니라 생산형 장애인복지가 되었을 것입니다.

은퇴할 나이에 하루 종일 컴퓨터 앞에 앉아 한 손으로 자판을 치느라고 생긴 손목 통증에 시달리며 박사 학위논문을 쓴 이유는 학위에 대한 허영심도 아니고 대학에 남겠다는 욕심에서도 아닙니다. 장애인이기 때문에 평생 차별, 배제, 편견 등으로 소외와 고통을 당하면서도 억울하단 소리 한번 내지 못하고 마치 당연한 일처럼 받아들여야 하는 공정하지 못한 사회 환경을 다음 세대에는 물려주지 않기 위해서입니다.

장애인복지에서도 예술인복지에서도 배제되어 감당하기 힘든 차별을 받고 있는 장애예술인들을 더 이상 방치해 두는 것은 비겁한 방조라는 생각이 들어서, 내가 할 수 있는 사회적 외침으로 일단 장애예술인을 주제로 박사 학위논문을 발표하기로 한 것입니다. 이론이 있어야 정책 입안자들을 설득시킬 수 있기 때문입니다.

50년 전 부모님이 나를 초등학교에 입학시키지 않았다면 오늘이 있을 수 없습니다. 장애인에 대한 인식이 낮았던 그 시절, 휠체어 학생에게 각별한 애정을 보이셨던 선생님들이 있었기에 오늘이 있음을 잘 알고 있습니다.

사회적 차별과 배제를 당했다고 사회를 성토해도 나만큼 사회의 혜택을 많이 누린 장애인도 없다는 것, 인정합니다. 대한민국에 태어난 것이 얼마나 다행인지 모릅니다.

생각해 보면 너무나 많은 분들이 지지해 주며 믿어 주었기에 겨우 30% 기능밖에 남지 않은 오른손 하나로 공부도 하고, 돈도 벌고, 정부 일도 할 수 있었습니다.

내 인생의 가장 큰 상처는 좌파, 우파라는 말도 안 되는 논리가 만든 문화계 블랙리스트로 농락당하고 그 여파가 지금까지도 나를 옥죄고 있다는 것입니다. 하지만 나는 괘념치 않습니다. 그 소용돌이 속에서 2015년 11월 13일 장애인문화예술센터(이음센터)가 개관되어 장애인문화예술의 허브 역할을 톡톡히 하고 있습니다.

문화의 거리인 대학로에 장애인문화예술의 생태계가 조성되고 있다는 것은 생각만 해도 가슴이 벅찹니다. 전동휠체어 보급으로 장애인의 외출이 자유로워지면서 가장 먼저 일어난 현상이 장애인의 문화생활이었지만 공연장 편의시설 미비로 그림의 떡이었습니다. 하지만 지금은 대학로에서 장애인들을 많이 만납니다. 장애인문화예술센터를 이용하는 장애인들이 주로 하는 말은 '화장실이 넓어서 너무 좋아요. 왜 왔느냐고 묻지 않아서 좋아요.'였습니다. 센터의 가치가 겨우 화장실인가 싶겠지만 금강산도 식후경이라고 예술이 아무리 좋아도 생리현상을 참아 가면서 즐길 수는 없는 노릇 아니겠습니까. 그리고 이전에는 문화시설에서 장애인 고객을 맞는 태도가 검문 수준이었습니다.

센터에 갈 때마다 떠오르는 일이 있습니다. 이음센터는 옛 예총회관을 리모델링한 것인데 그곳에 한국문화예술위원회 사무실이 있었습니다. 장애인문화예술사업 지원신청을 위해 예술위에 찾아가니(1991년 봄) 사무실은 2층인데 엘리베이터가 없었습니다. 게다가 갑자기 비가 쏟아져 지나가는 사람들에게 도움을 요청할 수도 없었습니다. 그래서 동행자가 나를 업고 2층으로 올라갔는데 이번에는 나를 앉혀 놓을 의자가 없어서 동행자가 다시 내려가 휠체어를 갖고 올라오는 동안 나는 창틀 작은 공간에 스파이더맨처럼 붙어 공포심에 식은땀을 흘렸습니다. 이렇게 장애인 접근성이 빵점이었던 곳이 25년 만에 신천지로 바뀌어 자유롭게 드나들며 마음껏 이용하고 있으니 어찌 감격스럽지 않을 수 있겠습니까?

이제 장애예술인의 창작 활동을 지원해 주는 법률만 만들면 1만여 명의 장애예술인들은 법적 안전장치 속에서 마음껏 창작 활동을 하며 예술인으로서 많은 사람들에게 사랑을 받을 수 있는 날이 올 것입니다.

그날을 위해 나는 많은 사람들을 만나 똑같은 얘기를 하며 때로는 강하게 때로는 간절히 호소를 해야 할 것입니다. 그날을 위해 또 얼마나 많은 인내가 필요할지 잘 알고 있습니다.

한국의 장애인복지를 OECD 국가 가운데 최하위에 머물게 만든 책임은 정치인들에게 물어야 합니다. 아마도 예산이 없어서 복지 서비스를 할 수 없었다는 핑계를 댈 것입니다. 그런데 장애인을 차별하고 배제하는 낙후된 인식은 누구 때문일까요?

장애인복지는 예산이 필요하지만 생각만 바꾸면 얼마든지 쉽게 개선될 수 있는 것이 인식인데 우리의 인식이 후진성을 보이고 있는 것은 대다수의 사람들이 생각을 바꿀 의지가 없기 때문입니다. 미투(me too)로 철퇴를 맞은 원로 시인이 솟대문학상 심사를 위해 만난 자리에서 나에게 한 첫마디가 '병신 된 지 얼마나 됐니?'였습니다. 대학 교수인 한 시인은 술자리에서 '섹스는 되나?'라고 물었었습니다. 우리 사회 지식인들의 장애인 인식이 이 정도인데 누구를 탓하겠습니까?

이 책을 세상에 내놓는 이유는 우리 사회에 만연해 있는 장애인을 비롯한 약자에 대한 차별이 얼마나 유치하고 그로 인한 배제가 얼마나 무지한지를 알리고 싶어서입니다.

당신의 배제는 우리 사회를 분열시킵니다.

여러분은 이제 포용을 선택하셔야 합니다. 그래야 우리 모두 공진(共進)할 수 있습니다.